古典詩歌研究彙刊

第十六輯

龔鵬程　主編

第 9 冊

「雄筆映千古」
——賈至詩歌研究

蘇軾知定州詩詞賦全注及研究論稿

李　新　著

國家圖書館出版品預行編目資料

「雄筆映千古」——賈至詩歌研究／蘇軾知定州詩詞賦全注
及研究論稿／李新 著 -- 初版 -- 新北市：花木蘭文化出版社，
2014〔民103〕

目 2+146 面 + 序 4+ 目 2+108 面；17×24 公分

（古典詩歌研究彙刊 第十六輯；第 9 冊）

ISBN 978-986-322-827-1（精裝）

1.（唐）賈至　2.（宋）蘇軾　3.學術思想　4.文學評論

820.91　　　　　　　　　　　　　　　　　103013518

ISBN-978-986-322-827-1

9 789863 228271

古典詩歌研究彙刊
第十六輯　第 九 冊
　　　　　　　　　　ISBN：978-986-322-827-1

「雄筆映千古」——賈至詩歌研究
蘇軾知定州詩詞賦全注及研究論稿

作　　者　李　新
主　　編　龔鵬程
總 編 輯　杜潔祥
副總編輯　楊嘉樂
編　　輯　許郁翎
出　　版　花木蘭文化出版社
社　　長　高小娟
聯絡地址　235 新北市中和區中安街七二號十三樓
　　　　　電話：02-2923-1455／傳眞：02-2923-1452
網　　址　http://www.huamulan.tw 信箱 hml810518@gmail.com
印　　刷　普羅文化出版廣告事業
初　　版　2014 年 9 月
定　　價　第十六輯 21 冊（精裝）新台幣 32,000 元

「雄筆映千古」
──賈至詩歌研究

李　新　著

作者簡介

李新（1980～），男，漢族，文學博士，現爲保定學院中文系副教授、首批中青年骨幹教師、省級重點發展學科「中國哲學」之「中國古典哲學研讀」方向帶頭人，兼任民革河北省委專會委員、中華辭賦家聯合會常務理事、中國蘇軾研究學會會員、河北省作協會員、保定市作協理事、保定文化促進會詩詞協會秘書長。發表學術論文 60 餘篇，出版《宋代杜詩藝術批評研究》《杜甫詩史因革論》《中國「世界文化名人」與「千年英雄」藝譚》專著 3 部。

提　要

　　盛唐時期詩人、散文家賈至，長期擔任中書舍人，知制誥，是儒學復興的積極倡導者，作詩撰文皆力主宗經，強調以六經爲依歸而鄙薄詭麗浮豔之辭，重視文學教化功用。其詩從愛國精神與入世情懷、儒家君臣觀、觀樂知政思想、仁愛思想、中庸思想以及獨善其身思想等六方面，反映出其所傳承的儒家傳統思想。在藝術表現上，賈至詩歌清新流麗，頗具典雅之氣。其古體詩中大量使用偶句、律句，反映出詩人「引律入古」的創新意識。近體詩中對仗精工，還出現了流水對、當句對以及借對等多種特殊的對仗形式；詩中用典靈活多樣，正用、反用、明用、暗用，兼而有之；煉字藝術亦生動傳神，能夠達到「詩眼」之妙。

　　賈至在其當時的詩壇即上頗具詩名，與李白、杜甫、王維、高適、岑參等詩人大家都有過廣泛的交遊與詩篇唱和；李白在詩中多次將他比作西漢初的才子賈誼，杜甫則稱其詩爲「雄筆映千古」（《別唐十五誡因寄禮部賈侍郎》）。其詩也被元代方回的《瀛奎律髓》、明代高棅的《唐詩品彙》、鍾惺、譚元春的《唐詩歸》、清代沈德潛的《唐詩別裁集》、王士禛的《唐賢三昧集》、《唐人萬首絕句選》等歷代多部著名唐詩選本所收錄，尤其是七律《早朝大明宮呈兩省僚友》，舊時一直被人們傳誦不衰。

保定學院省級重點發展學科
「中國哲學」資助項目

目次

前　言

　　繼 2012 年 9 月，我的同名博士學位論文書稿《宋代杜詩藝術批評研究》，被臺灣新北市花木蘭文化出版社列入「中國古典詩歌研究彙刊」（第十二輯）出版後，我的碩士學位論文書稿《「雄筆映千古」——賈至詩歌研究》，亦將在花木蘭文化出版社付梓，倍感欣慰。

　　盛唐時期的詩人賈至，在其當時的詩壇上有著一定的地位和影響，他與李白、杜甫、王維、高適、岑參等諸多著名詩人都有著廣泛的交遊與詩篇唱和，特別是其七律《早朝大明宮呈兩省僚友》一詩的唱和，舊時一直被人們傳誦不衰；李白在詩中多次將他比作西漢的才子賈誼，杜甫稱其詩「雄筆映千古」（《別唐十五誡因寄禮部賈侍郎》）；元代辛文房《唐才子傳》則稱「至特工詩，俊逸之氣，不減鮑照、庾信」（《唐才子傳》卷三），南宋嚴羽的《滄浪詩話》也把賈至列入了唐詩「大名家」中（《滄浪詩話·考證》）。並且，其詩亦被元代方回的《瀛奎律髓》、明代高棅的《唐詩品彙》、鍾惺、譚元春的《唐詩歸》、清代沈德潛的《唐詩別裁集》、王士禎的《唐賢三昧集》、《唐人萬首絕句選》等歷代多部著名唐詩選本所選錄，評價很高。可見賈至在唐詩發展史和中國古代詩歌史上，還是頗負盛名的。

　　然而，當前學術界對於賈至的詩歌創作，還沒有能給予足夠的關注，單篇的專題研究論文僅有陳邦炎的《談賈至〈春思〉之一》（《藝

譚》1983年第二期），對於其《春思二首》其一這首詩的藝術特色以及表現手法進行了理論分析和探討，但僅限於對單篇作品進行研究；而傅璇琮先生的專著《唐代詩人叢考》中「賈至考」一節，對於賈至一生中的重大事件的具體時間和原因都進行了詳細的考證，然而並沒有對其詩歌創作的具體情況給予全面考察，仍主要停留在對其生平事述的考證上。

　　此外，由喬象鍾、陳鐵民主編的《唐代文學史》（上冊），對賈至的詩歌創作有過三百多字的簡介，指出了其詩以七絕擅長，技巧純熟，具有清新明麗、自然流暢的藝術特色；（美）斯蒂芬·歐文的《盛唐詩》一書在對盛唐詩人的簡介中，提到「賈至熟練掌握了正規官場風格……最優秀的詩都是絕句，其中有幾首是盛唐描述技巧的典範」（《盛唐詩·開元、天寶時期的次要詩人》），日人澤田總清的《中國韻文史》也提及賈至「殿於盛唐，以中興唐詩爲人所稱」（《中國韻文史·盛唐的詩》）。但都沒有深入展開論述和進行整體研究。

　　足見，當前學界對於賈至特別是其詩歌創作的研究還只是初見端倪，和對盛唐其他詩人的研究狀況相比也顯得十分薄弱，更加缺乏系統的研究；因而，本書擬對賈至的詩歌從思想和藝術角度進行全面的考察和系統分析，力圖對其詩在唐詩發展史乃至中國文學史上的地位作出正確的評價，以使人們對其詩歌的價值能有一個全面而清晰的認識。

第一章　賈至的生平及文學主張

第一節　賈至的生平

　　盛唐詩人賈至，字幼鄰，一作幼幾〔註1〕，生於開元六年（718），卒於大曆七年（772），洛陽（今屬河南）人，郡望長樂（今河北冀縣）。其父賈曾，少知名，以孝聞，先天元年（712）睿宗傳位於玄宗，曾為撰傳位冊文；開元初拜中書舍人，與蘇晉同掌制誥，皆以文辭見稱，時人號為「蘇賈」。賈至於天寶初擢明經第，自校書郎出為單父（今山東單縣）尉；天寶末為起居舍人，知制誥。安史亂起，於天寶十五載（756）從玄宗入蜀，遷中書舍人。時宰相兼吏部尚書房琯在普安郡為玄宗獻策，以諸王分鎮天下，賈至為草《玄宗幸普安郡制》（《全唐文》卷三六六）。七月，肅宗即位靈武，玄宗乃命賈至撰傳位冊文，既進，「上皇覽之歎曰：『昔先帝遜位於朕，冊文則卿之先父所為，今朕以神器大寶付儲君，卿又當演誥。累朝盛典，出卿父子之手，可謂難矣。』至伏於御前，嗚咽感涕。」〔註2〕並充冊禮使制官，與韋見素、房琯等赴靈武冊立肅宗；冊禮畢，仍任中書舍人、知制誥，朝廷

〔註1〕賈至的字，《新唐書》本傳稱「至字幼鄰」，《全唐詩》、《全唐文》小傳同；而《唐才子傳》卷三作「幼幾」。
〔註2〕後晉‧劉昫撰：《舊唐書》，北京：中華書局，1975年版，第5029頁。

的重要典冊多出其手。

乾元元年（758）春，肅宗排擠玄宗舊臣，賈至坐房琯黨出守汝州，次年（759）九節度之師潰於相州，賈至出奔襄、鄧；坐棄汝州事貶岳州司馬。寶應元年（762）代宗即位，召復中書舍人，次年遷尚書左丞。廣德二年（764）轉禮部侍郎，「是歲，至以時艱歲歉，舉人赴省，奏請兩都試舉人，自至始也。」〔註3〕並知東都舉；永泰元年（765）加集賢院待制。大曆三年（768）改兵部侍郎，五年（770）轉京兆尹兼御史大夫；七年（772）以右散騎常侍卒，年五十五，贈禮部尚書，諡曰文。《新唐書・藝文志》著錄有集二十卷，又別集十五卷，又手編謫岳州詩爲《巴陵詩集》，均佚。《全唐詩》收錄其詩46首，編爲一卷。〔註4〕

依照現存文獻史料，及今人傅璇琮《唐五代文學編年史》等學界相關成果，考據、鉤沈賈至一生事迹，可以釐清其生平年譜，及主要詩歌作品繫年如下——

一、唐玄宗開元六年　戊午，賈至生，一歲。據《新唐書》本傳，大曆七年（772）卒，年五十五逆推。

二、開元二十六年　戊寅——天寶中，賈至等從李華遊。

三、天寶七載　戊子，本年左右，李華在校書郎任，作《含元殿賦》，蕭穎士、賈至均稱賞之（《唐語林》卷二）；賈至自宋州赴洛陽，經虎牢關，有感於歷史興亡，作《虎牢關銘》（《全唐文》卷368賈至《虎牢關銘》：「天寶七載，至自宋都西經洛陽……」）。

四、天寶八載　己丑，秋，賈至在洛陽爲官，作序送人，赴江外，囑便道過汴州時代問候陳、于二友人（《全唐文》卷368賈至《送李兵曹往江外序》），賈至時當爲簿尉之屬。

〔註3〕後晉・劉昫撰：《舊唐書》，北京：中華書局，1975年版，第5029頁。
〔註4〕本書所引賈至詩，皆出自清・彭定求等編：《全唐詩》，北京：中華書局，1996年版，卷235。

五、天寶十載　辛卯，秋，賈至在洛陽，有詩寄高適，寄慨於己
　　與適等之屈居下僚（《閒居秋懷，寄陽翟陸贊府、封丘高少
　　府》），高適天寶八載至十載秋，在封丘縣尉任，詩本年或
　　九載秋日作。

六、天寶十一載左右，賈至爲關內道採訪使判官（《全唐文》卷
　　341顏眞卿《顏允臧神道辭》：「天寶十載，……採訪判官賈
　　至」）。

七、天寶十二載十月，陳兼應辟命自汴州赴闕，獨孤及作序及
　　詩送之，兼寄懷高適、賈至（獨孤及《送陳兼應辟兼寄高
　　適、賈至》），賈至時仍在洛陽。

八、天寶十五載，六月，賈至與嚴武均從玄宗幸蜀，拜起居舍
　　人、知制誥；八月，賈至在成都作肅宗即位冊文，旋奉命
　　赴靈武，途中有詩呈韋見素、房琯、崔渙（《自蜀奉冊命往
　　朔方途中呈韋左相文部房尙書門下崔侍郎》）。

九、唐肅宗至德二載　丁酉，閏八月，杜甫制放還羌村省親，有
　　詩留別賈至、嚴武（《留別賈嚴二閣老兩院補闕》）。

十、乾元元年　戊戌，二月，賈至在長安官中書舍人，早朝大
　　明宮，作詩，王維、杜甫、岑參和之（《早朝大明宮呈兩省
　　僚友》）。三月，賈至坐房琯黨出守汝州，杜甫以詩送之（《送
　　賈閣老出汝州》）。

十一、乾元二年　己亥，三月，九節度使之師潰於相州，高適、賈
　　至等南奔襄、鄧。
　　　八月，賈至坐汝州事貶岳州司馬，與李白、李曄等同遊洞庭
　　湖。詩酒唱和，又作詩送李曄（賈至《初至巴陵與李十二白、
　　裴九同泛洞庭湖三首》、《江南送李卿》；《李太白全集》卷二
　　十《陪族叔刑部侍郎曄及中書賈舍人至遊洞庭五首》、《陪侍
　　郎叔曄遊洞庭醉後三首》）。
　　　九月，李白南行，賈至以詩送之（《洞庭送李十二赴零陵》）。

杜甫在秦州，寄詩巴州嚴武、岳州賈至（《寄岳州賈司馬六丈巴州嚴八使君兩閣老五十韻》）。

十二、上元元年　庚子，二月，賈至在岳州司馬任，春有詩寄李季卿、張謂（《巴陵寄李二戶部、張十四禮部（時貶岳州司馬）》）。

十三、上元二年　辛丑，九月，賈至在岳州司馬任，秋，有序送於兵曹往江夏；本年，有詩送南巨川貶崖州（《送南給事貶崖州》、《重別南給事》）。九月，嚴武秋末歸京，寄詩岳州司馬賈至，至有酬答（《答嚴大夫》）。十二月，賈至在岳州司馬任，冬，召復中書舍人，北歸經沔州，爲刺史賈載秋興亭作記，並將其在岳州詩作，編爲《巴陵詩集》。

十四、廣德元年　癸卯，十二月，賈至在中書舍人任，獨孤及讀其《巴陵詩集》，作詩寄之（《賈員外處見中書賈舍人巴陵詩集覽之懷舊代書寄贈》）。

十五、廣德二年　甲辰，十月，杜甫在成都幕，時賈至爲禮部侍郎，杜甫有詩寄之（《別唐十五誠因寄禮部賈侍郎》、《舊唐書·代宗紀》：廣德二年九月，「禮部侍郎賈至知東都舉」）。

十六、永泰元年　乙巳，七月，賈至在朝官禮部侍郎、集賢院待制；時蔣晃歸湖南。朝士多以詩相送，賈至爲之序。

十七、大曆元年　丙午，二月，禮部侍郎賈至知上都舉。十一月，賈至在長安。爲李适文集作序，再闡宗經之旨（《工部侍郎李公集序》）。

十八、大曆二年　丁未，七月，賈至爲李季卿墓作銘文。

十九、大曆三年　戊申，正月，賈至以尚書右丞爲兵部侍郎（《舊唐書·代宗紀》）。

二十、大曆五年　庚戌，九月，賈至自京兆尹遷右散騎常侍。

二十一、大曆六年　辛亥，韋應物在洛陽，與友人遊於賈至家林亭，作詩（《賈常侍林亭燕集》）。

二十二、大曆七年　壬子，四月，賈至卒，年五十五。獨孤及爲文祭
　　　　之（《祭賈尚書文》）。賈至有集二十卷，蘇晃別編爲十五卷（《新
　　　　唐書·藝文志》：「賈至集二十卷，別十五卷，蘇晃編」，詩見
　　　　《全唐詩》卷235，文見《全唐文》卷366～卷368）。

第二節　賈至的文學主張：以宗經爲主導的儒家文學教化觀

　　賈至繼承的是傳統的儒家思想，而且從他在《全唐文》中今存的文章來看，他還是一個儒學復興的積極倡導者。廣德元年（763），禮部侍郎楊綰上疏請停明經、進士科，「依古制，縣令舉孝廉於刺史，試其所通之學，送名於省；」〔註5〕賈至作《議楊綰條奏貢舉疏》附和其議。其文曰：「忠信之陵頹，恥尚之失所，末學之馳騁，儒道之不舉，四者皆由取士之失也。」指出由於取士試以詩賦、帖經之失，導致儒學下衰；因儒學下衰，「致使祿山一呼而四海震蕩，思明再亂而十年不復。」他認爲，儒道之興廢，關係著國家的安危，「向使禮讓之道宏，仁義之風著，則忠臣孝子，比屋可封，逆節不得而萌也，人心不得而搖也。」賈至此疏作於安史之亂剛剛平息後不久，在思想領域正需要儒家的君臣之道作爲抑制藩鎮、維護統一的思想武器；由這些議論可以看出，賈至的倡導復興儒學，正是以安史之亂後整頓統治秩序，鞏固皇權綱紀的需要爲出發點的。

　　在他死後獨孤及所作的《祭賈尚書文》中，敘述他生前思想時說：「追念夙昔，嘗陪討論。綜覆微言，揭厲孔門，匪究枝葉，必探本根。高論拔俗，精義入神，誓將以儒訓，齊斯民……」〔註6〕可見賈至復興儒學、以教化天下爲己任的抱負。另外據《大唐傳載》記載，「賈至常侍平生毀佛」〔註7〕，這也是他宗儒排佛的一個例證。葛曉音先

〔註5〕後晉·劉昫撰：《舊唐書》，北京：中華書局，1975年版，第5029頁。
〔註6〕唐·獨孤及著：《毗陵集》，保定：河北大學圖書館藏日本刊本，卷十。
〔註7〕傅璇琮著：《唐代詩人叢考》，北京：中華書局，1980年版，第201頁。

生也曾在《論李白樂府的復與變》一文中考察指出：「天寶年間李白在『十載客梁園』期間所結識的賈至、獨孤及、于逖、杜甫、高適等人……這些人彼此關係密切，而且都具有較濃厚的儒家復古思想。」〔註8〕可見賈至對於儒家思想，是深信篤行的。

與此相應，賈至的文學主張也是屬於傳統的儒家文學教化觀，他的這種文學主張十分明顯地體現在其文論中。如大曆元年（766）十一月，賈至在長安為工部侍郎李适文集所作的《工部侍郎李公集序》云：

> 《易》曰：「觀乎天文，以察時變；觀乎人文，以化成天下。」然則唐虞賡歌，殷周雅頌，美文之勝也。厥後四夷交侵，諸侯征伐，文王之道將墜地；於是仲尼刪《詩》述《易》作《春秋》，而帝王之書，三代文章，炳然可觀。洎騷人怨靡，揚、馬詭麗；班、張、崔、蔡，曹、王、潘、陸，揚波扇飆，大變風雅；宋、齊、梁、隋，蕩而不返。昔延陵聽樂，知諸侯之興亡，覽數代述作，固足驗夫理亂之源也。
>
> 皇唐紹周繼漢，頌聲大作，神龍中興，朝稱多士。濟濟儒術，煥乎文章，則我李公，傑立當代。於戲！斯文將喪久矣。習鄭衛者，難與言《咸》、《護》之節；被氈裘者，難與議周公之服。而公當頹靡之中，振洋洋之聲，可謂深見堯舜之道，宣尼之旨，鮮哉希矣！觀作者之意，得《易》之變，知《書》之達，究《詩》之微，極《春秋》之褒貶。可謂孔門之弟，洙泗遺徒。至其逸韻，揚波扇飆，餔糟啜醨，時有婉麗之什，浮豔之句，皆牽於詔旨，迫於時事。然亦言近而興深，語細而諷大，固有不含《六經》之奧義。覽者其知夫子之牆乎！〔註9〕

〔註8〕 葛曉音著：《論李白樂府的復與變》，載《文學評論》（京），1995 年第 2 期，第 12 頁。

〔註9〕 清‧董誥等編：《全唐文》，上海：上海古籍出版社，1990 年版，第 1653 頁。

正是從教化的立場出發，賈至無論敘歷代文章流變，還是評價具體作家作品都表現出鮮明的宗經思想；頌揚三代《六經》之文「炳然可觀」，而否定楚騷以下文學的發展，「揚波扇飆，大變風雅」，「蕩而不返」，背離儒家經典。文中甚至將述作的宗經與否，同世之治亂聯繫起來，──「昔延陵聽樂，知諸侯之興亡，覽數代述作，固足驗夫理亂之源也。」而在評論李适作品時，則先頌揚其所處的時代，「皇唐紹周繼漢，頌聲大作」，「濟濟儒術，煥乎文章，則我李公，傑立當代」。繼而稱讚其作品能夠「得《易》之變，知《書》之達，究《詩》之微，極《春秋》之褒貶」，即使「時有婉麗之什，浮豔之句」，也是「言近而興深，語細而諷大，罔有不含《六經》之奧義」。正因爲李适作品能夠做到宗經，賈至才大力頌揚他「當頹靡之中，振洋洋之聲，可謂深見堯舜之道，宣尼之旨，鮮哉希矣！」可見賈至衡量文學的標準是以六經爲依歸而鄙薄詭麗浮豔之詞的，其儒家文學教化觀也是以宗經爲主導的。

　　而他在《議楊綰條奏貢舉疏》中也說：

　　　易曰：「觀乎人文，以化成天下。」《關雎》之義曰：「先王以是經夫婦，成孝敬，厚人倫，美教化，移風俗。」蓋王政之所由興廢也。故延陵聽詩，知諸侯之存亡。今試學者以帖字爲精通，而不窮旨義，豈能知遷怒貳過之道乎？考文者以聲病爲是非，而惟擇浮豔，豈能知移風易俗化天下之事乎？是以上失其源，而下襲其流，乘流波蕩，不知所止；先王之道，莫能行也！〔註10〕

其中「遷怒貳過」，出自《論語》：「有顏回者好學，不遷怒，不貳過」（《論語‧雍也》）；「移風易俗化天下」，本於《毛詩序》：「先王以是經夫婦，成孝敬，厚人倫，美教化，移風俗」（《毛詩正義‧毛詩序》）；這也表明賈至反對浮豔之詞，要求作者精通六經旨義，使文學作品能夠發揮教化作用。

────────────

〔註10〕清‧董誥等編：《全唐文》，上海：上海古籍出版社，1990年版，第1652頁。

另外，賈至所作的《旌儒廟碑》一文，在批判秦始皇的焚書坑儒之中，也十分鮮明地體現了他的以宗經爲主導的儒家文學教化觀，「觀象考曆本乎元，辨方正位稽乎極。體元御極，莫先於教；教之大者，莫大於儒。……夫戡亂以武，守成以文；文以正崇，武以權勝。秦皇知權之可以取，不知正之可以守。向使天下既定，守正崇儒，遵六經之謨訓，用三代之文質，則黃軒盛美，湯武宏業不若也！觀夫坑儒焚書之意，乃欲蓋先王之能事，竊作者之鴻名，眾耳以前聞。逞私欲於當代。此儒之所忌也！……於維先王，設教崇儒；作訓六經，爲代典謨……」〔註11〕同時代的李舟在《獨孤常州集序》中也稱他與蕭穎士、李華、獨孤及等人，「皆憲章六藝，能探古人述作之旨。」〔註12〕

不僅如此，宗經的文學思想還貫穿在了他的詩歌創作中，由賈至現存詩中所使用的儒家經典的典故可見一斑：

賈至的詩	所用典故	典故出處
「皎皎無緇磷」（《自蜀奉冊命往朔方途中呈左相文部房尚書門下崔侍郎》）	「不曰堅乎，磨而不磷；不曰白乎，涅而不緇。」	《論語・陽貨》
「新命集舊邦」（同上）	「周雖舊邦，其命維新。」	《詩經・大雅・文王》
「元兇誘黠虜，肘腋生妖氛」（同上）	「禍發心腹，害起肘腋。」	《晉書・江統傳》
「古來有屯難」（同上）	「屯，剛柔始交而難生。」	《周易・屯》
「夏康續禹績」（同上）	少康滅浞復夏典	《左傳・襄公四年》
「悵望黃綺心」（《贈裴九侍御昌江草堂彈琴》）	商山四皓典	《漢書・王貢兩龔鮑傳序》

〔註11〕清・董誥等編：《全唐文》，上海：上海古籍出版社，1990 年版，第 1654 頁。

〔註12〕《隋唐五代文論選》，北京：人民文學出版社，1999 年版，第 172 頁。

「同扈岐陽蒐」(《巴陵早秋，寄荊州崔司馬、吏部閻功曹舍人》)	「周武有孟津之盟，成有岐陽之蒐。」	《左傳‧昭公四年》
「差池盡三黜」(同上)	「柳下惠為士師，三黜。」	《論語‧微子》
「耿耿雲陽臺」(同上)	「於是楚王乃登雲陽之臺。」	《漢書‧司馬相如傳》
「跂予暮霞裏，誰謂無輕舟」(同上)	「誰謂河廣？一葦杭之。誰謂宋遠？跂予望之。」	《詩經‧衛風‧河廣》
「郁郁被慶雲」(《閒居秋懷，寄陽翟陸贊府、封丘高少府》)	「若煙非煙，若雲非雲，郁郁紛紛，蕭索輪囷，是謂慶雲。」	《漢書‧天文志》
「泰階速賢良」(同上)	三臺星典	《晉書‧天文志》
「枕席相遠遊，聊欲浮滄浪」(同上)	「滄浪之水清兮，可以濯我纓；滄浪之水濁兮，可以濯我足」	《孟子‧離婁上》
「八月白露降，玄蟬號枯桑」(同上)	「孟秋之月……白露降，寒蟬鳴。」	《禮記‧月令》
「平生霞外期，宿昔共行藏」(同上)	「用之則行，舍之則藏」	《論語‧述而》
「歎息良會晚，如何桃李時」(《寓言二首》其一)	「何彼穠矣，華如桃李？」	《詩經‧召南‧何彼穠矣》
「鮮卑竊據朝五州」(《燕歌行》)	中國十二州，南有其七，北有其五典	《尚書‧舜典》
「季秋膠折邊草腓」(同上)	「欲立威者，始於折膠。」	《漢書‧晁錯傳》
「南風不競多死聲，鼓臥旗折黃雲橫」(同上)	「吾驟歌北風，又歌南風，南風不競，有死聲，楚必無功。」	《左傳‧襄公十八年》
「六軍將士皆死盡」(同上)	周天子有六軍典	《周禮‧夏官》
「同輦入昭陽」(《侍宴曲》)	班婕妤辭同輦典	《漢書‧班婕妤傳》

「梅發柳依依」（《對酒曲二首》其一）	「昔我往矣，楊柳依依；今我來思，雨雪霏霏。」	《詩經・小雅・采薇》
「共歎虞翻枉」（《送王員外赴長沙》）	虞翻被貶交州典	《三國志・吳書・虞翻傳》
「同悲阮籍途」（《送王員外赴長沙》）	阮籍窮途而哭典	《晉書・阮籍傳》
「勉哉孫楚吏，綵服正光輝」（《送夏侯參軍赴廣州》）	孫楚爲參軍典	《晉書・孫楚傳》
「回看北斗欲潸然」（《洞庭送李十二赴零陵》）	北斗七星典	《晉書・天文志》
「回看北斗欲潸然」（同上）	「潸焉出涕」	《詩・小雅・大東》
「漁舟憶釣臺」（《送夏侯子之江夏》）	釣臺典	《晉書・陶侃傳》
「爲報延州來聽樂」（《勤政樓觀樂》）	吳季札觀樂典	《左傳・襄公二十九年》
「共沐恩波鳳池上」（《早朝大明宮呈兩省僚友》）	勖曰：「奪我鳳凰池，諸君賀我耶？」	《漢書・荀勖傳》
「王孫莫諫獵，賤妾解當熊」《詠馮昭儀當熊》	馮昭儀當熊典	《漢書・外戚傳》
「今夕秦天一雁來」（《答嚴大夫》）	鴻雁傳書典	《漢書・蘇武傳》
「青雲北望紫微遙」（《岳陽樓重宴別王八員外貶長沙》）	紫微垣典	《晉書・天文志》

　　由上表可以看出，賈至在詩中大量使用了像《詩經》、《周易》、《尚書》、《左傳》、《論語》、《孟子》、《周禮》、《禮記》等儒家重要經典，以及《漢書》《三國志》、《晉書》等以儒家思想爲主導的「正史」中的典故，可見其頭腦中宗經文學思想的深厚。

　　綜上所述，可知賈至由教化天下的立場出發，始終要求文學作品能夠宗經，以儒家六經爲依歸，從而發揮教化作用，這是與儒家傳統

的文學觀要求文學作品能夠合乎儒家經典，即宗經原則，並能「經夫婦，成孝敬，厚人倫，美教化，移風俗」〔註13〕相一致的，他的文學主張屬於以宗經為主導的儒家文學教化觀。不僅如此，賈至堅守儒家文學教化觀，還有其現實意義，賈至曾長期擔任中書舍人，為皇帝近侍，並曾親身經歷了安史之亂，目睹了唐王朝由盛轉衰的歷史過程；而在唐玄宗統治時期，在思想上儒、道、釋三教並崇，如玄宗既親注《孝經》，又親注《道德經》和《金剛經》，頒行天下，這樣儒學便失去了其「定於一尊」的統治地位，以致於安史叛亂爆發以後，朝中眾多的大臣不顧儒家大義，紛紛投降叛軍，竟連宰相陳希烈也屈身附逆，「致使祿山一呼而四海震蕩，思明再亂而十年不復」（《議楊綰條奏貢舉疏》），大唐盛世一去不返；因此，在這樣的時代背景下，賈至倡導復興儒學，正是為了在思想領域恢復儒學的統治地位，把儒家的君臣之道，作為安史之亂後整頓統治秩序、抑制藩鎮、維護國家統一的思想武器，以實現唐王朝的「中興」；正是在這個意義上，賈至此舉堪為中唐韓柳等人儒學復興思潮的先聲。

〔註13〕李學勤主編：《毛詩正義》，北京：北京大學出版社，1999 年版，第10 頁。

第二章　賈至詩歌的思想內容

　　如上章所述，賈至生於宦門，父子兩代都曾擔任中書舍人、知制
誥，而爲皇帝近臣，謹奉著儒家正統的君臣之道；可以說，他出身於
一個「奉儒守官」的家庭。賈至又是擢明經第由科舉道路走上的仕途，
而「明經試的一個特點，就是要求應試者熟讀並背誦儒家的經典（包
括其注疏）。《新唐書・選舉志》記明經考試的項目爲：『凡明經，先
帖文，然後口試，經問大義十條，答時務策三道。』」〔註1〕即全部以
儒家經典爲依據考查士子對經文、經義的熟悉和理解程度以及運用儒
家經典解決現實政治問題的能力和水平。賈至能夠由此而擢第，足以
證明其對儒家經典的精熟。而他是一個儒學復興的積極倡導者，其文
學主張又是以宗經爲主導的儒家文學教化觀，並以此來指導文學創
作；因此，傳統的儒家思想是其思想的核心，並在他的詩歌創作中體
現出來，包括愛國精神和入世情懷、儒家君臣觀、觀樂知政思想、仁
愛思想、中庸思想、獨善其身思想等六個主要方面：

第一節　愛國精神和入世情懷

　　儒家學派自創立之日起，就具有直面現實、以天下爲己任的入世

〔註 1〕 傅璇琮著：《唐代科舉與文學》，西安：陝西人民出版社，1986 年版，
　　　　第 116 頁。

情懷和憂國憂民的愛國精神，標榜和奉行「修身、齊家、治國、平天下」（《禮記‧中庸》）的爲人處世之道。早在儒家經典之首的《周易》之中，就已見其端倪。如在「乾」卦之下，「象曰：『天行健，君子以自強不息』」，即是積極進取、剛健有爲的入世情懷之體現。並且，歷代儒家的仁人志士都視這種爲國家、爲天下大義而獻身的入世情懷和愛國精神爲「大仁」、「大勇」，並親身履踐。

儒家學派的代表人物孔子和孟子，就已多次提倡這種「大仁」、「大勇」了，如孔子就曾言，「士見危致命」（《論語‧子張》），「歲寒，然後知松柏之後凋也」（《論語‧子罕》），提出要在國家危難、天下興亡之際而爲之獻身、「致命」；並強調「志士仁人，無求生以害仁，有殺身以成仁」（《論語‧衛靈公》），體現出不成功，則成仁，「知其不可而爲之」（《論語‧憲問》）的捨身衛道的精神。而孟子則繼承了孔子「殺身成仁」的思想，並加以發揚光大，提出「生，亦我所欲也。義，亦我所欲也，二者不可得兼，舍生而取義者也」（《孟子‧告子上》）的主張，當有人問及「士何事？」時，他回答「尚志」，「仁義而已矣」（《孟子‧盡心上》）；而爲國爲民爲天下，是其「大仁」、「大義」之所在，勢必要「捨生取義」，也就是秉持一種「樂以天下，憂以天下」（《孟子‧梁惠王下》）的積極入世的態度。要求「居天下之廣居，立天下之正位，行天下之大道。得志，與民由之；不得志，獨行其道。富貴不能淫，貧賤不能移，威武不能屈，此之謂大丈夫」（《孟子‧滕文公下》），體現了一種肯爲國家、天下獻身的大無畏的人格精神；也就是他所說的「浩然之氣」，「其爲氣也，配義與道；無是，餒也」（《孟子‧公孫丑上》）。也正是一種立足於國家和天下的「大道」、「大義」、和「正氣」，這也就是後人所崇奉的「浩然正氣」、「氣節」的本源。孔孟的取義成仁的入世情懷和愛國精神，也激勵著一輩輩的後學以天下爲己任，爲國爲民，赴湯蹈火，在所不惜。

繼承了傳統儒家思想的賈至，也是具有這種愛國精神和入世情懷並親身奉行的。早在安史之亂初期，天寶十五載（756）六月，叛軍

攻陷潼關，玄宗棄長安，流亡蜀中，扈從臣子寥寥無幾，而賈至便在其中；七月，太子李亨即位靈武，是爲肅宗；八月，消息傳至成都後，玄宗便命擔任中書舍人的賈至撰傳位冊文，並命他與左相韋見素、吏部尚書房琯、黃門侍郎崔渙一起，遠赴靈武，輔佐肅宗。靈武時爲朔方節度使府所在地，在今寧夏靈武西南，由成都至靈武，不下千里之遙；靈武還是當時領導全國上下抗擊安史叛軍的政治中心，而輔佐肅宗，是有利於統一領導全國抗戰，收復失地、重整河山，從而拯救陷身於安史叛亂的水深火熱之中的百姓們的。此刻這一重任，便落在了賈至諸人的肩上；在漫漫征途上，賈至在《自蜀奉冊命往朔方途中呈韋左相文部房尚書門下崔侍郎》中，以詩筆記下了行途之艱難和對中興國家的堅定信念：

> 胡羯亂中夏，鑾輿忽南巡。衣冠陷戎寇，狼狽隨風塵。
> 齒公秉大節，臨難不顧身。激昂白刃前，濺血下沾巾。尚
> 書抱忠義，歷險披荊榛。扈從出劍門，登翼岷江濱。時望
> 挹侍郎，公才標縉紳。亭亭崑山玉，皎皎無緇磷。顧惟乏
> 經濟，扞牧陪從臣。永願雪會稽，仗劍清咸秦。太皇時內
> 禪，神器付嗣君。新命集舊邦，至德被遠人。……

開頭一段，先是對患難中的同行者在戰亂中表現出的「大節」、「忠義」表示欽敬，以相互激勵，更以「永願雪會稽，仗劍清咸秦」相期，這裡連用越王句踐臥薪嘗膽終於滅吳，洗雪會稽之恥和劉邦仗劍斬蛇起義覆滅暴秦兩個典故，表達了詩人平滅安史叛亂的決心。

第二段，實寫行途上的艱難險阻，「捧冊自南服，奉詔趨北軍。觀謁心載馳，違離難重陳。策馬出蜀山，畏途上緣雲。飲啄叢箐間，棲息虎豹群。崎嶇凌危棧，惴栗驚心神。峭壁上嶔岑，大江下沄沄。」正是爲了國家社稷，爲了天下蒼生，才不畏艱難，披荊斬棘，遠赴靈武；這裡集中體現了賈至所繼承的儒家爲國爲民而「殺身成仁」、「捨生取義」的愛國精神和獻身情懷。可謂「捐軀赴國難，視死忽如歸。」

以下一段，「皇風扇八極，異類懷深仁。元兇誘黠虜，肘腋生妖氛。明主信英武，威聲赫四鄰。誓師自朔方，旗幟何繽紛。鐵騎照白日，旌頭拂秋旻。將來蕩滄溟，寧止蹴崑崙。古來有屯難，否泰長相因。夏康纘禹績，代祖復漢勳。」使用少康復夏和漢文帝復漢兩個典故，「以中興望肅宗」，〔註2〕肅宗稱帝之初，靈武朝廷君臣不過二、三十人，而賈至對其寄以厚望並親赴靈武予以支持，也正是為國、為民、為天下。

末尾一段，「于役各勤王，驅馳拱紫宸。豈惟太公望，往昔逢周文。誰謂三傑才，功業獨殊倫。感此慰行邁，無為歌苦辛。」再次表達了詩人為國為民、遠赴國難而無怨無悔的思想感情──「感此慰行邁，無為歌苦辛。」沈德潛曾稱此詩，「直敘時事，煌煌大文」，〔註3〕這首詩也正是其勇赴國難的真實歷程的寫照。可見，這些詩句和感受正是賈至身上儒家傳統的愛國精神和入世情懷的具體體現。

在乾元二年（759）賈至被貶岳州司馬之後所作的《巴陵早秋寄荊州崔司馬吏部閻功曹舍人》一詩中，也體現了其憂世傷時的愛國情懷。這是一首長篇五古，開頭一段描寫洞庭湖秋景，籍以抒發自己遭貶謫之哀：「謫居瀟湘渚，再見洞庭秋。極目連江漢，西南浸斗牛。滔滔蕩雲夢，澹澹搖巴丘。曠如臨渤澥，窅疑造瀛洲。君山麗中波，蒼翠長夜浮。帝子去永久，楚詞尚悲秋。」之後，「我同長沙行，時事加百憂」二句，由感慨個人遭際轉入家國之憂。「長沙行」句，用西漢賈誼被貶長沙王太傅之典，賈至把它用在這裡表明，自己不但如賈誼一樣傷己身之境遇，而且還為國家動蕩的時局而憂心不已，「登高望舊國，胡馬滿東周。宛葉遍蓬蒿，樊鄧無良疇。獨攀青楓樹，淚灑滄江流。」賈至是洛陽人，在登高望鄉之時，也在想像著遠在北方的家園淪喪和國土被「胡馬」即安史叛軍蹂躪的情景；而自己遠謫他

〔註2〕清‧沈德潛著：《唐詩別裁》，北京：商務印書館，1958年版，第24頁。
〔註3〕清‧沈德潛著：《唐詩別裁》，北京：商務印書館，1958年版，第24頁。

鄉，愛莫能助，唯有「獨攀青楓樹，淚灑滄江流」而已。短短八句，家國之憂便已溢於言表。

並且，賈至在他的邊塞詩中，也更加鮮明地表現了他的入世情懷和愛國精神。比較典型的，如《燕歌行》這首長篇七言歌行——

> 國之重鎮惟幽都，東威九夷北制胡。五軍精卒三十萬，百戰百勝擒單于。前臨滹沱後易水，崇山沃野互千里。昔時燕山重賢士，黃金築臺從隗始。倏忽興王定薊丘，漢家又以封王侯。蕭條魏晉為橫流，鮮卑竊據朝五州。我唐區夏餘十紀，軍容武備赫萬祀。彤弓黃鉞授元帥，墾耕大漠為內地。季秋膠折邊草腓，治兵羽獵因出師。千營萬隊連旌旗，望之如火忽電馳。匈奴慴竄窮髮北，大荒萬里無塵飛。君不見隋家昔為天下宰，窮兵黷武征遼海。南風不競多死聲，鼓臥旗折黃雲橫。六軍將士皆死盡，戰馬空鞍歸故營。時移道革天下平，白環入貢滄海清。自有農夫已高枕，無勞校尉重橫行。

「燕歌行」，本是樂府《相和歌·平調》古題，《樂府廣題》曰：「燕，地名也，言良人從役於燕而為此曲。」曹丕、蕭繹、庾信等所作，多寫思婦懷念征人，而賈至此詩則與高適《燕歌行》一樣，擴大了該詩題的表現範圍，歷述燕地的興衰治亂，從燕昭王築黃金臺招賢，漢家用以封王侯，魏晉動亂、鮮卑創建北魏，直到隋唐。並通過隋唐兩代於此征戰的歷史史實加以對比，來謳歌大唐盛世的赫赫武功，隋代是「……窮兵黷武征遼海。南風不競多死聲，鼓臥旗折黃雲橫。六軍將士皆死盡，戰馬空鞍歸故營」；而大唐，則先是「墾耕大漠為內地」，做好充足準備，並且「季秋膠折邊草腓，治兵羽獵因出師」，把握戰機，相時而動，因而大獲全勝，「匈奴慴竄窮髮北，大荒萬里無塵飛」；且最終以「時移道革天下平，白環入貢滄海清。自有農夫已高枕，無勞校尉重橫行」作結，一亂一治，一正一反，表達了詩人對身處大唐盛世而無邊塞之憂，天下得以太平安樂的無限振奮和喜悅之情；全篇洋溢著昂揚的基調，是一首較為出色的唐代邊塞詩。在頌揚謳歌之

中，也體現了詩人關注國家治亂、天下興亡大事的積極入世情懷和愛國精神。

除了以上的長篇之作，還有像《出塞曲》這樣的短篇，表現其愛國情懷，「萬里平沙一聚塵，南飛羽檄北來人。傳道五原烽火急，單于昨夜寇新秦。」首二句一開始便引出了「羽檄」這充滿戰爭意味的象徵物，「檄」，用以徵調軍士，遇有急事方插羽毛於其上，以示迅疾，這裡加上一個「飛」字，更見軍情之緊急。在萬里邊關的征途上，羽檄南飛，究竟發生了何等緊急的戰事呢？後二句緊承上聯，「傳道五原烽火急，單于昨夜寇新秦」，「五原」、「新秦」，今都位於內蒙古境內，地處邊塞，與異族接壤；這兩句有如出自戰士之口，把那種軍情十萬火急的焦慮心情十分準確地表達出來。詩人那種關心國家時局、邊關戰事的愛國精神也盡顯其中。

第二節　儒家君臣觀

在儒家傳統的政治、倫理觀念中，君臣之道是佔有很重要地位的，從孔子開始，就提出「君君，臣臣，父父，子子」（《論語‧顏淵》），視「君臣之義」為「大倫」（《論語‧微子》）；《左傳》中也提出「君令臣供……禮也」（《左傳‧昭公二十九年》）；《禮記‧中庸》則言：「君臣也，父子也，夫婦也，昆弟也，朋友之交也，五者天下之達道也」，將「君臣」置於天下達道之首；孟子也講，「內則父子，外則君臣，人之大倫也」（《孟子‧公孫丑下》），「君臣有義」（《孟子‧滕文公上》）等等。

但在先秦儒家的君臣觀念中，並非像後世儒家所宣揚的「三綱五常」那樣，要求「君為臣綱」，把君臣之間視為絕對的統治與服從的關係，而是提倡一種君臣互動的關係，即所謂「君仁臣忠」（《禮記‧禮運》）；比如孔子儘管要求「事君，敬其事而後其食」（《論語‧衛靈公》），「事君，能致其身」（《論語‧學而》），但也很鮮明地提出：「君使臣以禮，臣事君以忠」（《論語‧八佾》），臣子的「忠君」是以君主

的「禮臣」為前提的。儒家「四書」之一的《禮記・大學》中也講，
「為人君，止於仁；為人臣，止於敬」；而孟子除了提出類似的「君
盡君道，臣盡臣道」（《孟子・離婁上》）的主張以外，更進一步指出
「君仁，莫不仁；君義，莫不義」（《孟子・離婁下》），甚至有「君之
視臣如手足，則臣之視君如腹心；君之視臣如犬馬，則臣之視君如國
人；君之視臣如草芥，則臣之視君如寇讎」（《孟子・離婁下》）的形
象比喻。這些也都體現出先秦儒家要求「君仁臣忠」的互動關係的君
臣觀念。

　　賈至出身於世宦之家，父子兩代相繼擔任中書舍人，為皇帝近
侍、知制誥，所以是自覺地奉行儒家君臣之道的。其《宓子賤碑頌》
云：「先生宣慈在躬，精義入神，……始受業於仲尼，終委質於魯君……
觀夫為政之大，體元之要，恤孤哀喪，舉事問弔，訓之以悌，加之以
孝，借五更而悟君，賢三老而稟教」〔註4〕，對於忠於君主，恪盡臣
職、教化子民的孔子門人宓子賤，賈至是大加讚頌的。而對於犯上作
亂者，則深惡痛絕。《新唐書》本傳載，「至德中，將軍王去榮殺富平
令杜徽，肅宗新得陝，且惜去榮材，詔貸死，以流人使自效」，〔註5〕
賈至上表諫曰：「……謹按王去榮是富平縣百姓，朔方偏裨，無專殺
之權，有犯上之逆，且擁數千之眾，不能整齊行列，外攻強寇。翻乃
無狀挾怨，內殺縣尹。《易》：『臣弒其君，子弒其父，非一朝一夕之
故，其所由來者，漸矣。若縱去榮，可謂生漸矣。……夫去榮亂逆之
人也，焉有逆於此，順於彼；亂富平而治於陝郡，悖於縣尹而不悖於
君乎？」〔註6〕終於將王去榮正法。即便是為君主所排擠，遭受貶謫，
其忠君之心，也不改變；如乾元元年（758）春，肅宗排擠玄宗舊臣，

〔註4〕清・董誥等編：《全唐文》，上海：上海古籍出版社，1990 年版，第
　　　　1655 頁。

〔註5〕宋・歐陽修，宋祁撰：《新唐書》，北京：中華書局，1975 年版，第
　　　　4296 頁。

〔註6〕清・董誥等編：《全唐文》，上海：上海古籍出版社，1990 年版，第
　　　　1651 頁。

賈至亦在其列，出爲汝州刺史，但仍作《汝州刺史謝上表》，以謝君恩。其文曰：「……捧荷恩私，違離軒陛。專城之寄則厚，魏闕之心斯切。即以今月至州上訖，臣某誠惶誠恐，頓首頓首。……臣以庸劣，績用無聞，生睹中興，以爲殊幸。官登列守，彌覺叨榮……敢勵鉛刀之割，終於犬馬之戀。」〔註7〕可見儒家的「君臣大義」在其頭腦之中的根深蒂固。

反映到他的詩歌創作之中，首先表現爲應制體中忠君敬主、恪盡臣職的思想感情的表達，比較典型的就是他那首很著名的《早朝大明宮呈兩省僚友》：「銀燭薰天紫陌長，禁城春色曉蒼蒼。千條弱柳垂青瑣，百囀流鶯繞建章。劍佩聲隨玉墀步，衣冠身惹御爐香。共沐恩波鳳池上，朝朝染翰侍君王。」此詩作於乾元元年（758）春，賈至擔任中書舍人，時長安已復，中興在望，於是賦早朝之事以歌唱昇平。此詩一出，中書、門下兩省的同僚杜甫、王維、岑參便紛紛寫詩唱和，成爲唐代詩壇上一大盛事。賈至這首臺閣應製詩極寫早朝的富貴尊嚴氣象，首聯「銀燭薰天紫陌長，禁城春色曉蒼蒼」，寫出京城大道上銀燭照天，百官上朝車馬絡繹不絕，而至宮門天已破曉之景，主要寫宮外景況，聲勢十分雄壯；且處處點出一個「早」字，與詩題相呼。頷聯「千條弱柳垂青瑣，百囀流鶯繞建章」，轉寫宮內景色，楊柳青青，鶯啼宛轉，一派和穆氣氛。頸聯則細筆描繪百官上朝時的動作、神情──「劍佩聲隨玉墀步，衣冠身惹御爐香」，眾人一片肅靜，只有劍柄和佩環相撞之聲，一個個魚貫而入。尾聯「共沐恩波鳳池上，朝朝染翰侍君王」，則點明詩人身份爲中書舍人，「鳳池」，即鳳凰池，爲中書省的美稱，「染翰」，即以墨濡筆，此指草擬詔書，爲中書舍人之職；並以勤勉國事作結，集中表達了詩人感承帝王恩德，欲謹守職分以盡忠的思想感情，正如唐汝詢所解，「我與諸公沐恩波於鳳池深矣，可不夙夜兢兢，奉

文墨以侍天子乎？」﹝註8﹞十分明顯地反映了賈至「忠君」、「敬君」
的儒家君臣觀念。

　　其次，在賈至被貶爲岳州司馬，遠離朝廷後所作的傷貶謫的眾多
詩作中，也能反映出他那「處江湖之遠，則憂其君」的戀闕、思君之
情。岳州地處湖南，而京城長安位於遙遠的北方，因此這些詩中常出
現「北望」、「北斗」、「帝鄉」等詞語，以喻指京城、朝廷；如「停杯
試北望，還欲淚沾襟」（《岳陽樓宴王員外貶長沙》），「青雲北望紫微
遙」（《岳陽樓重宴別王八員外貶長沙》），「回看北斗欲潸然」（《洞庭
送李十二赴零陵》），「雲歸帝鄉遠，雁報朔方寒」（《長沙別李六侍
御》），「一片仙雲入帝鄉」（《送王道士還京》）等等。其中，「帝鄉」，
出自《莊子·天地》：「千歲厭世，去而上仙，乘彼白雲，至於帝鄉」，
指天帝之都，詩中用以借指京城長安；且長安「上直北斗」﹝註9﹞，
所以用「北斗」代之，並多次「北望」，藉以表達詩人外貶後對於京
城、朝廷無限懷念的戀闕之情。

　　而在詩人謫居岳州送別友人之際，撫今追昔，每每勾起對舊日身
居京城任皇帝近臣的往事的回憶：

　　　　《洞庭送李十二赴零陵》：今日相逢落葉前，洞庭秋水
　　遠連天。共說金華舊遊處，回看北斗欲潸然。

　　　　《送王道士還京》：一片仙雲入帝鄉，數聲秋雁至衡
　　陽。借問清都舊花月，豈知遷客泣瀟湘。

　　　　《岳陽樓宴王員外貶長沙》：極浦三春草，高樓萬里
　　心。楚山晴靄碧，湘水暮流深。忽與朝中舊，同爲澤畔吟。
　　停杯試北望，還欲淚沾襟。

第一首是乾元二年（759）九月賈至於「洞庭秋水」畔的岳州與好友
李白作別時所作，「金華」，爲漢殿名，在未央宮，這裡借指京城長

﹝註8﹞明·唐汝詢選釋，王振漢點校：《唐詩解》，保定：河北大學出版社，
　　　2001年版，第1054頁。
﹝註9﹞清·仇兆鰲注：《杜詩詳注》，北京：中華書局，1995年版，第1486
　　　頁。

安。時賈至被貶爲岳州司馬，李白亦剛剛作從永王李璘事流放夜郎遇赦而還，兩人在分別之時，「共說金華舊遊處」，回憶起天寶初二人在京城爲官交遊之事，又怎能不更添傷感！可所能做的唯有「回看北斗欲潸然」，一同北望，相對而泣。

第二首是賈至於岳州送王道士還京時所作，「一片仙雲」即喻指王道士。詩人此時送人回京，自身卻只能停留在貶謫之所岳州，回憶起京城舊日熟悉的花月，而身不能往，不禁發出一問，「借問清都舊花月，豈知遷客泣瀟湘」？正是此時思念京都之眞情的流露。

第三首也是賈至於岳州送被貶謫長沙的好友王員外時所作，二人都曾在朝爲官，可轉眼間卻都遭受貶謫，「忽與朝中舊，同爲澤畔吟」，「澤畔吟」，用屈原遭放逐「行吟澤畔」之典，以喻二人相同的遭際，可謂「同是天涯淪落人」，又怎能不惺惺相惜呢？而停杯北望，思念京都之時，自不免淚水沾襟。

清人賀子翼《詩筏》曰：「詩人佳作，多是忠孝至性之語……忠孝之詩，不必問工拙也。」〔註10〕在以上的這些詩中，賈至對朝廷的忠誠和對京城的思念確是發自眞情，每每「欲潸然」、「泣瀟湘」、「還欲淚沾襟」，反映出他眞切的戀闕之情。

另外，賈至還以寓言詩和表現閨怨的代言體的形式，通過「男女之思」，比喻「君臣之念」，以此來表達他的思君、戀闕之情。寓言詩有《寓言二首》：

其一

春草紛碧色，佳人曠無期。悠哉千里心，欲采商山芝。
歎息良會晚，如何桃李時。懷君晴川上，佇立夏雲滋。

其二

凜凜秋閨夕，綺羅早知寒。玉砧調鳴杵，始擣機中紈。
憶昨別離日，桐花覆井欄。今來思君時，白露盈階溥。

〔註10〕富壽蓀校點，郭紹虞編選：《清詩話續編》，上海：上海古籍出版社，1983 年版，第 195 頁。

　　　　聞有關河信，欲寄雙玉盤。玉以委貞心，盤以薦嘉餐。

　　　　嗟君在萬里，使妾衣帶寬。

寓言，乃有所寄託之言，以己之言借他人之名以言之。第一首即借思念佳人，「歎息良會晚，如何桃李時」，表達懷君之情，歎息自己身謫邊地，不能還朝事君，徒然辜負了大好時光。正如明代唐汝詢所解，「此放逐而思君也。言睹春草之含碧，而想見君之無期，遂欲遠遁以採芝者，非遽然忘君也，蓋事君期於勝年而良會已晚，今果何如哉！豈更桃李之時邪！佇立晴川而忽見夏雲之起矣。夫既感春草，復悲夏雲，以見光景日往而思君愈切耳。」（註11）第二首則襲用《古詩十九首》中的思婦詩《行行重行行》之原意，「行行重行行，與君生別離。相去萬餘里，各在天一涯；道路阻且長，會面安可知！胡馬依北風，越鳥巢南枝。相去日已遠，衣帶日已緩；浮雲蔽白日，游子不顧反。思君令人老，歲月忽已晚。棄捐勿復道，努力加餐飯！」以閨中女子思念遠行異鄉的夫君，寄託自己思君之情。前半段通過「凜凜秋閨夕，綺羅早知寒」等深秋氛圍的渲染，襯托婦人思夫之切，以及詩人思君之切；「聞有關河信，欲寄雙玉盤。玉以委貞心，盤以薦嘉餐」，表面上是寫思婦向身在遠方的夫君表達忠貞之情，實際上是詩人藉此表達自己對君王的忠貞不貳之心；「嗟君在萬里，使妾衣帶寬」，用《行行重行行》「相去日已遠，衣帶日已緩」之語，再次表達了詩人對遠在京城的君王的思念之情，可謂「衣帶漸寬終不悔，為君銷得人憔悴」！也可以看出賈至儘管為君所棄，外貶邊地，而對君主的忠心卻未曾改變。

　　賈至代言體的閨怨詩，則借樂府古題的本意，匯入自身的思想感情，表達出思君、戀闕之意。比如《長門怨》：「獨坐思千里，春庭曉景長。鶯喧翡翠幕，柳覆鬱金堂。舞蝶縈愁緒，繁花對靚妝。深情托瑤瑟，絃斷不成章。」《樂府古題要解》曰：「長門怨，為漢武帝陳皇后作也。後，長公主嫖女，字阿嬌。及衛子夫得幸，後退居長門宮，

〔註11〕明‧唐汝詢選釋，王振漢點校：《唐詩解》，保定：河北大學出版社，2001 年版，第 43 頁。

愁悶悲思。聞司馬相如工文章，奉黃金百斤，令靈解愁之辭。相如作《長門賦》，帝見而傷之，復得親幸者數年。後人因其賦爲《長門怨》焉。」〔註12〕賈至在此詩中用其古事，擬陳皇后口吻，表述失寵後的愁悶悲怨和懷君之思，寄託自己遭貶之後的思君、戀闕之情。「獨坐思千里，春庭曉景長」，一個「獨」字便顯現出陳后失寵後孤獨寂寞的惆悵，而「鶯喧翡翠幕，柳覆鬱金堂。舞蝶縈愁緒，繁花對靚妝」的春景，更反襯出己身的孤獨；只好把思君千里的深情託之瑤瑟，可終究「弦斷不成章」。陳后的景況正體現出詩人自身的遭際，貶謫後的孤獨凄涼，與之又何其相類！君王相隔千里之遙，思而不見，自是滿腹愁怨，只好借題發揮，寄情於詩章。

類似的詩還有《銅雀臺》：「日暮銅臺靜，西陵鳥雀歸。撫弦心斷絕，聽管淚霏微。靈幾臨朝奠，空床卷夜衣。蒼蒼川上月，應照妾魂飛。」《樂府古題要解》曰：「銅雀臺，一曰銅雀妓。舊說魏武帝遺命令其諸子曰：『吾婕好妓人，皆著銅雀臺中。於臺上施八尺繐帳，朝晡上酒脯粳糒之屬，每月朝十五，輒向帳前作妓樂。汝等時時登銅雀臺望吾西陵墓田。』後人悲其意而爲之詠也。鑄銅雀置於臺上，因名爲銅雀臺。」〔註13〕賈至此詩則借銅雀妓守望西陵懷念魏武帝曹操的古事，抒發自己思君、戀闕之情。「日暮銅臺靜，西陵鳥雀歸」，與上一首的「鶯喧翡翠幕」一樣，以活潑騰躍的景象，反襯出其時其境的靜寂凄涼；「靈幾臨朝奠，空床卷夜衣」，妾妓所居孤寂清冷的環境與魏武帝生前大宴銅雀臺的盛況，恍若隔世，每思及此，自不免「心斷絕」、「淚霏微」；思君不見，唯有「蒼蒼川上月，應照妾魂飛。」明人譚宗《近體秋陽》稱此二句「健力奇氣，慘情令讀者毛髮都豎。」〔註14〕把銅雀妓對魏武帝的懷念之情準確地表現了出來，其實這也正是詩人自己不能重返朝廷與君相伴的思君、戀闕之情的眞切表達。

〔註12〕丁福保輯：《歷代詩話續編》，北京：中華書局，1983 年版，第 58 頁。
〔註13〕丁福保輯：《歷代詩話續編》，北京：中華書局，1983 年版，第 68 頁。
〔註14〕林東海選譯：《唐人律詩精華》，北京：人民文學出版社，2002 年版，199 頁。

　　綜上，賈至恪守傳統儒家的君臣之「大倫」，忠君、敬君，即便是被貶之後，仍在詩中抒發自己的思君、戀闕之情，並無一首刺君之詩；不像同時代的大詩人杜甫，除了在「致君堯舜上，再使風俗淳」（《奉贈韋左丞丈二十二韻》），「北極朝廷終不改」（《登樓》）等詩句中抒發忠君、戀闕之情以外，還敢於在詩中對君主的不仁、不義之行加以批判，如批評唐玄宗的窮兵黷武——「君已富土境，開邊一何多！」（《前出塞九首》其一）「邊庭流血成海水，武皇開邊意未已」（《兵車行》）；諷刺肅宗不納忠諫，自以爲是——「唐堯眞自聖，野老復何知」（《秦州雜詩二十首》其二十），以及諷刺代宗寵信宦官致使京城失陷於吐蕃，「犬戎直來坐玉床，百官跣足隨天王」（《憶昔二首》其一），可謂一針見血，毫不留情！可以看出，杜詩是比較全面地反映了先秦儒家互動的君臣觀念的。與之相比，賈至詩中所體現出的忠君、敬君思想，則有其庸愚的成分，他只是繼承了先秦儒家君臣觀的一部分而已；當然，這也是賈至出身於世宦之家，並長期擔任皇帝近臣的必然結果。

第三節　觀樂知政思想

　　觀樂知政思想，是儒家傳統文藝思想的重要組成部分之一，最早見於儒家典籍《春秋左傳》記載的吳公子季札觀樂時所發表的評論中：

　　　　吳公子札來聘……請觀於周樂。使工爲之歌《周南》、《召南》，曰：「美哉！始基之矣，猶未也。然勤而不怨矣。」爲之歌《邶》、《鄘》、《衛》，曰：「美哉，淵乎！憂而不困者也。吾聞衛康叔、武公之德如是，是其《衛風》乎？」爲之歌《王》，曰：「美哉！思而不懼，其周之東乎？」爲之歌《鄭》，曰：「美哉！其細已甚，民弗堪也，是其先亡乎！」爲之歌《齊》，曰：「美哉！泱泱乎！大風也哉！表東海者，其大公乎！國未可量也。」爲之歌《豳》，曰：「美

哉！蕩乎！樂而不淫，其周公之東乎？」爲之歌《秦》，曰：
「此之謂夏聲。夫能夏則大，大之至也，其周之舊乎？」
爲之歌《魏》，曰：「美哉！渢渢乎！大而婉，險而易行，
以德輔此，則明主也。」爲之歌《唐》，曰：「思深哉！其
有陶唐氏之遺民乎？不然，何其憂之遠也？非令德之後，
誰能若是？」爲之歌《陳》，曰：「國無主，其能久乎？」
自《鄶》以下無譏焉。」爲之歌《小雅》，曰：「美哉！思
而不貳，怨而不言，其周德之衰乎？猶有先王之遺民焉。」
爲之歌《大雅》，曰：「廣哉！熙熙乎！曲而有直體，其文
王之德乎？」爲之歌《頌》，曰：「至矣哉！直而不倨，曲
而不屈，邇而不偪，遠而不攜，遷而不淫，復而不厭，哀
而不愁，樂而不荒，用而不匱，廣而不宣，施而不費，取
而不貪，處而不底，行而不流，五聲和，八風平，節有度，
守有序，盛德之所同也。」（《左傳‧襄公二十九年》）

可以看出，季札是從音樂的風格上去考察其中所體現的思想感情，藉
以辨別政治的優劣，風俗的好壞，從而把音樂作品看作是政治狀況的
反映，這也就把二者關係提高到了一種極端的高度，認爲音樂完全可
以作爲政治的晴雨錶。這種文藝思想一直爲後世的儒家學者所繼承，
如《荀子‧樂論》講，「夫樂之入人也深，其化人也速，……故齊衰
之服，哭泣之聲，使人之心悲。帶甲嬰冑，歌於行伍，使人之心傷；
姚冶之容，鄭衛之音，使人之心淫；紳、端、章甫，舞韶歌武，使人
之心莊。」認爲音樂在社會政治生活中有重要的地位和作用，它可以
感化人心，從而影響社會風尚，也與政治的治亂緊密相關。因此，「亂
世之征：……其聲樂險，……治世反是也。」（《荀子‧樂論》）孟子
也提出過，「仁言，不如仁聲之入人深也。」（《孟子‧盡心上》）同樣
指出了音樂能感化人心，對社會政治有著重要的影響作用。而代表著
漢代儒家思想的《禮記》中，則全面肯定和總結了音樂與社會政治的
緊密關係，「凡音者，生人心者也。情動於中，故形於聲，聲成文，
謂之音。是故治世之音安以樂，其政和；亂世之音怨以怒，其政乖；

亡國之音哀以思，其民困。聲音之道與政通矣。」（《禮記・樂記》）
可見，觀樂知政思想在儒家文藝思想中的影響之深遠。

　　賈至秉持儒家文學教化觀，對觀樂知政的儒家文藝思想自是絕對
加以繼承的，在其文中也多次提到季札觀樂，如「昔延陵聽樂，知諸
侯之興亡，覽數代述作，固足驗夫理亂之源也。」（《工部侍郎李公集
序》）「故延陵聽詩，知諸侯之存亡。」（《議楊綰條奏貢舉疏》）其中
「延陵」，即指吳公子季札，他曾被封於延陵。而且，其《沔州秋興
亭記》中也提到，「聞韶濩而和，聆鄭衛而靡，耳之動也；……和則
安樂，靡則憂危。」〔註15〕也表明賈至繼承了「治世之音安以樂，其
政和；亂世之音怨以怒，其政乖」的儒家文藝思想，肯定音樂是對社
會政治狀況的反映。

　　反映到他的詩歌創作中，最為明顯的則是《勤政樓觀樂》了，「銀
河帝女下三清，紫禁笙歌出九城。為報延州來聽樂，須知天下欲昇
平。」勤政樓，是勤政本務樓之簡稱，位於京城長安興慶宮內西南，
開元八年（720）造，屬於皇家宮殿，此詩即作於賈至在宮中觀賞樂
舞之後。「銀河帝女」，即天上仙女，用以比歌舞妓；「三清」，道教
指玉清、上清、太清三清境，即天界；「紫禁」、「九城」，均指京都。
可以看出觀樂的地點，是在宮中，皇帝身邊；因而此詩不免有應制
稱頌的色彩。「為報延州來聽樂」中，「延州」，即指吳公子季札，他
生前本封延陵，又封州來，故稱「延州」；請精於樂律的季札來聽樂，
為的是「須知天下欲昇平」，使用《左傳・襄公二十九年》季札觀樂
的典故，稱頌眼前歌舞昇平的景象；並且通過觀樂考察政治，「治世
之音安以樂，其政和」（《禮記・樂記》），進而謳歌大唐政治清和，
天下太平，一派盛世之景。儘管此詩是出於應制，未必符合當時的
現實情況，但確實反映出了詩人的觀樂知政思想。另外，《侍宴曲》：
「雲陛褰珠扆，天墀覆綠楊。隔簾妝隱映，向席舞低昂。鳴珮長廊

────────────

〔註15〕清・董誥等編：《全唐文》，上海：上海古籍出版社，1990 年版，第
　　　　1655 頁。

靜，開冰廣殿涼。歡餘劍履散，同輦入昭陽。」也是寫出了君臣同樂、歌舞昇平的景象，言外之意，仍是藉以謳歌盛世太平、天下安樂。而《燕歌行》中的「君不見隋家昔爲天下宰，窮兵黷武征遼海。南風不競多死聲，鼓臥旗折黃雲橫」，借用《左傳‧襄公十八年》中「晉人聞有楚師，師曠曰：『不害，吾驟歌北風，又歌南風，南風不競，多死聲，楚必無功」之典，以《南風》之歌「不競」，即不強勁，「有死聲」即有衰微之音，襯托出隋軍征伐高麗「六軍將士皆死盡，戰馬空鞍歸故營」的大敗局面，藉以說明隋主的窮兵黷武，世道由治而亂。這也都反映出了詩人觀樂知政的儒家文藝思想。

第四節　仁愛思想

儒家學派自創始人孔子開始，就以「仁」爲核心建立了系統的倫理道德觀念，提倡仁愛；「仁」的主要意義就是「愛人」（《論語‧顏淵》），並且是「泛愛眾」（《論語‧學而》），「夫仁者，己欲立而立人，己欲達而達人」（《論語‧雍也》），強調將心比心；亦如孟子所言，「仁者愛人，……愛人者，人恒愛之」（《孟子‧離婁下》），「仁者以其所愛，及其所不愛」（《孟子‧盡心下》），要「與人爲善」（《孟子‧公孫丑上》）。因而，在「仁者人也，親親爲大」之外，儒家也把「非親」的友人納入了仁愛的範圍之內，以「朋友之交」作爲「五倫」之一（《禮記‧中庸》），提出了「父子有親，君臣有義，夫婦有別，長幼有序，朋友有信」（《孟子‧滕文公上》）的倫理道德思想。並且，在儒家經書中也有多處言論強調朋友之間的仁愛，如「子曰：……有朋自遠方來，不亦樂乎？」（《論語‧學而》），「曾子曰：『君子以文會友，以友輔仁』」（《論語‧顏淵》），「子夏曰：『……與朋友交，言而有信』」（《論語‧學而》），子路在談志向時也說，「願車馬、衣輕裘，與朋友共。敝之而無憾」（《論語‧公冶長》）等等，甚至提出「在下位不獲乎上，民不可得而治矣；獲乎上有道：不信乎朋友，不獲乎上矣」（《禮記‧中庸》），可見善待友人的仁愛思想在儒家學派中被普遍地認同。

　　賈至由明經科擢第，精熟於儒家經典，對於儒家提倡的朋友之間的仁愛思想也是深信篤行的，這從他所創作的大量的與朋友、同僚間的送別、贈答的詩作中可以體現出來。賈至的送別詩共 18 首，在其全部 46 首詩中數量最多，占 1/3 強，在這些詩中詩人與朋友分別時的離愁別恨全都是出於真情，發自肺腑，每每淚水沾襟，如「舉酒有餘恨」(《送友人使河源》)，「孤帆泣瀟湘，望遠心欲斷」(《送李侍御》)，「春心將別恨，萬里共悠悠」(《送陸協律赴端州》)，「回看北斗欲潸然」(《洞庭送李十二赴零陵》)，「世情已逐浮雲散，離恨空隨江水長」(《巴陵夜別王八員外》)，「欲別俱為慟哭時」(《送南給事貶崖州》)等等，直書別離之恨，依依不捨之情，溢於言表；而「此別盈襟淚，雍門不假彈」(《長沙別李六侍御》)則使用雍門子周鼓琴令孟嘗君泣下之典，表明不用雍門子周鼓琴，即已淚水沾襟，更加強化了離別之痛。並且，其送別詩中還通過分別前後情形的對比，以及對友人路途遙遠的感慨，來抒發惜別之情，前者如「昨夜相知者，明發不可見」(《送耿副使歸長沙》)，「送君從此去，書信定應稀」(《送夏侯參軍赴廣州》)等；後者則有「河源望不見，旌旆去悠悠」(《送友人使河源》)，「春心將別恨，萬里共悠悠」(《送陸協律赴端州》)，「極浦三春草，高樓萬里心」(《岳陽樓宴王員外貶長沙》)等等。

　　而賈至的送別詩中最具代表性並為後世所稱譽和流傳的，則是那首《送李侍郎赴常州》了，「雪晴雲散北風寒，楚水吳山道路難。今日送君須盡醉，明朝相憶路漫漫。」此詩作於詩人謫居岳州之時，首句實寫眼前景色，點明時令、氣候，正處在嚴寒的冬日，屬天時；次句預計李侍郎別後的行程，岳州古屬楚地，常州古屬吳地，李侍郎要去常州，所以要跋涉「楚水吳山」，屬地理。這兩句真切地寫出了友人旅途的艱辛，其中蘊含著詩人對朋友深深的關切之情。後兩句「今日送君須盡醉，明朝相憶路漫漫」，則正面抒發惜別之情，以「今日」、「明朝」對照，表明今日相聚之促、之不易，明朝相憶之深、之難堪，愈覺非醉不足以散愁。正如明代唐汝詢所言，「涉雪而行，淒其已甚，

又況吳楚殊途耶？不得已而寄情於酒耳。」〔註16〕此詩直抒胸臆，語
淺而情眞，「無限離情只在口頭，妙於不盡說。」〔註17〕正符合沈德
潛所說的「七言絕句，以語近情遙、含吐不露爲貴。隻眼前景，口頭
語，而有弦外音，使人神遠。」〔註18〕確是唐人七絕中送別詩的佳作。
並被後世多家唐詩選本收入，與王維的《送元二使安西》相提並論。
如《批點唐詩正聲》云：「飲餞讀此，令人沉痛，此與王維《送元二
使安西》詩同意。」〔註19〕《唐詩箋注》則言，「此與摩詰《渭城》
詩同意。『明朝相憶路漫漫』，語婉而深；『西出陽關無故人』，思沈而
痛，各儘其妙。」〔註20〕《詩境淺說》也講，「唐人送友詩多矣，此
詩直抒胸臆，初無深曲之思，而戀別情多，溢於楮墨。後二句與王右
丞『勸君更進一杯酒，西出陽關無故人』，詞意極相似；平子言愁，
文通限別，今古同懷。」〔註21〕

　　賈至不僅在其詩中直接表達對朋友的仁愛、關切與惜別之情，還
將心比心，設身處地爲朋友著想，如《送夏侯參軍赴廣州》云：「勉
哉孫楚吏，綵服正光輝」，借用大材孫楚爲參軍的典故以喻夏侯參軍，
祝願朋友能夠飛黃騰達；還有謫居岳州時所作的《送夏侯子之江夏》
云：「羨君還舊里，歸念獨悠哉」等，爲朋友能夠榮歸故里感到欣慰，
這些正體現了儒家「夫仁者，己欲立而立人，己欲達而達人」（《論語·
雍也》）的仁愛思想。而每逢友人被貶他鄉，即將遠行之際，賈至總
在詩中爲之感慨和悲歎，如朋友王員外被貶長沙時，則云「長沙舊卑

〔註16〕明·唐汝詢選釋，王振漢點校：《唐詩解》，保定：河北大學出版社，
　　　　2001年版，第665頁。
〔註17〕清·姚鼐選，馬沅注：《唐人絕句詩鈔注略》，清同治十二年補讀齋
　　　　刻本，卷十。
〔註18〕清·沈德潛著：《唐詩別裁》，北京：商務印書館，1958年版，第118
　　　　頁。
〔註19〕明·高棅編，桂天祥批點：《批點唐詩正聲》，明萬世德刻本，卷四。
〔註20〕富壽蓀選注：《千首唐人絕句》，上海：上海古籍出版社，1985年版，
　　　　第289頁。
〔註21〕俞陛雲著：《詩境淺說》，上海：上海書店，1984年版，第67頁。

濕，今古不應殊」（《送王員外赴長沙》），「莫道巴陵湖水闊，長沙南
畔更蕭條」（《岳陽樓重宴別王八員外貶長沙》），前者以《史記‧屈原
賈生列傳》中賈誼貶長沙「聞長沙卑濕，自以壽不得長，又以謫去，
意不自得」的典故作比，後者則直接把王員外遭貶地的荒涼一語道
盡，對朋友的不幸遭貶深表同情；還有像「朱崖雲夢三千里，欲別俱
爲慟哭時」（《送南給事貶崖州》），「聞道崖州一千里，今朝須盡數千
杯」（《重別南給事》），爲朋友被貶遙遠的崖州（今屬海南）而悲痛不
已，賈至也曾被貶岳州，「己所不欲，勿施於人」（《論語‧顏淵》），
所以能爲同遭貶謫的朋友表示同情、鳴不平。由上可以看出，賈至對
於儒家仁愛思想的奉行。

　　而在賈至的贈答詩中，大多慨歎因與朋友相隔遙遠而不能相見，
從而抒發了對朋友的無限牽念之情。如「我有同懷友，各在天一方。
離披不相見，浩蕩隔兩鄉」（《閒居秋懷寄陽翟陸贊府封丘高少府》），
「相去雖地接，不得從之遊」（《巴陵早秋寄荊州崔司馬吏部閻功曹舍
人》），「思君獨步華亭月，舊館秋陰生綠苔」（《答嚴大夫》）等等；特
別是《巴陵寄李二戶部張十四禮部》：「江南春草初冪冪，愁殺江南獨
愁客。秦中楊柳也應新，轉憶秦中相憶人。萬里鶯花不相見，登高一
望淚沾巾」一首，因「獨」而「愁」，因「愁」而「憶」，直至「淚沾
巾」，皆發自眞情，而直抒胸臆，把對朋友的關心、思念之情抒發得
淋漓盡致。從賈至創作了如此之多的送別、贈答詩來表達對友人的留
戀、思念的眞情，可以看出他對於儒家所提倡的特別是朋友間的仁愛
思想，是深信篤行的。

第五節　中庸思想

　　中庸之道，是以孔子爲代表的儒家學派爲人處世的基本態度和方
法，中，即是中正、中和，無過無不及；庸，即是用或訓爲常，如鄭
玄注曰：「用中爲常道也」，亦即要「執其兩端，而用其中」（《禮記‧

中庸》)。孔子對中庸之道大加讚揚，稱「中庸之爲德也，其至矣乎！」（《論語·雍也》），且在《論語》中也有多處言論體現其中庸思想，如「過猶不及」（《論語·先進》），「叩其兩端」（《論語·子罕》），「允執其中」（《論語·堯曰》），「禮之用，和爲貴」（《論語·學而》），「無可無不可」（《論語·微子》）等等。而儒家中庸思想體現在文藝創作和美學思想上，則表現爲對「中和」之美的提倡，即「喜怒哀樂之未發，謂之中；發而皆中節，謂之和。中也者，天下之大本也，和也者，天下之達道也。」（《禮記·中庸》）

如孔子在評論《詩經》時所說：「詩三百，一言以蔽之，曰：『思無邪』」（《論語·爲政》），「思無邪」，即代表「中和」之美：「無邪」即是不過「正」，符合中正原則，也就是「中和」；他還讚美《關雎》是「樂而不淫，哀而不傷」（《論語·爲政》），並稱「溫柔敦厚，詩教也」（《禮記·經解》），這些正是「中和」之美的標準。而孟子在對《詩經》裏《凱風》和《小弁》的評價中講，「《凱風》，親之過小者也；《小弁》，親之過大者也。親之過大而不怨，是愈疏也；親之過小而怨，是不可磯也。愈疏，不孝也；不可磯，亦不孝也」（《孟子·告子下》），強調應做到「怨而不怒」，這也是中庸思想和「中和」標準的體現。荀子也繼承了孔子的中庸思想與「中和」觀念，把「中和」之美作爲文藝美學標準，如「樂之中和也」（《荀子·勸學》），「樂中平則民和而不流」（《荀子·樂論》），音樂如此，詩歌也是如此，「詩者，中聲之所止也。」（《荀子·樂論》）而漢代儒家文藝思想的代表著作《毛詩序》中，則具體發揮了「溫柔敦厚」的詩教說，提出了詩歌創作要遵循「發乎情，止乎禮義」的原則，並要求「主文而譎諫」，這正是中庸思想和「中和」觀念在文藝批評方面的體現。

以儒家思想爲主導思想的賈至，也是推崇和奉行中庸之道的，如其《宓子賤碑頌》云：「清淨致理，中庸之德至；高明柔克，簡易之體大」，而稱頌他人則言：「於維李公，誕靈中和；磊落懷奇，如山如

河」〔註22〕。在其詩作之中，更是體現了「樂而不淫，哀而不傷」、「怨而不怒」的中庸思想和「中和」之美的觀念。

　　賈至的吟詠宮廷宴樂和欣賞歌舞之作，儘管也是以舞女、樂妓為描寫的對象，但卻寫得雍容典雅，毫無宮體之氣，如其《侍宴曲》：「雲陛襲珠辰，天墀覆綠楊。隔簾妝隱映，向席舞低昂。鳴珮長廊靜，開冰廣殿涼。歡餘劍履散，同輦入昭陽。」不過是以「雲陛」、「珠辰」、「天墀」、「長廊」、「廣殿」這樣較為大氣可顯示皇家氣派的意象作環境點染，但用語卻很自然、素樸而真實，全無刻意的誇張溢美之辭；而對宮中舞妓的描寫，也只是「隔簾妝隱映，向席舞低昂」二句輕輕帶過，以「隱映」、「低昂」兩個連綿詞語準確地表現出她們歌舞的動作、姿態，給人留下充足的想像空間，卻不落入宮體詩細膩的描摹和絢麗的辭藻堆砌之俗套。還有其詠舞妓詩《贈薛瑤英》，在題下有注曰：「元載末年，納薛瑤英為姬，以體輕不勝重衣，於外國求龍綃衣。惟至及楊炎與載善，得見其歌舞，各贈詩。」元載，肅宗、代宗時曾任宰相，以豪奢著稱於世，史載其「名姝異妓，雖禁中不逮」。《古今詩話》亦稱「元載納薛瑤英為姬，處以金絲帳、卻塵褥，衣以龍綃衣。」〔註23〕其豪奢程度可見一斑，而其舞姬薛瑤英自是珠光寶氣，光豔照人的；吟詠此種人物，最易墮於宮體之綺靡描寫，可賈至觀其歌舞後，只是以一絕句相贈，「舞怯銖衣重，笑疑桃臉開。方知漢成帝，虛築避風臺。」首二句先以怯極輕的銖衣之重，襯托其舞步的輕盈，用桃花綻放比其笑容，描寫得真實自然、恰如其分，儼然一舞妓形象現於目前，正如賀裳黃《載酒堂詩話》云：「唐人豔詩，妙於如或見之」〔註24〕，而不必繁縟辭藻的堆砌；後二句以趙飛燕身輕不勝風，漢成帝為築避風臺之典收尾，恰到好處地對薛加以讚美，毫無淫靡之失。

〔註22〕清·董誥等編：《全唐文》，上海：上海古籍出版社，1990 年版，第 1655 頁。

〔註23〕郭紹虞輯：《宋詩話輯佚》，北京：中華書局，1980 年版，第 21 頁。

〔註24〕富壽蓀校點，郭紹虞編選：《清詩話續編》，上海：上海古籍出版社，1983 年版，第 224 頁。

這些宮廷、宴樂題材的詩作都確實做到了「樂而不淫」，體現了一種「中和」之美。

在賈至那些抒發貶謫之哀、羈旅之愁的詩中，也都是恪守著「發乎情，止乎禮義」的原則，而不是一味地哀傷、憂憤，同樣體現出中庸的思想和「中和」之美。賈至被貶岳州之後，在其詩中多發遭受貶謫的哀歎，雖然也有像「我年四十餘，已歎前路短。羈離洞庭上，安得不引滿」（《送李侍御》），「江南春草初冪冪，愁殺江南獨愁客」（《巴陵寄李二戶部張十四禮部》）這樣直呼愁苦的詩句，但大多數是借用相關的典故，以寄託哀思。如「君山麗中波，蒼翠長夜浮。帝子去永久，楚詞尚悲秋。我同長沙行，時事加百憂」（《巴陵早秋寄荊州崔司馬吏部閭功曹舍人》），「帝子」即指舜之二妃娥皇、女英，她們曾因思念夫君而淚灑斑竹，賈至用以比擬自身遭貶後的思君、戀闕之情，「楚詞尚悲秋」，用宋玉作《九辯》悲秋之典，比擬自己於貶謫之地的傷秋之意；最後「我同長沙行」又用賈誼被貶長沙的典故，與自己貶於岳州相類比。所用典故，無不貼切，雖沒有強烈的愁怨之語，但貶謫的哀怨，也完全可以體會得出了。而《初至巴陵與李十二白裴九同泛洞庭湖三首》其二：「楓岸紛紛落葉多，洞庭秋水晚來波。乘興輕舟無近遠，白雲明月弔湘娥」，首二句使用了屈原《九歌·湘夫人》：「嫋嫋兮秋風，洞庭波兮木葉下」之語典，寫出了己身於貶謫後遊洞庭之際，對遭受放逐的詩人屈原的追慕和理解，後二句由此又聯想起娥皇、女英隨舜不及、路斷君山，投湖而死的淒惻傳說，而己身忠而被貶，君門路斷，與之何其相類！遂引湘娥爲同調，發思古之幽情，感歎自己身世之多艱。如《唐詩解》云：「上用楚辭語布景，下遂有湘娥之弔。逐臣託興之微意也。」〔註25〕用典恰到好處，從而融寫景、抒愁、懷古爲一體，渾然天成。還有他寫給同遭貶謫的朋友王員外的詩中，「共歎虞翻

〔註25〕明·唐汝詢選釋，王振漢點校：《唐詩解》，保定：河北大學出版社，2001 年版，第 664 頁。

枉，同悲阮籍途」（《送王員外赴長沙》），「忽與朝中舊，同爲澤畔吟」（《岳陽樓宴王員外貶長沙》）等，分別用虞翻被貶交州，阮籍窮途而哭，屈原被放逐的典故，比喻二人的境遇，共傷貶謫，也都十分得恰當。

　　另外，他那些遭貶後思歸不能，抒發羈旅之苦的詩，也都是「發乎情，止乎禮義」而無激憤之語的。如「羨君還舊里，歸念獨悠哉」（《送夏侯子之江夏》），「借問清都舊花月，豈知遷客泣瀟湘」（《送王道士還京》）等，對他人還鄉、歸京表示羨慕，慨歎己身之不歸。《西亭春望》「日長風暖柳青青，北雁歸飛入窅冥。岳陽城上聞吹笛，能使春心滿洞庭」，則借寫春景之美好，發羈旅之哀，如《唐詩解》云：「春景深矣，雁當北歸，庶幾一寄鄉書，今不見返，故云『入窅冥』也。想望既切，復聞笛聲，能不動吾歸心乎？」〔註26〕「春心」二字，看似生意，實乃羈愁。還有《春思二首》其二：「紅粉當壚弱柳垂，金花臘酒解酴醾。笙歌日暮能留客，醉殺長安輕薄兒。」描寫遠方的長安遊客的樂事，而身在異鄉，因此心懷憤懣。正如唐汝詢所解，「此想像京師遊客之樂，有憤憤不平意。觀『醉殺』二字可見。」〔註27〕無論愁怨、憤懣多麼激切，然而他都是十分委婉地表達出來，「主文而譎諫」，體現出「樂而不淫，哀而不傷」，「怨而不怒」的「中和」之美，得溫柔敦厚之旨。

　　由上述詩作可以看出，賈至謹守著儒家中庸之道，在詩中無論表達宴樂之歡娛，還是貶謫之愁苦，都是「發乎情，止乎禮義」，無過無不及，始終遵循著「樂而不淫，哀而不傷」，「怨而不怒」的「中和」的美學原則。

〔註26〕明・唐汝詢選釋，王振漢點校：《唐詩解》，保定：河北大學出版社，2001 年版，第 664 頁。

〔註27〕明・唐汝詢選釋，王振漢點校：《唐詩解》，保定：河北大學出版社，2001 年版，第 663 頁。

第六節　獨善其身思想

　　儒家學派雖然是主張積極入世、有所作爲的，但當其學說行不通或己身爲君王所棄，而不能建功立業之時，也會產生退隱的思想，亦即獨善其身思想；當然，這和道家一開始就主張出世隱遁的思想是根本不同的。儒家創始人孔子就多次闡述該思想，如在《論語・泰伯》中有言曰：「天下有道則見，無道則隱……不在其位，不謀其政。」即用世與否，視天下有道無道而定，若無道，則退隱而不再參與、關心政事，也就是要獨善其身。還有「道不行，乘桴浮於海」（《論語・公冶長》），「用之則行，舍之則藏」（《論語・述而》），「賢者辟世」（《論語・憲問》）等，表示自己的主張不能被推行，不見用於君時，便只好避世而隱，這些都體現了獨善其身的思想。而孔門弟子也是繼承了這種思想的，如曾晳談志向，「曰：『暮春者，春服既成，冠者五六人，童子六七人，浴乎沂，風乎舞雩，詠而歸。』夫子喟然歎曰：『吾與點也！』」（《論語・先進》）也是很明顯地表示要獨善其身。到了孟子那裡，則更加鮮明地闡述了「不得志，獨行其道」（《孟子・滕文公下》）的獨善其身思想，提出「士窮不失義，達不離道。窮不失義，故士得己焉；達不離道，故民不失望焉。古之人，得志，澤加於民；不得志，修身見於世。窮則獨善其身，達則兼善天下。」（《孟子・盡心上》）指出得志顯達時，要恩澤天下，而當仕途不順、功業難成時，則「窮不失義」，仍要「修身」，獨守善道，完整的闡述了儒家的獨善其身思想。

　　賈至繼承的是儒家思想，並且幾經宦海浮沉、官場榮辱，因而在這進退之間，也是持有獨善其身思想的。他曾作《微子廟碑頌》，讚美遠離紂王而歸隱的商臣微子，「睹其進，思盡忠，則忤主以竭諫；退將保祀，則全身以逃難，去就生死之途，沉吟出處之域，有以見聖達之情也……逖矣微子，逢時顛沛；居亡念存，處否求泰；諫以明節，仁而遠害；作誥父師，全身而退。」〔註28〕對能夠「全身而退」、獨善其

〔註28〕清・董誥等編：《全唐文》，上海：上海古籍出版社，1990 年版，第
　　　 1654 頁。

身的微子大加頌揚。還有其《送李兵曹往江外序》言：「念安石東山之賞，懷子猷剡溪之興，何雲思浩蕩，而野情寥廓哉！予困於徒勞，累及五斗，升沉風波之裏，踽踽長吏之前，豈滄洲遠蹈之情，南陽躬耕之意！臨歧對酒，有愧長劍。」〔註29〕引謝安、王子猷之古事，闡發對退隱之羨慕。這些文章都能反映出賈至頭腦中獨善其身的思想成分。

表現在他的詩歌創作中，如《閒居秋懷寄陽翟陸贊府封丘高少府》「……我生屬聖明，感激竊自強。崎嶇郡邑權，連騫翰墨場。天朝富英髦，多士如珪璋。盛才溢下位，蹇步徒猖狂。閉門對群書，几案在我旁。枕席相遠遊，聊欲浮滄浪。八月白露降，玄蟬號枯桑。艤舟臨清川，迢遞愁思長。我有同懷友，各在天一方。離披不相見，浩蕩隔兩鄉。平生霞外期，宿昔共行藏。豈無蓬萊樹，歲晏空蒼蒼。」先是以「崎嶇郡邑權，連騫翰墨場」之句，寄慨於己與高適等之屈居下僚，賈至曾任單父縣尉，高適時任封丘縣尉；繼而以「盛才溢下位，蹇步徒猖狂」之句，作不平之鳴，既不為現世所重，遂「枕席相遠遊，聊欲浮滄浪」，作退隱之想。以下感歎「同懷友」不得相見，「平生霞外期，宿昔共行藏。豈無蓬萊樹，歲晏空蒼蒼」，用孔子所說「用之則行，舍之則藏」（《論語·述而》）之典，感慨年華易老，與友人作出世之約，較為明顯地體現出了詩人「窮則獨善其身」的思想。而其貶官岳州之後所作的《贈裴九侍御昌江草堂彈琴》「朔風吹疏林，積雪在崖巘。鳴琴草堂響，小澗清且淺。沉吟東山意，欲去芳歲晚。悵望黃綺心，白雲若在眼。」前半首用自然的筆調展現出一片清幽的隱逸的環境氛圍，後半首「沉吟東山意」，「悵望黃綺心」，分別使用了謝安隱居東山，夏黃公、綺里季等四皓歸隱商山的典故，表達對古時隱者的懷念之情，最後一句則引用「山中宰相」陶弘景答聖上以「山中何所有？嶺上多白雲」（《詔問山中何所有賦詩以答》）的語典，集中抒發了嚮往隱逸生活之獨善其身的幽情。

〔註29〕清·董誥等編：《全唐文》，上海：上海古籍出版社，1990 年版，第1653 頁。

　　還有《對酒曲二首》:「梅發柳依依,黃鸝歷亂飛。當歌憐景色,對酒惜芳菲。曲水浮花氣,流風散舞衣。通宵留暮雨,上客莫言歸。春來酒味濃,舉酒對春叢。一酌千憂散,三杯萬事空。放歌乘美景,醉舞向東風。寄語尊前客,生涯任轉蓬。」發「對酒當歌,人生幾何」之慨,憐惜美景,讚賞春光,欲及時行樂,忘卻煩憂,而不問世事──「一酌千憂散,三杯萬事空。放歌乘美景,醉舞向東風」;並勸樽前之友,「寄語尊前客,生涯任轉蓬」,這也正是儒家「不在其位,不謀其政」的獨善其身思想的體現。另外,像「李侯忘情者,與我同疏懶」(《送李侍御》),「春至不知湖水深,日暮忘卻巴陵道」(《君山》),「江畔楓葉初帶霜,渚邊菊花亦已黃。輕舟落日興不盡,三湘五湖意何長。」(《初至巴陵與李十二白、裴九同泛洞庭湖三首》其三)這些忘卻寵辱、淡於名利,不問政事,而寄情山水的詩句,也都能反映出詩人官場失意後的獨善其身思想。

　　除了上述六個主要方面以外,賈至詩中還體現了其他方面的一些儒家思想,比如舉賢的政治思想,《論語》中載,「仲弓爲季氏宰,問政。子曰:『先有司,赦小過,舉賢才』」(《論語・子路》),孔子還講過,「舉直錯諸枉,則民服」(《論語・爲政》),「舉直錯諸枉,能使枉者直」(《論語・顏淵》);其弟子子夏也舉例說:「舜有天下,選於眾,舉皋陶,不仁者遠矣。湯有天下,選於眾,舉伊尹,不仁者遠矣」(《論語・顏淵》);孟子也講,「國君進賢,如不得已」(《孟子・梁惠王下》),「舉賢使能,俊傑在位,則天下之士皆悅而願立於朝矣」(《孟子・公孫丑上》),都代表了儒家的舉賢思想。而在賈至的詩中,「蕭條魏晉爲橫流,鮮卑竊據朝五州」(《燕歌行》),使用燕昭王爲招賢納士從郭隗所諫鑄黃金臺以延天下士的典故,體現了其舉賢思想;還有「憶昔皇運初,眾賓俱龍驤。解巾佐幕府,脫劍昇明堂。郁郁被慶雲,昭昭翼太陽。鯨魚縱大壑,鷥鷟鳴高岡。信矣草創時,泰階速賢良。一言頓遭逢,片善蒙恩光」(《閒居秋懷寄陽翟陸贊府封丘高少府》),追憶大唐初創之時賢士受到重用得以

施展才華之盛事，也是體現了儒家的政治思想。

儒家講華夷之辨，如孔子有言曰：「夷狄之有君，不如諸夏之亡也」（《論語・八佾》），孟子也講，「吾聞用夏變夷者，未聞變於夷者也」（《孟子・滕文公上》）；賈至詩中也體現出嚴華夷之辨的傾向，如「皇風扇八極，異類懷深仁。元兇誘黠虜，肘腋生妖氛」（《自蜀奉冊命往朔方途中呈韋左相文部房尚書門下崔侍郎》），因對以胡人為主的安史叛軍的極度仇視，所以直斥其為「異類」、「黠虜」；又「國之重鎮惟幽都，東威九夷北制胡；……蕭條魏晉為橫流，鮮卑竊據朝五州。……匈奴懾竄窮髮北，大荒萬里無塵飛」（《燕歌行》），將少數民族政權北魏的建立稱為「鮮卑竊據朝五州」，並對「胡」、「匈奴」十分得蔑視，都能體現出這一點。還有，儒家稱頌「后妃之德」（《毛詩序》），強調後宮妃嬪對君王的忠貞和絕對服從，比如孔子曾言，「邦君之妻，君稱之曰：『夫人』，夫人自稱曰：『小童』」（《論語・季氏》）；賈至在詩中也強調和讚美「后妃之德」，如「靈幾臨朝奠，空床卷夜衣。蒼蒼川上月，應照妾魂飛」（《銅雀臺》），描寫魏武帝曹操死後，其妾姬等苦守靈臺的淒慘之狀，也體現出了她們對為魏武帝的忠貞；更為典型的是《詠馮昭儀當熊》：「白羽插雕弓，霓旌動朔風。平明出金屋，扈輦上林中。逐獸長廊靜，呼鷹御苑空。王孫莫諫獵，賤妾解當熊」，詠漢元帝遊獸苑遇熊，馮妃當熊而立以護元帝之故典，讚美了其能為了帝王不惜獻出生命的「后妃之德」。

綜上所述，賈至的詩歌創作體現出了其所繼承的傳統的儒家思想，並且「文如其人」，也反映出了他本人謹奉儒家之道及其文學觀，嚴守溫柔敦厚的詩教和「發乎情，止乎禮義」的原則，中規中矩，從未敢越雷池一步。與同時代的詩人大家相比，他的詩中既沒有李白那種「天生我才必有用，千金散盡還復來」（《將進酒》）的極度自信與豪放，和對統治者「安得摧眉折腰事權貴，使我不得開心顏」（《夢遊天姥吟留別》）的傲岸不群的叛逆精神；也沒有杜甫詩中「朱門酒肉臭，路有凍死骨」（《自京赴奉先縣詠懷五百字》）、「鄴城反覆不足怪，

關中小兒壞紀綱，張后不樂上為忙」（《憶昔二首》）那種心憂天下、直陳政見而不惜諷刺君王的批判現實精神；他也沒有像王維、孟浩然那樣創造出靜逸明秀、清高淡遠的詩境以表現山水田園的隱逸生活；更沒有像高適、岑參那樣深入邊塞、慷慨悲歌，抒發建功立業的豪邁奇偉情懷。因此，與這些同處盛唐時代的大詩人相比，賈至詩歌的思想內容不免偏狹而單一，顯得較為平庸，這也正是與那些大家相比，其詩名不著的主要原因。

第三章　賈至詩歌的藝術特徵

　　賈至的詩歌雖然在思想內容上與盛唐大家相比，顯得較爲單一、不夠豐富，但在藝術表現上卻有許多獨到之處和不俗之舉，形成了其特有的藝術風格，在盛唐詩人群體中可謂獨樹一幟。

第一節　清麗典雅的藝術風格

　　賈至的詩歌出語多爲素樸天然之辭，並且聲調流暢，充滿清新之趣。如其代表組詩《初至巴陵與李十二白、裴九同泛洞庭湖三首》：

　　　　江上相逢皆舊遊，湘山永望不堪愁。明月秋風洞庭水，
　孤鴻落葉一扁舟。

　　　　楓岸紛紛落葉多，洞庭秋水晚來波。乘興輕舟無近遠，
　白雲明月弔湘娥。

　　　　江畔楓葉初帶霜，渚邊菊花亦已黃。輕舟落日興不盡，
　三湘五湖意何長。

用清新、自然且平易的語言，表達出泛遊之興與貶謫之愁等眞摯情感，詩中秋風、落葉、白雲、明月等意象，皆清疏明朗、渾然一體，有自然素樸之優美，無人工雕琢之痕迹；尤其是第一首結尾「明月秋風洞庭水，孤鴻落葉一扁舟」最有特色，兩句皆由名詞組成，成爲「無謂語句」，通過聯想組圖，列出了一串類型意象；而這兩句的妙處，還在於將無限廣闊的洞庭湖水，與自己孤獨的一葉扁舟相對比，以空

闊之景反襯出身世的孤微。同時代的大詩人杜甫亦長於此法,如其《登岳陽樓》詩,以「吳楚東南坼,乾坤日夜浮」的空闊之景,反襯自己「親朋無一字,老病有孤舟」的孤微身世,還有「關塞極天惟鳥道,江湖滿地一漁翁」(《秋興八首》其七),「細草微風岸,危檣獨夜舟。星垂平野闊,月湧大江流」(《旅夜書懷》)等詩句,均是此類手法。

並且,賈至這三首詩均景中有情,創造出情景交融的詩境,體現出無窮韻味,首首皆明白曉暢而詩情濃鬱。而這三首絕句尤以第二首為最,詞句清麗,意境悠遠,氣韻流暢,聲調響亮,正所謂「清者,流麗而不濁滯」〔註1〕;可與李白同時所作的「洞庭西望楚江分,水盡南天不見雲。日落長沙秋色遠。不知何處弔湘君」(《陪族叔刑部侍郎曄及中書賈舍人至遊洞庭五首》其一)相媲美。正如《唐詩箋注》云:「李白詩『不知何處弔湘君』,此云『白雲明月弔湘娥』,各極其趣。上半設色,亦各有興會。」〔註2〕清人宋顧樂的《唐人萬首絕句選》則評此詩曰:「神采氣魄,不似太白,而景與情含,悠然不盡,亦是佳作。」〔註3〕而這種清新明麗、自然響暢的特色,在賈至的其他很多詩中,都有所體現。

如其送別詩《送李侍郎赴常州》:「雪晴雲散北風寒,楚水吳山道路難。今日送君須盡醉,明朝相憶路漫漫。」清朗自然,用辭平易,彷彿口語,脫口而出;而「『雪晴雲散北風寒』,所以『送君須盡醉』;『楚水吳山道路難』,所以『相憶路漫漫』。橫豎錯綜,秩然不亂,蓋規矩法度之作。」〔註4〕可謂語淺情深,有無窮韻味。正如顧璘《批點唐詩正音》評曰:「此篇音律純熟,語亦清婉,不須深語,自露深

〔註1〕 明・楊慎著:《升菴詩話》,明萬世德刻本,卷八。

〔註2〕 富壽蓀選注:《千首唐人絕句》,上海:上海古籍出版社,1985年版,第288頁。

〔註3〕 富壽蓀選注:《千首唐人絕句》,上海:上海古籍出版社,1985年版,第288頁。

〔註4〕 陳伯海主編:《唐詩彙評》,杭州:浙江教育出版社,1995年版,第1284頁。

情。」〔註5〕還有其五律《岳陽樓宴王員外貶長沙》：「極浦三春草，高樓萬里心。楚山晴靄碧，湘水暮流深。忽與朝中舊，同為澤畔吟。停杯試北望，還欲淚沾襟」，也是清新流麗、情景交融之作，「三四寫景，五六乃寫情，妙在動盪流轉」〔註6〕；如明人譚宗所稱，「層層轉入，無一境排並，無一言重複，無一意拖沓，如秋潭千尺，上鑒眉睫，下見鬚髻，至哉！」〔註7〕

其古體之作亦多是清新明朗、自然流暢，比如《贈裴九侍御昌江草堂彈琴》：「朔風吹疏林，積雪在崖巘。鳴琴草堂響，小澗清且淺。沉吟東山意，欲去芳歲晚。悵望黃綺心，白雲若在眼」，還有《寓言二首》其一：「春草紛碧色，佳人曠無期。悠哉千里心，欲採商山芝。歎息良會晚，如何桃李時。懷君晴川上，佇立夏雲滋」等等；皆為清新明麗、用典自然、情融於景而意境悠遠之作；正如《批點唐詩正聲》贊曰：「格高調絕，不尚鉛華，自極佳麗。」〔註8〕

賈至詩中意象的色彩，多為白、綠二色；其中白色意象有「白雲」、「白日」、「白露」、「白環」、「白馬」、「白羽」、「月明湘水白」等，綠色意象則有「綠楊」、「綠苔」、「草色青青」、「柳青青」、「春柳紛碧色」、「楚山晴靄碧」等等。白色象徵著純潔、明朗，綠色則象徵著清新、寧靜，因而這兩種顏色的多處使用，也使其詩倍增清新明麗之美。

賈至詩中也時有鮮麗、華美的意象和詞語出現，但這是從屬於詩中情感抒發的需要，「為情而造文」〔註9〕，與堆砌辭藻、內容空

〔註5〕富壽蓀選注：《千首唐人絕句》，上海：上海古籍出版社，1985年版，第289頁。

〔註6〕陳伯海主編：《唐詩彙評》，杭州：浙江教育出版社，1995年版，第1282頁。

〔註7〕明・譚宗撰：《近體秋陽》，清初刻本，卷十，第2頁。

〔註8〕明・高棅編，桂天祥批點：《批點唐詩正聲》，明萬世德刻本，卷四，第4頁。

〔註9〕梁・劉勰著：《文心雕龍》，北京：中國友誼出版公司，1997年版，第131頁。

洞的浮豔文風是根本不同的，而後者正是賈至遵循以宗經為主導的
儒家文學教化觀所要摒棄的；正像元人張著《詩學淵源》所稱，「其
詩氣質不及高適，而典雅過之，間作綺語，亦文質俱見，不落凡近。」
〔註10〕最為典型的是《春思二首》其一：「草色青青柳色黃，桃花歷
亂李花香。東風不為吹愁去，春日偏能惹恨長。」此詩作於賈至被
貶岳州期間，詩中之愁恨，自是當時那種流人之愁、逐客之恨。詩
中就春立意，在藝術手法的運用上，以前兩句反襯後兩句，使所要
表達的愁恨顯得加倍強烈。青黃，目所見之色；歷亂，目所見之形；
香，鼻所嗅之味；用嫩綠的春草、鵝黃的新柳、飄香的紅桃白李，
描繪一片明媚絢爛的春景；而從色彩、形狀、氣味各方面言之，用
思極精細，而遣辭亦殊流麗。後半入題，轉寫春思，「東風不為吹愁
去」，不言自己愁重難遣，而怨東風無情，不為遣愁；「春日偏能惹
恨長」，不說因愁悶而度日如年，反怪春日惹恨；使前半所詠絢麗春
景之美，均成春恨之根，景愈佳，愁愈深矣。遣辭構思極為巧妙，
正如王夫之稱反襯手法，「以樂景寫哀，以哀景寫樂，一倍增其哀樂。」
〔註11〕賈至此詩即以春日麗景的描寫反襯自己牽愁帶恨之哀情，從
而有力地增強了情感抒發的力度。其他還有「江南春草初冪冪，愁
殺江南獨愁客」（《巴陵寄李二戶部張十四禮部》），「春草紛碧色，佳
人曠無期」（《寓言二首》），「獨坐思千里，春庭曉景長」、「舞蝶縈愁
緒，繁花對靚妝」（《長門怨》），「極浦三春草，高樓萬里心。楚山晴
靄碧，湘水暮流深」（《岳陽樓宴王員外貶長沙》）等詩句，皆是以麗
辭反襯愁情，從而增強抒情效果。而且，賈至詩中這些麗景多是春
柳、春草、桃李、山水等等自然景色，全無刻意的人工雕琢，正如
《文鏡秘府論》云：「詩有天然物色，以五彩比之而不及，由是言之，

〔註10〕陳伯海主編：《唐詩彙評》，杭州：浙江教育出版社，1995 年版，第
　　　 1280 頁。
〔註11〕清・王夫之等撰：《清詩話》，上海：上海古籍出版社，1999 年版，
　　　 第 4 頁。

假物不如真象，假色不如天然」〔註12〕，這就更使其詩充滿了自然、清新之趣和明麗之美。

另外，互文、頂針藝術表現手法的大量使用，也給其詩增添了清暢、明快之美。賈至詩中使用互文手法的詩句，描述行動的如「飲啄叢箐間，棲息虎豹群」（《自蜀奉冊命往朔方途中呈韋左相文部房尚書門下崔侍郎》），「逐獸長廊靜，呼鷹御苑空」（《詠馮昭儀當熊》）；表現悲、喜心情的如「撫弦心斷絕，聽管淚霏微」（《銅雀臺》），「共歡虞翻枉，同悲阮籍途」（《送王員外赴長沙》），「當歌憐景色，對酒惜芳菲」、「放歌乘美景，醉舞向東風」（《對酒曲二首》）；描寫自然景物的則有「草色青青柳色黃，桃花歷亂李花香」（《春思二首》其一）；表意清晰而不拖沓，使詩歌顯得簡潔而明朗。使用頂針手法的詩句則有「聞有關河信，欲寄雙玉盤。玉以委貞心，盤以薦嘉餐」（《寓言二首》其二），「江南春草初冪冪，愁殺江南獨愁客。秦中楊柳也應新，轉憶秦中相憶人」（《巴陵寄李二戶部張十四禮部》），「雙鶴南飛度楚山，楚南相見憶秦關」（《江南送李卿》）等等，亦能使其詩增添響暢、明快之美。

還有，其詩中大量使用了疊音詞和雙聲、疊韻詞，疊音詞如「蒼蒼」、「悠悠」、「青青」、「亭亭」、「皎皎」、「郁郁」、「沄沄」、「滔滔」、「澹澹」、「耿耿」、「迢迢」、「蕭蕭」、「凜凜」、「冪冪」、「依依」、「漫漫」、「昭昭」、「紛紛」等；雙聲、疊韻詞如「崎嶇」、「蕭條」、「違離」、「嶔岑」、「繽紛」、「差池」、「蹭蹬」、「慨慷」、「連騫」、「猖狂」、「裴回」、「離披」、「羇離」、「惆悵」、「倏忽」、「霏微」、「歷亂」、「芳菲」、「蹀躞」、「隱映」等等；這些詞語的使用，可使詩句讀來琅琅上口，增加音樂感和響暢之美，「下字貴圓，造語貴響」〔註13〕，從而能夠

〔註12〕遍照金剛著、王利器校注：《文鏡秘府論》，北京：中國社會科學出版社，1983 年版，第 295 頁。

〔註13〕清・方東樹著：《昭昧詹言》，北京：人民文學出版社，1984 年版，第 494 頁。

加強抒情效果。而他的好幾首絕句都是上下兩聯皆對，且首句入韻，
如：

> 《春思二首》：草色青青柳色黃，桃花歷亂李花香。東
> 風不爲吹愁去，春日偏能惹恨長。
> 《勤政樓觀樂》：銀河帝女下三清，紫禁笙歌出九城。
> 爲報延州來聽樂，須知天下欲昇平。
> 《送王道士還京》：一片仙雲入帝鄉，數聲秋雁至衡
> 陽。借問清都舊花月，豈知遷客泣瀟湘。
> 《巴陵夜別王八員外》：柳絮飛時別洛陽，梅花發後到
> 三湘。世情已逐浮雲散，離恨空隨江水長。

亦能使其詩聲調響亮、自然流暢，如清人方東樹云：「欲成面目，全
在字句音節，尤在情性」〔註14〕，因此有利於抒情，更使其詩歌顯得
清新流麗。

由上可見，賈至的詩歌有清新明麗、自然流暢之美，正如《唐才
子傳》所評：「至特工詩，……調亦清暢，且多素辭」〔註15〕，清麗
之美是其詩最主要的特色；而「清」，則格調高雅，與此相聯，典雅
之氣，也是貫穿其詩歌始終的。最能體現其詩的典雅之氣的，莫過於
他那首《早朝大明宮呈兩省僚友》了，「銀燭薰天紫陌長，禁城春色
曉蒼蒼。千條弱柳垂青瑣，百囀流鶯繞建章。劍佩聲隨玉墀步，衣冠
身惹御爐香。共沐恩波鳳池上，朝朝染翰侍君王。」此篇雖在內容上
屬宮廷題材，視野偏狹，歌唱昇平，多富貴氣息；但在藝術上則典雅
莊重，大氣開朗，眞切地展現出一派盛唐大國氣象，並且屬對工切，
音調響暢，具有典麗精工的特色。因此爭爲杜甫、王維、岑參諸公所
和，並爲後世傳誦。正像元代楊載《詩法家數》所講，「榮遇之詩，
要富貴尊嚴，典雅溫厚。寫意要閑雅，美麗清細。如王維、賈至諸公

〔註14〕清・方東樹著：《昭味詹言》，北京：人民文學出版社，1984 年版，
第 120 頁。
〔註15〕傅璇琮主編：《唐才子傳校箋》，北京：中華書局，1987 年版，第 491
頁。

《早朝》之作，氣格雄深，句意嚴整，如宮商迭奏，音韻鏗鏘，眞麟遊靈沼，鳳鳴朝陽也。學者熟之，可以一洗寒陋」〔註16〕；南宋楊萬里《誠齋詩話》亦稱，「七言襃頌功德，如少陵、賈至諸人倡和《早朝大明宮》，乃爲典雅重大」〔註17〕；而《批點唐詩正聲》甚至稱賈至此詩「禁體氣象軒冕，無一字不佳」〔註18〕；都是看到了其詩的典雅莊重之氣象，從而給予美譽。

其《勤政樓觀樂》之作，「銀河帝女下三清，紫禁笙歌出九城。爲報延州來聽樂，須知天下欲昇平。」將尋常的宮廷樂舞描寫成天女下凡、歌出九城以兆昇平，事關風雅而不落俗套，正可見其典雅雍容之氣度。還有像他的下列作品：

> 《送陸協律赴端州》：越井人南去，湘川水北流。江邊數杯酒，海內一孤舟。嶺嶠同仙客，京華即舊遊。春心將別恨，萬里共悠悠。
>
> 《長門怨》：獨坐思千里，春庭曉景長。鶯喧翡翠幕，柳覆鬱金堂。舞蝶縈愁緒，繁花對靚妝。深情托瑤瑟，絃斷不成章。
>
> 《對酒曲二首》其一：梅發柳依依，黃鸝歷亂飛。當歌憐景色，對酒惜芳菲。曲水浮花氣，流風散舞衣。通宵留暮雨，上客莫言歸。
>
> 《侍宴曲》：雲陛襲珠宸，天墀覆綠楊。隔簾妝隱映，向席舞低昂。鳴珮長廊靜，開冰廣殿涼。歡餘劍履散，同輦入昭陽。

可以看出，無論是抒寫悲、愁、喜、樂何種情感，都能體現出高華工整、典正雅麗之風。

〔註16〕清·何文煥輯：《歷代詩話》，北京：中華書局，1981 年版，第 732 頁。

〔註17〕宋·楊萬里著：《誠齋詩話》，北京：人民文學出版社，1980 版，第 25 頁。

〔註18〕明·高棅編，桂天祥批點：《批點唐詩正聲》，明萬世德刻本，卷四，第 2 頁。

　　賈至的詩歌具有典雅之風，既與他堅持儒家文學教化觀，奉守溫柔敦厚的傳統詩教有關，也是他長期擔任中書舍人、知制誥的職務的必然結果。中書舍人，正五品上，「掌侍進奉，參議奏章。凡詔旨制敕，璽書冊命，皆起草進畫……」〔註19〕而「制誥皆王言，貴乎典雅溫潤，用字不可深僻，造語不可尖新」〔註20〕。賈至長期從事朝廷制誥的寫作，遵循典雅溫潤的文體要求，自然也會使其詩歌帶有典雅之氣。

　　綜上可見，賈至的詩作既充滿了清新明麗、自然流暢之美，又有著典雅莊重之氣，因而清麗典雅正是其詩歌的藝術風格。

第二節　「引律入古」的創新意識

　　在賈至的很多古體詩中，都存在著大量使用律句的現象，如《自蜀奉冊命往朔方途中呈韋左相文部房尚書門下崔侍郎》中的「胡羯亂中夏」（平平仄平仄），「衣冠陷戎寇」（平平仄平仄），「鄮公秉大節」（平平仄仄仄），「濺血下沾巾」（仄仄仄平平），「扈從出劍門，登翼岷江濱」（仄平仄仄平，平仄仄平平），「公才標縉紳」（平平平仄平），「太皇時內禪」（仄平平仄仄），「峭壁上嶔岑」（仄仄仄平平），「皇風扇八極」（平平平仄仄），「元兇誘黠虜」（平平仄仄平），「明主信英武，威聲赫四鄰」（平仄仄平仄，平平仄仄平），「寧止蹴崑崙」（平仄仄平平），「于役各勤王，驅馳拱紫宸」（平仄仄平平，平平仄平平），「功業獨殊倫」（仄仄仄平平），「感此慰行邁，無爲歌苦辛」（仄仄仄平仄，平平平仄平）等等，共有律句近 20 句之多；而在《巴陵早秋寄荊州崔司馬吏部閭功曹舍人》中，「再見洞庭秋」（仄仄仄平平），「極目連江漢，西南浸斗牛」（仄仄平平仄，平平仄仄平），「滔滔蕩雲夢」（平

〔註19〕任爽著：《唐朝典制》，長春：吉林文史出版社，1995 年版，第 152 頁。

〔註20〕明・吳訥著：《文章辨體序說》，北京：人民文學出版社，1982，第 6 頁。

平仄平仄），「曠如臨渤澥」（仄平平仄仄），「登高望舊國，胡馬滿東周」（平平仄仄仄，平仄仄平平），「宛葉遍蓬蒿」（仄仄仄平平），「故人西掖僚」（仄平平仄平），「差池盡三黜，蹭蹬各南州」（平平仄平仄，仄仄仄平平），「迢迢王粲樓」（平平平仄平）等，也有 12 句入律。

其四韻八行的古體詩，如《送夏侯子之江夏》中，「清風千里來」（平平平仄平），「留歡一杯酒，欲別復裴回」（平平仄平仄，仄仄仄平平），「漁舟憶釣臺」（平平仄仄平），「羨君還舊里，歸念獨悠哉」（仄平平仄仄，平仄仄平平），八句中竟有六句為律句；而《送友人使河源》：「送君魯郊外，下車上高丘。蕭條千里暮，日落黃雲秋。舉酒有餘恨，論邊無遠謀。河源望不見，旌旆去悠悠」，其後半首平仄格式為：仄仄仄平仄，仄平平仄平。平平平仄仄，平仄仄平平。句句入律且黏對合格，簡直可以看作是一首五言律絕。還有他的一首六句的古詩《巴陵寄李二戶部張十四禮部》：「江南春草初冪冪，愁殺江南獨愁客。秦中楊柳也應新，轉憶秦中相憶人。萬里鶯花不相見，登高一望淚沾巾」，後四句平仄格式為：平平平仄仄平平，仄仄平平平仄平。仄仄平平仄平仄，平平仄仄仄平平。聲律黏對也均符合近體的規則，可看作一首七言律絕；可見其古體詩中使用律句之多。

賈至詩中還有六首因失黏而成的古體絕句，則通篇使用了律句，分別為：

《初至巴陵與李十二白、裴九同泛洞庭湖三首》：

其一

江上相逢皆舊遊，湘山永望不堪愁。明月秋風洞庭水，孤鴻落葉一扁舟。

其二

楓岸紛紛落葉多，洞庭秋水晚來波。乘興輕舟無近遠，白雲明月弔湘娥。

《洞庭送李十二赴零陵》：今日相逢落葉前，洞庭秋水遠連天。共說金華舊遊處，回看北斗欲潸然。

《送王道士還京》：一片仙雲入帝鄉，數聲秋雁至衡
陽。借問清都舊花月，豈知遷客泣瀟湘。

《岳陽樓重宴別王八員外貶長沙》：江路東連千里潮，
青雲北望紫微遙。莫道巴陵湖水闊，長沙南畔更蕭條。

《西亭春望》：日長風暖柳青青，北雁歸飛入窅冥。岳
陽城上聞吹笛，能使春心滿洞庭。

前五首的平仄格式均為：（仄）仄平平仄仄平，（平）平（仄）仄仄
平平。（仄）仄（平）平平仄仄，（平）平（仄）仄仄平平。（加括號
處可平可仄）第六首的平仄格式為：仄平平仄仄平平，仄仄平平仄
仄平。仄平平仄平平仄，平仄平平仄仄平。這六首古絕通篇都是律
句，如果不是失黏，則與律絕無異；亦可見其詩歌中以律句入古詩
的創作傾向。

　　其古體詩中除了大量使用律句以外，也大量地使用了對仗的句
子，即以偶句入古詩，比如前述的《自蜀奉冊命往朔方途中呈韋左
相文部房尚書門下崔侍郎》中，就有「亭亭崑山玉，皎皎無緇磷」、
「捧冊自南服，奉詔趨北軍」、「飲啄叢篁間，棲息虎豹群」、「崎嶇
淩危棧，惴栗驚心神」、「峭壁上攲岑，大江下沄沄」、「鐵騎照白日，
旄頭拂秋旻」、「將來蕩滄溟，寧止蹴崑崙」、「夏康續禹績，代祖復
漢勳」等為數眾多的偶句，並且這些句子的對仗在詞性、語法結構
上也都對得十分工整。還有《巴陵早秋寄荊州崔司馬吏部閣功曹舍
人》中的「滔滔蕩雲夢，澹澹搖巴丘」、「曠如臨渤澥，窅疑造瀛洲」、
「宛葉遍蓬蒿，樊鄧無良疇」、「耿耿雲陽臺，迢迢王粲樓」等；《閒
居秋懷，寄陽翟陸贊府、封丘高少府》中的「解巾佐幕府，脫劍昇
明堂」、「郁郁被慶雲，昭昭翼太陽」、「鯨魚縱大壑，鷿鸘鳴高岡」、
「一言頓遭逢，片善蒙恩光」、「崎嶇郡邑權，連騫翰墨場」等等，
也都是對仗十分工穩的句子，純從對仗規則角度而言，這些偶句與
近體詩中的「工對」相比，幾乎無異，儘管聲調還未能相反。

　　以上所述賈至在其古體詩中大量引入律句和偶句這些近體詩成
分的創作現象，正反映出了在盛唐詩壇古、近體相互滲透、匯而為一

的時代趨勢影響下，詩人「引律入古」的創新意識。

第三節　對仗藝術的積極探索

　　在賈至詩中特別是其近體詩中，對仗運用得十分純熟，多爲嚴整的工對，且很有其特色；如「鶯喧翡翠幕，柳覆鬱金堂」(《長門怨》)，「楚山晴靄碧，湘水暮流深」(《岳陽樓宴王員外貶長沙》)，「白羽插雕弓，霓旌動朔風」(《詠馮昭儀當熊》)，「千條弱柳垂青瑣，百囀流鶯繞建章」(《早朝大明宮呈兩省僚友》)等，上下兩句描述的景致，一動一靜，以動靜相對，足見詩人觀察之細緻，構思之巧妙；「極浦三春草，高樓萬里心」(《岳陽樓宴王員外貶長沙》)，「雲歸帝鄉遠，雁報朔方寒」(《長沙別李六侍御》)，則一句寫時間，一句寫空間，以時空相對，更見其對仗用思之深；而「越井人南去，湘川水北流」(《送陸協律赴端州》)，「春生雲夢澤，水溢洞庭湖」(《送王員外赴長沙》)，「柳絮飛時別洛陽，梅花發後到三湘」(《巴陵夜別王八員外》)，在句中以地名相對；「共歡虞翻枉，同悲阮籍途」(《送王員外赴長沙》)，「王孫莫諫獵，賤妾解當熊」(《詠馮昭儀當熊》)，則以人名、人稱作對；還有「一酌千憂散，三杯萬事空」(《對酒曲二首》其二)，「江邊數杯酒，海內一孤舟」(《送陸協律赴端州》)，「銀河帝女下三清，紫禁笙歌出九城」(《勤政樓觀樂》)，「一片仙雲入帝鄉，數聲秋雁至衡陽」(《送王道士還京》)等，以數目詞「撫弦心斷絕，聽管淚霏微」(《銅雀臺》)，「隔簾妝隱映，向席舞低昂」(《侍宴曲》)，「鶯喧翡翠幕，柳覆鬱金堂」(《長門怨》)等，則以連綿詞相對。清人冒春榮《甚原詩說》中稱，「律詩以對仗工穩爲正格」[註21]，而上述這些對仗無不屬對工切，整齊精鍊，可以看出詩人對於對仗手法的積極探索。

〔註21〕郭紹虞著：《中國文學批評史》，上海：上海古籍出版社，1980年版，第125頁。

在賈至的近體詩中，常常在首二句即使用對仗，其中律詩有《侍宴曲》中的「雲陛襲珠扆，天墀覆綠楊」，《送陸協律赴端州》中的「越井人南去，湘川水北流」，《長沙別李六侍御》中的「月明湘水白，霜落洞庭乾」，《岳陽樓宴王員外貶長沙》中的「極浦三春草，高樓萬里心」，《詠馮昭儀當熊》中的「白羽插雕弓，霓旌動朔風」，共五首，在其全部 12 首律詩中佔了近一半；其中的兩首五律《長沙別李六侍御》和《詠馮昭儀當熊》，還是首聯用對而頷聯不對，使用了「偷春格」的特殊對仗格式。而其絕句首二句使用對仗的則有《贈薛瑤英》：「舞怯銖衣重，笑疑桃臉開」，《春思二首》其一：「草色青青柳色黃，桃花歷亂李花香」，《勤政樓觀樂》：「銀河帝女下三清，紫禁笙歌出九城」，《送李侍郎赴常州》：「雪晴雲散北風寒，楚水吳山道路難」，《初至巴陵與李十二白、裴九同泛洞庭湖三首》其三：「江畔楓葉初帶霜，渚邊菊花亦已黃」，《送王道士還京》：「一片仙雲入帝鄉，數聲秋雁至衡陽」，《岳陽樓重宴別王八員外貶長沙》：「江路東連千里潮，青雲北望紫微遙」，也有七首之多，亦可以看出詩人對於對仗格式的積極探索。

此外，賈至在其近體詩中還使用了流水對、借對、當句對、隔句對等諸多的特殊對仗。流水對，在明代胡震亨《唐音癸籤》中正式定名，「謂兩句一意也，蓋流水對耳。」（註22）五言者稱爲「十字格」，七言者稱爲「十四字格」。從內容上看，是上下兩句詩連貫而下地表達一個完整的意思；從語法意義上看，構成流水對的形式上的兩句詩，可以實爲一個單句，也可以是複句。由於流水對上下兩句意脈相聯，富於流動感，所以是一種動態的對仗，可以克服一般對仗的凝固之感。賈至近體詩中所用的流水對數量和種類都很多，其中單句形式的流水對有「忽與朝中舊，同爲澤畔吟」（《岳陽樓宴王員外貶長沙》），「嶺嶠同仙客，京華即舊遊」（《送陸協律赴端州》）；複句形式的流水對中，順承關係的有「一酌千憂散，三杯萬事空」（《對酒曲二首》其

〔註22〕明・胡震亨著：《唐音癸籤》，上海：上海古籍出版社，1981 年版，第 31 頁。

二），「隔簾妝隱映，向席舞低昂」（《侍宴曲》），「王孫莫諫獵，賤妾解當熊」（《詠馮昭儀當熊》），「柳絮飛時別洛陽，梅花發後到三湘」（《巴陵夜別王八員外》），「劍佩聲隨玉墀步，衣冠身惹御爐香」（《早朝大明宮呈兩省僚友》）等，遞近關係的則有「東風不爲吹愁去，春日偏能惹恨長」（《春思二首》其一），「世情已逐浮雲散，離恨空隨江水長」（《巴陵夜別王八員外》）。而賈至的兩首律絕，《贈薛瑤英》：「舞怯銖衣重，笑疑桃臉開。方知漢成帝，虛築避風臺」，還有《勤政樓觀樂》：「銀河帝女下三清，紫禁笙歌出九城。爲報延州來聽樂，須知天下欲昇平」，則均是上半由順承關係的複句流水對，而下半由單句形式的流水對構成。賈至詩中這些多樣的流水對的大量使用，使其對仗充滿了流動感，嚴整而不失於板滯；亦可看出詩人在創作中對於流水對這一特殊對仗的探索。

在賈至詩中，還出現了借對這種特殊對仗，借對概念最先見於嚴羽《滄浪詩話》，「有借對，孟浩然『故人具雞黍，稚子摘楊梅』，太白『水春雲母碓，風掃石南花』，少陵『竹葉於人既無多，菊花從此不須開』是也」〔註23〕，通過借音或借義兩種途徑實現工對。所謂借音，即通過諧音造成詞語對仗；而借義，則是一詞多義，詩人在詩中表意用甲義，同時又借用其乙義來與對應的詞構成對仗；因此借對可分爲借音對和借義對兩種。在賈至詩中，借音對有「雲陛賽珠辰，天墀覆綠楊」（《侍宴曲》），「越井人南去，湘川水北流」（《送陸協律赴端州》）兩處，前者的上句中，「珠辰」的「珠」字與「朱」諧音，此處借這種諧音與下句的「綠」字構成顏色類的工對；後者則通過下句中「流」與「留」字的諧音，借來與上句中的「去」字構成工對。而其詩中的借義對則有「鶯喧翡翠幕，柳覆鬱金堂」（《長門怨》），下句中「鬱金堂」本指用鬱金香和泥塗壁的房子，「鬱金」即指鬱金香，而詩中則借「金「字表示顏色的另一義，與上句中表現顏色的「翠」

〔註23〕宋・嚴羽著，郭紹虞校釋：《滄浪詩話校釋》，北京：人民文學出版社，1983 年版，第 74 頁。

字構成了顏色類對仗，從而實現了工對。可見，其詩中這些借對無論是借音還是借義，都可以使本已成對的句子錦上添花，由寬對變為工對，達到工巧自然之妙；並須通過仔細鑒賞方能領會，從而耐人尋味，妙趣橫生。

　　賈至詩中，還出現了當句對這種特殊對仗形式，而當句對，又有廣義和狹義之分；廣義的當句對，是指對仗的上下兩句，在本句中各自都具有兩個語法結構相同的詞或詞組構成對偶，《滄浪詩話》中所提到的「有就句對，又曰當句有對」〔註24〕；還有沈德潛《說詩晬語》中所稱「對仗固須工整，而亦有一聯中自為對偶者」；還有沈德潛《說詩晬語》中所稱「對仗固須工整，而亦有一聯中自為對偶者」〔註25〕，即指廣義的當句對；在賈至詩中，如「舞蝶縈愁緒，繁花對靚妝」（《長門怨》），「雲陛襃珠宸，天墀覆綠楊」（《侍宴曲》），「曲水浮花氣，流風散舞衣」（《對酒曲二首》其一），「白羽插雕弓，霓旌動朔風」（《詠馮昭儀當熊》）等，都屬於廣義的當句對。狹義的當句對，則在對仗形式上要求更為嚴格，是指對仗的兩句每句中不但出現語法結構相同的詞或詞組，而且這兩個詞或詞組須有一個字重複〔註26〕，賈至詩中的「月色更添春色好，蘆風似勝竹風幽」（《別裴九弟》），「草色青青柳色黃，桃花歷亂李花香」（《春思二首》其一）等，都是較完美的狹義當句對。當句對這種特殊對仗的使用，能使其詩句音節流轉，和諧入耳，從而更有助於詩中情感的抒發。

　　此外，賈至詩中還出現了扇對的特殊對仗形式，在《滄浪詩話》中曾提到，「有扇對，又謂之隔句對……蓋以第一句對第三句，第二

〔註24〕宋・嚴羽著，郭紹虞校釋：《滄浪詩話校釋》，北京：人民文學出版社，1983年版，第174頁。
〔註25〕清・王夫之等撰：《清詩話》，上海：上海古籍出版社，1999年版，第74頁。
〔註26〕此處「當句對」的定義，依據韓成武《杜詩藝譚》第十二章，河北教育出版社，2002年版。

句對第四句」〔註27〕，賈至的「憶昨別離日，桐花覆井欄。今來思君時，白露盈階溥」（《寓言二首》其二），和「江南春草初冪冪，愁殺江南獨愁客。秦中楊柳也應新，轉憶秦中相憶人」（《巴陵寄李二戶部張十四禮部》），均隔句相對，是爲扇對。

　　上述如此之多的特殊對仗形式的成功使用，即便在當時盛唐詩人群體中也是屈指可數的，亦可見其詩對仗技巧，已臻完美，這也正反映出賈至對於對仗藝術的積極探索和完美追求。

第四節　押韻特徵的不同凡響

　　賈至今存的古體詩以五言居多，他的五古大多數都是偶句押韻，且一韻到底，而不轉韻。如下列詩例：

　　《送友人使河源》：送君魯郊外，下車上高丘。蕭條千里暮，日落黃雲秋。舉酒有餘恨，論邊無遠謀。河源望不見，旌旆去悠悠。（平聲尤韻）

　　《送夏侯子之江夏》：扣楫洞庭上，清風千里來。留歡一杯酒，欲別復裴回。相見楚山下，漁舟憶釣臺。羨君還舊里，歸念獨悠哉。（平聲灰韻）

　　《寓言二首》其一：春草紛碧色，佳人曠無期。悠哉千里心，欲採商山芝。歎息良會晚，如何桃李時。懷君晴川上，佇立夏雲滋。（平聲支韻）

　　《送李侍御》：我年四十餘，已歎前路短。羈離洞庭上，安得不引滿。李侯忘情者，與我同疏懶。孤帆泣瀟湘，望遠心欲斷。（上聲旱韻）

　　《送耿副使歸長沙》：畫舸欲南歸，江亭且留宴。日暮湖上雲，蕭蕭若流霰。昨夜相知者，明發不可見。惆悵西北風，高帆爲誰扇。（去聲霰韻）〔註28〕

〔註27〕宋·嚴羽著，郭紹虞校釋：《滄浪詩話校釋》，北京：人民文學出版社，1983 年版，第 74 頁。

〔註28〕本節所引詩例中，韻部依照平水韻。

而他的五言長古也是如此，如《寓言二首》其二：「凜凜秋閨夕，綺羅早知寒。玉砧調鳴杵，始擣機中紈。憶昨別離日，桐花覆井欄。今來思君時，白露盈階薄。聞有關河信，欲寄雙玉盤。玉以委貞心，盤以薦嘉餐。嗟君在萬里，使妾衣帶寬。」「寒」、「紈」、「欄」、「薄」、「盤」、「餐」、「寬」，一連七韻，全部屬於平水韻中上平聲「十四寒」韻，而不轉韻，這樣就使全篇之勢一氣而下、一以貫之，正如方東樹《昭昧詹言》所講，「五言長篇，固須節次分明，一氣連貫」〔註29〕；還有他的十五韻長篇五古《巴陵早秋寄荆州崔司馬吏部閻功曹舍人》：

> 謫居瀟湘渚，再見洞庭秋。極目連江漢，西南浸斗牛。
> 滔滔盪雲夢，澹澹搖巴丘。曠如臨渤澥，窅疑造瀛洲。
> 君山麗中波，蒼翠長夜浮。帝子去永久，楚詞尚悲秋。
> 我同長沙行，時事加百憂。登高望舊國，胡馬滿東周。
> 宛葉遍蓬蒿，樊鄧無良疇。獨攀青楓樹，淚灑滄江流。
> 故人西披察，同扈岐陽蒐。差池盡三黜，蹭蹬各南州。
> 相去雖地接，不得從之遊。耿耿雲陽臺，迢迢王粲樓。
> 跂予暮霞裏，誰謂無輕舟。

十五個韻腳，全部屬於平水韻下平聲「十一尤」韻，而沒有轉韻，使得全篇一脈相聯，一氣連屬，體長而充暢；創作如此長篇，而不用轉韻，亦可見詩人駕馭全篇的才力之深厚。

在詩人所處的時代，創作長篇五古而不轉韻者極少，大多數詩人之作都已換韻，如葉燮《原詩》所稱，「五古，漢魏無轉韻者，至晉以後漸多。唐時五古長篇，大多轉韻矣。……畢竟以不轉韻者為得。……若一轉韻，首尾便覺索然無味；且轉韻便似另為一首，而氣不屬矣。」〔註30〕清人陳餘山《竹林問答》也稱，「漢魏、六朝五古，

〔註29〕清・方東樹著：《昭昧詹言》，北京：人民文學出版社，1984 年版，第 509 頁。

〔註30〕清・葉燮著，霍松林點校：《原詩》，北京：人民文學出版社，1998年版，第 71 頁。

鮮有轉韻者，……唐初盛諸家，獨韻長古絕少。」〔註31〕可見賈至的五古長篇不轉韻這一押韻特徵，直承漢魏古風，在當時的詩壇可謂卓然不群，不同凡響。

第五節　用典藝術的靈活多樣

賈至詩歌的用典技巧也是十分完備的，在其現存的 46 首詩中，用典處處可見，且其用典手法靈活多樣，正用、反用、明用、暗用，兼而有之。其詩中正面使用典故的如《自蜀奉冊命往朔方途中呈韋左相文部房尚書門下崔侍郎》中「永願雪會稽」，用越王句踐臥薪嘗膽終滅吳之典，抒發平滅安史叛亂之志，「新命集舊邦」，則用《詩經‧大雅‧文王》中「周雖舊邦，其命維新」語，表達對肅宗靈武新朝廷表示支持的堅定信念；而「我同長沙行，」（《巴陵早秋寄荊州崔司馬吏部閻功曹舍人》），「共歡虞翻枉，同悲阮籍途」（《送王員外赴長沙》），「忽與朝中舊，同為澤畔吟」（《岳陽樓宴王員外貶長沙》），也是正面引用賈誼、虞翻、阮籍、屈原等被貶、被逐而不得志的典故，以抒己身與朋友的貶謫之哀；還有「聊欲浮滄浪」（《閒居秋懷寄陽翟陸贊府封丘高少府》），表達思隱之情，「漁舟憶釣臺」（《送夏侯子之江夏》），抒發思鄉之愁，「聞道衡陽外，由來雁不飛」（《送夏侯參軍赴廣州》），述廣州之遙遠等等，數量極多且運用得當。而其詩中反用典故也很對景、貼切，如「誰謂三傑才，功業獨殊倫」（《自蜀奉冊命往朔方途中呈韋左相文部房尚書門下崔侍郎》），反用漢初三傑蕭何、張良、韓信之典，以譽韋見素、房琯、崔渙等朝廷重臣勞苦功高；「此別盈襟淚，雍門不假彈」（《長沙別李六侍御》），反用雍門子周鼓琴令孟嘗君泣下的典故，謂不必雍門鼓琴，即已淚水盈襟，更增添了詩中悲情之切；「王孫莫諫獵，賤妾解當熊」（《詠馮昭儀當熊》），則反用司馬相如上疏諫獵之典，表現馮昭儀能為皇帝當熊的勇氣和忠心；另

〔註31〕富壽蓀校點，郭紹虞編選：《清詩話續編》，上海：上海古籍出版社，1983 年版，第 2235 頁。

外，「同輦入昭陽」（《侍宴曲》）反用班婕妤不與帝王同輦典，「方知漢成帝，虛築避風臺」（《贈薛瑤英》）反用漢成帝對趙飛燕築臺避風典等等，也都是很出色的反用典故的詩例，可以通過反襯，更好地在詩中抒情、敘事。

　　賈至詩中大多數用典還是明用，如「沉吟東山意，欲去芳歲晚」（《贈裴九侍御昌江草堂彈琴》），用謝安隱居東山典；「夏康纘禹績，代祖復漢勳」（《自蜀奉冊命往朔方途中呈韋左相文部房尚書門下崔侍郎》），用少康復夏、文帝復漢典；「帝子去永久，楚詞尚悲秋」（《巴陵早秋寄荊州崔司馬吏部閻功曹舍人》），用娥皇、女英及宋玉悲秋典；「耿耿雲陽臺，迢迢王粲樓」（同上），用宋玉《高唐賦》及王粲《登樓賦》之典；「悠哉千里心，欲採商山芝」（《寓言二首》其一），用商山四皓典；「昔時燕山重賢士，黃金築臺從隗始」（《燕歌行》），用燕昭王築黃金臺納賢典；「勉哉孫楚吏，綵服正光輝」（《送夏侯參軍赴廣州》），用孫楚為參軍典；「長沙舊卑濕，今古不應殊」（《送王員外赴長沙》），用賈誼貶長沙王太傅典等等，都是十分明晰清楚地使用典故，援古證今，「用人若己」〔註32〕

　　而其詩尤以暗用典故最為擅長，也最為出色，如《贈裴九侍御昌江草堂彈琴》中「白雲若在眼」之句，化用陶弘景《詔問山中何所有賦詩以答》中「山中何所有？嶺上多白雲。只可自怡悅，不堪持寄君」之辭之意，以抒思隱情懷，若不知陶詩則很難看出其使用了語典；但即便如此，亦不妨礙對其詩句的理解。其「跂予暮霞裏，誰謂無輕舟」（《巴陵早秋寄荊州崔司馬吏部閻功曹舍人》），使用《詩經・衛風・河廣》「誰謂河廣？一葦杭之。誰謂宋遠？跂予望之」之語典；「楓岸紛紛落葉多，洞庭秋水晚來波」（《初至巴陵與李十二白裴九同泛洞庭湖三首》其二），則使用《九歌・湘夫人》「嫋嫋兮秋風，洞庭波兮木葉下」之語典；「鷖鷖鳴高岡」（《閒居秋懷寄陽翟陸

〔註32〕梁・劉勰：《文心雕龍》，北京：中國友誼出版公司，1997 年版，第154 頁。

贊府封丘高少府》），用《國語・周語上》中「周之興也，鸑鷟鳴於岐山」之典；「八月白露降，玄蟬號枯桑」（同上），用《禮記・月令》中「孟秋之月……白露降，寒蟬鳴」之典；將風、騷之語，史、禮之句，引入詩中，而不露痕迹。還有「嗟君在萬里，使妾衣帶寬」（《寓言二首》其二），使用漢代古詩《行行重行行》中「相去日已遠，衣帶日已緩」之語典，「草色青青柳色黃」（《春思二首》其一），使用古詩《青青河畔草》中「青青河畔草，郁郁園中柳」之典，「紅粉當壚弱柳垂」（同上其二），用東漢辛延年《羽林郎》「胡姬年十五，春日獨當壚」之典等，將用典與寫實緊密地結合在一起，使人感不到是在用典；而知道典故者更品其詩情，這正是爲歷來詩論家所推崇的用典妙境；正如宋人蔡絛《西清詩話》所說，「作詩用事要如禪家語，水中著鹽，飲水乃知鹽味」〔註33〕，清人袁枚《隨園詩話》亦云：「用典要如水中著鹽，但知鹽味，不見鹽質」〔註34〕，清人徐增《而菴詩話》也講，「或有故事赴於筆下，即用之不見痕迹，方是作者」〔註35〕。賈至上述詩中的暗用典故，眞可謂達到了劉勰所說「用舊合機，不啻自其口出」〔註36〕的境界。

　　此外，賈至詩中還出現了一聯中上下兩句事典、語典分用的特殊手法，如「帝子去永久，楚詞尚悲秋」（《巴陵早秋寄荊州崔司馬吏部閻功曹舍人》），上句用堯帝二女娥皇、女英爲舜帝二妃的事典，下句則用宋玉《九辯》中「悲哉秋之爲氣也」之語典；「悵望黃綺心，白雲若在眼」（《贈裴九侍御昌江草堂彈琴》），上句用夏黃公、綺里季等四皓採芝商山之事典，下句用了陶弘景「山中何所有，嶺上多白雲」

〔註33〕王大鵬等編選：《中國歷代詩話選》，長沙：嶽麓書社，1985年版，第352頁。
〔註34〕清・袁枚著：《隨園詩話》，北京：人民文學出版社，1998年版，第429頁。
〔註35〕清・王夫之等撰：《清詩話》，上海：上海古籍出版社，1999年版，第429頁。
〔註36〕清・王夫之等撰：《清詩話》，上海：上海古籍出版社，1999年版，第973頁。

（《詔問山中何所有賦詩以答》）的語典；還有「一片仙雲入帝鄉，數聲秋雁至衡陽」（《送王道士還京》），上用《莊子‧天運》中「千歲厭世，去而上仙，乘彼白雲，至於帝鄉」之語典，下用雁至衡陽回雁峰不過，遇春而返的事典；可見詩人用典之巧，才力之高。而賈至詩中也常常以典故作對，在對仗中用典，如「夏康續禹績，代祖復漢勳」（《自蜀奉冊命往朔方途中呈韋左相文部房尚書門下崔侍郎》），「耿耿雲陽臺，迢迢王粲樓」（《巴陵早秋寄荊州崔司馬吏部閻功曹舍人》），「共歡虞翻枉，同悲阮籍途」（《送王員外赴長沙》），「一片仙雲入帝鄉，數聲秋雁至衡陽」（《送王道士還京》），「王孫莫諫獵，賤妾解當熊」（《詠馮昭儀當熊》）等等，將用典手法與對仗藝術完美地結合起來，亦可見詩人才學之深，用典之妙。

由上可見，賈至在詩中的用典正、反、明、暗，手法靈活；並且語、事典分用，以典作對，形式多樣；清人方南堂講，「作詩不能不用故實，眼前景事，有必須古事襯托而始出者。然用事之法最難，或側見，或反引，或暗用，吸精取液，於本事恰合，令讀者一見了然，是為食古而化」〔註37〕，賈至詩中的用典，可以說做到了這一點，這即便是在當時盛唐廣大詩人群體之中，也是可圈可點的。

第六節　鍊字藝術的生動傳神

賈至現存的律詩《早朝大明宮呈兩省僚友》一首七律以外，全部為五律，他在這些律詩的創作中，十分講究鍊字；《詩法家數》有云，「詩要鍊字，字者眼也」〔註38〕，尤其是「五律須講鍊字法，荊公所謂詩眼也」〔註39〕，《辭海》釋「詩眼」曰：「即『句中眼』，指一句

〔註37〕富壽蓀校點，郭紹虞編選：《清詩話續編》，上海：上海古籍出版社，1983 年版，第 193 頁。
〔註38〕清‧何文煥輯：《歷代詩話》，北京：中華書局，1981 年版，第 737 頁。
〔註39〕清‧王夫之等撰：《清詩話》，上海：上海古籍出版社，1999 年版，第 133 頁。

詩或一首詩中最精鍊傳神的一個字」〔註40〕；賈至的律詩特別是五律即深諳此道，常能以一字之妙，形象地揭示景物特徵，準確地表達心理感受，堪爲詩眼；主要包括煉動詞、形容詞和副詞等。

　　賈至律詩中所錘鍊的動詞，在具體的詩中運用得十分到位，能夠恰到好處地敘景抒情，並且對上下兩句對仗的詩中相應位置的動詞錘鍊得尤爲精細，在對比之中相映成趣，從而形成了自己的鍊字特色。如描述帝王狩獵之景，「逐獸長廊靜，呼鷹御苑空」（《詠馮昭儀當熊》），行獵之時，獸爲獵物，鷹爲捕獵工具，「逐」、「呼」兩個動詞，呼喊獵鷹追捕獵物，十分準確地體現出這層邏輯關係；再加上「長廊靜」、「御苑空」的環境渲染，用最少的字句清晰地展現出帝王行獵的場景，也正是得益於這兩個動詞給人的生動感。而「曲水浮花氣，流風散舞衣」（《對酒曲二首》其一），曲水、流風，同爲動態之象，但「浮」、「散」二字卻能呈現出同中之異，「浮」字正表現了曲水的流動之感，形象而傳神，而「散」字則寫出了流風吹拂之態，準確地表達出詩人對於大好春光的讚賞之情，可謂各得其宜、恰到好處，「鶯喧翡翠幕，柳覆鬱金堂」（《長門怨》），「喧」、「覆」二字，鶯啼柳垂，一動一靜，在對比中生動地描繪出景物的情狀；「白羽插雕弓，霓旌動朔風」（《詠馮昭儀當熊》），羽箭插在弓旁，旌旗在風中飄展，也是動靜相對，十分形象，亦是「插」、「動」兩個動詞錘鍊的結果。類似的還有「春生雲夢澤，水溢洞庭湖」（《送王員外赴長沙》）中的「生」、「溢」，一虛一實，描寫洞庭春景；「舞蝶縈愁緒，繁花對靚妝」（《長門怨》）中的「縈」、「對」，一內一外，表述獨居之幽寂；都能以句中的一個動詞，準確地描寫景物表達心情，並在對比中各極其趣，確實做到了詩眼的生動傳神。

　　而其律詩中所錘鍊的形容詞，更爲精巧，能把詩中所描述景物的形態情狀十分準確地一語道出，如「楚山晴靄碧，湘水暮流深」（《岳

陽樓宴王員外貶長沙》），「碧」這一字，便把晴天楚山雲霧之色、之態寫出，「深」字也寫出了日暮下水流的深邃之感；「月明湘水白，霜落洞庭乾」（《長沙別李六侍御》），一「白」一「乾」，便展示出了明月照徹湘水之景，和深秋霜落洞庭水現乾涸之態，下字精準，可見詩人觀察景物的細緻深入。而描寫宮中飲宴之景，「鳴珮長廊靜，開冰廣殿涼」（《侍宴曲》），環珮碰響，更襯出長廊之靜，廣殿開冰，自是一片清涼，「靜」、「涼」雖為俗字，卻殊為恰當，若非設身處地去感受，是不能煉出這樣傳神之字的；前述描寫帝王出獵的「逐獸長廊靜，呼鷹御苑空」中的「靜」、「空」二字亦有此異曲同工之妙。還有「雲海南溟遠，煙波北渚微」（《送夏侯參軍赴廣州》），上半句寫南海用「遠」，下半寫北渚即小洲，則用「微」，同寫遙遠卻能各盡其妙，亦可以看出詩人觀察、體悟物象之細，鍊字功夫之深。

其律詩中對於副詞的錘鍊，也頗見功力，往往能通過句中一字準確地表達出詩人彼時的心迹，如其送別詩「送君從此去，書信定應稀」（《送夏侯參軍赴廣州》）句中，一個「定」字，便將詩人對朋友難分難捨的深情表露無遺。而與友人同傷貶謫的詩句如「忽與朝中舊，同為澤畔吟」（《岳陽樓宴王員外貶長沙》），「忽」、「同」二字，則真切地將朋友間共遇仕途坎坷同患難的相互憐惜之情表現出來；還有「共歡虞翻枉，同悲阮籍途」（《送王員外赴長沙》）中的「共」、「同」，「相逢路正難」（《長沙別李六侍御》）中的「正」字等，亦是如此。還有代言體的《長門怨》中「獨坐思千里，春庭曉景長」之句，一個「獨」字領起全篇，把握照住了此詩抒情主人公被棄愁居長門宮的悲愁基調，可謂是畫龍點睛之處，堪為全詩之眼。

另外，賈至律詩中對於其他詞性的錘鍊，也是能達到生動傳神之妙的。如鍊介詞則有「隔簾妝隱映，向席舞低昂」（《侍宴曲》）中「隔」、「向」二字，描述歌伎之舞態，十分精準到位；「放歌乘美景，醉舞向東風」（《對酒曲二首》其二），「乘」、「向」二字，也有助於將詩人在春風中狂歌醉舞的心情，準確表達出來。再有煉數詞，「江邊數杯

酒，海內一孤舟」（《送陸協律赴端州》），「數」與「一」，將送別友人
聊盡餘歡轉而孤單的情境盡現目前；「一酌千憂散，三杯萬事空」（《對
酒曲二首》其二），中連用四個數詞，更爲直觀地展現出詩人及時行
樂的心態；「極浦三春草，高樓萬里心」（《岳陽樓宴王員外貶長沙》），
「三」與「萬」，分別代表了時間與空間，一聯之中，時空對舉，亦
可見詩人鍊字藝術之妙。

　　綜上可見，賈至律詩中的鍊字，善於通過句中一字之妙，把詩中
物象的情狀與所要展現的心境準確地表達傳遞出來，生動傳神，正如
賀子翼《詩筏》所言，「詩有眼，猶弈有眼也。詩思玲瓏，則詩眼活；
弈手玲瓏，則弈眼活。所謂眼者，指詩弈玲瓏處言之也」〔註41〕，因
此其詩中之鍊字精準傳神，可堪詩眼。

〔註41〕富壽蓀校點，郭紹虞編選：《清詩話續編》，上海：上海古籍出版社，
　　　1983 年版，第 137 頁。

第四章　賈至的詩壇地位及影響

第一節　廣泛的交遊與詩篇唱和

　　賈至作爲盛唐時期的詩人，在當時的文壇上是具有著一定的地位和影響的，他與當時的李白、杜甫、高適、王維、岑參等諸多著名詩人都有著廣泛的交遊與詩篇唱和，其詩亦頗負盛名，並爲這些詩人大家所稱許。

　　早在賈至天寶初年明經擢第初步仕途，擔任單父縣尉後，即與大詩人高適有過詩篇贈答；其《閒居秋懷寄陽翟陸贊府封丘高少府》云：「……我生屬聖明，感激竊自強。崎嶇郡邑權，連騫翰墨場。天朝富英髦，多士如珪璋。盛才溢下位，蹇步徒猖狂。閉門對群書，几案在我旁。枕席相遠遊，聊欲浮滄浪。八月白露降，玄蟬號枯桑。艤舟臨清川，迢遞愁思長。我有同懷友，各在天一方。離披不相見，浩蕩隔兩鄉。平生霞外期，宿昔共行藏……」，時高適亦在封丘縣尉任，賈至作此詩寄高適，即是寄慨於己與適等之屈居下僚，僅充一縣尉小吏，不得施展才華；而當時高適也有《封丘作》詩云：「州縣才難適，雲山道欲窮。揣摩慚點吏，棲隱謝愚公」，自歎「寧堪作吏風塵下」，「拜迎官長心欲碎，鞭撻黎庶令人悲」（《封丘作》），與賈至詩中之慨十分相似，可見二人心境相同，作詩相酬，正是惺

惺相惜之意。又梁肅有《朝散大夫使持節常州諸軍事守常州刺史賜紫金魚袋獨孤公行狀》云：「二十餘，以文章遊梁宋間，通人穎川陳兼，長樂賈至、渤海高適見公，皆色受心服，約子孫之契」〔註1〕，獨孤及為中唐古文運動的前驅，他生於開元二十三年（725），年二十餘，當為天寶四載（745）後數年間，此時賈至正任單父尉，時單父縣屬宋州；而獨孤及此後又有《送陳兼應辟兼寄高適賈至》詩，稱賈至「焜耀琳琅姿；芳名動北步，逸韻淩南皮」，均可以證明賈至在天寶前期任宋州單父尉時與高適、獨孤及等人有過交遊，且友情深厚。

安史亂起，賈至從玄宗入蜀，至德元載（756）為撰傳位冊文，並與韋見素、房琯等人奉冊命赴靈武冊立肅宗，此後即在肅宗朝中擔任中書舍人‧知制誥。而杜甫也於至德二載（757）四月逃離叛軍佔據的長安，至鳳翔肅宗行在所，拜左拾遺，與賈至、房琯、嚴武等人同朝為官；隨即因房琯罷相，上疏援救，觸怒肅宗，受三司推問，幸得宰相張鎬相救始免，於同年閏八月被放還鄜州省家；臨行前，杜甫有詩留贈賈至與給事中嚴武，「田園須暫住，戎馬惜離群。去遠留詩別，愁多任酒醺。一秋常苦雨，今日始無雲。山路晴吹角，那堪處處聞！」（《留別賈嚴二閣老兩院補闕》）「戎馬惜離群」之句，可看出他們同朝為官感情之深。十月間，唐軍終於收復長安，接著又克復洛陽，中興在望；賈至、杜甫等隨肅宗返長安，仍同朝供職。乾元元年（758）春天早朝之際，面對當前屢克叛軍的大好形勢，擔任中書舍人的賈至遂作《早朝大明宮呈兩省僚友》以歌昇平，「銀燭薰天紫陌長，禁城春色曉蒼蒼。千條弱柳垂青瑣，百囀流鶯繞建章。劍佩聲隨玉墀步，衣冠身惹御爐香。共沐恩波鳳池上，朝朝染翰侍君王」；同朝為官的左拾遺杜甫、右補闕岑參、太子中允王維三位大詩人隨即作詩相和，同唱太平：

〔註1〕唐‧獨孤及著：《毗陵集》，保定：河北大學圖書館藏日本刊本，卷十。

　　杜甫《奉和賈至舍人早朝大明宮》:「五夜漏聲催曉箭,
九重春色醉仙桃。旌旗日暖龍蛇動,宮殿風微燕雀高。朝
罷香煙攜滿袖,詩成珠玉在揮毫。欲知世掌絲綸美,池上
於今有鳳毛。

　　岑參《奉和中書舍人賈至早朝大明宮》:雞鳴紫陌曙光
寒,鶯囀皇州春色闌。金闕曉鐘開萬戶,玉階仙仗擁千官。
花迎劍佩星初落,柳拂旌旗露未乾。獨有鳳凰池上客,陽
春一曲和皆難。

　　王維《和賈至舍人早朝大明宮之作》:絳幘雞人送曉
籌,尚衣方進翠雲裘。九天閶闔開宮殿,萬國衣冠拜冕旒。
日色才臨仙掌動,香煙欲傍袞龍浮。朝罷須裁五色詔,佩
聲歸到鳳池頭。

詩中的「鳳池」、「鳳凰池」,是中書省的美稱,賈至即在中書省供職,
為皇帝寫詔書,三首和詩的尾聯,均以讚美中書舍人文才之美作結,
可見他們對賈至的推重。這四首詩雖在思想內容上還脫離不了臺閣之
氣,但頗具聲律、辭藻之美和大國氣象,在唐代七言律詩創作中也很
有特色,所以一直為後人所傳誦;這次唱和,也成為了文學史上的一
次盛事,而為人所稱道,如明代胡應麟《詩藪》云:「賈至、王維、
杜甫、岑參同賦早朝四七言律,……才格相當,足可凌跨百代」〔註2〕,
清人郎廷槐《師友詩傳錄》則云:「七言律詩,……至盛唐聲調始遠,
品格始高。如賈至、王維、岑參早朝倡和諸作,各臻其妙」〔註3〕,
趙翼《甌北詩話》亦云:「蓋開元、天寶之間,七律尚未盛行,至德
以後,賈至等早朝大明宮諸作,互相琢磨,始覺盡善」〔註4〕,翁方
綱《石洲詩話》則言:「古人唱和,自生感激,若早朝大明宮之作,

〔註2〕　明・胡應麟著:《詩藪》,上海:上海古籍出版社,1979年版,第188
　　　　頁。
〔註3〕　清・王夫之等撰:《清詩話》,上海:上海古籍出版社,1999年版,
　　　　第398頁。
〔註4〕　清・趙翼著:《甌北詩話》,北京:人民文學出版社,1998年版,第
　　　　4頁。

並出壯麗」〔註5〕，施閏章《蠖齋詩話》「早朝詩」節載：「王警句『九天閶闔開宮殿，萬國衣冠拜冕旒』，岑則『花迎劍佩星初落，柳拂旌旗露未乾』，賈則『劍佩聲隨玉墀步，衣冠身惹御爐香』，……氣象誠高闊」〔註6〕。不僅如此，後世詩論家也多對此四詩品評優劣，定其高下，稱譽王維、杜甫、岑參三位大詩人之論自不待言，然亦有不少詩論家對賈至首唱之作大加讚賞，給予美譽，胡應麟即言：「早朝四詩妙絕古今，賈舍人起結宏響，其工語在『千條弱柳』一聯，第非作者所難也」〔註7〕；清人毛先舒《詩辯坻》則云：「早朝倡和，舍人作沈婉穠麗，氣象沖逸，自應推守。『衣冠身』三字微拙。右丞典重可諷，而冕服為病，結又失嚴。嘉州句語停勻華淨，而體稍輕揚，又結句承上，神脈似斷。工部音節過屬，『仙桃』、『珠玉』近俚，結使事亦黏帶，自下駟耳。四詩互有軒輊，予必賈、王、岑、杜為次也」〔註8〕；金聖歎《聖歎選批唐才子詩》稱賈至詩「高華清切，無能與比」〔註9〕；吳瑞榮《唐詩箋要》亦稱賈至，「由其詩律至細，故官樣字面都安頓妥適，風格自卓然諸家之上」〔註10〕；《瀛奎律髓彙評》中亦有對其詩的評價曰：「嘗早朝，轉出正陽門馳道，煙月籠城樓，車燈銜接，謂首二句豁然。五、六句有神。四詩予定原唱為冠」〔註11〕。關於早朝四詩之高下優劣的詩論，當以謝榛、紀昀所評較為公允，謝言：「賈

〔註 5〕清・翁方綱著：《石洲詩話》，北京：人民文學出版社，1981 年版，第 33 頁。

〔註 6〕清・王夫之等撰：《清詩話》，上海：上海古籍出版社，1999 年版，第 655 頁。

〔註 7〕明・胡應麟著：《詩藪》，上海：上海古籍出版社，1979 年版，第 94 頁。

〔註 8〕富壽蓀校點，郭紹虞編選：《清詩話續編》，上海：上海古籍出版社，1983 年版，第 55 頁。

〔註 9〕清・金聖歎著：《聖歎選批唐才子詩》，有正書局本，甲集卷三。

〔註10〕林東海選譯：《唐人律詩精華》，北京：人民文學出版社，2002 年版，第 199 頁。

〔註11〕元・方回編，李慶甲點校集評：《瀛奎律髓彙評》，上海：上海古籍出版社，1986 年版，第 58 頁。

舍人早朝大明宮詩及諸公和者，……賈則氣渾調古，岑則詞麗格雄，王杜二作，各有短長，其次分猶是一輩行」〔註12〕；紀昀亦稱：「四公皆盛唐巨手，同時唱和，世所豔稱。然此種題目無性情風旨之可言，仍是初唐應制之體，但色較鮮明，氣較生動，各能不失本質耳」〔註13〕，這才是比較客觀的評價。

此後，肅宗開始排擠玄宗舊臣，而賈至與房琯、嚴武等均為肅宗即位靈武后玄宗從蜀中派出的大臣，且房琯在蜀中曾為玄宗制置天下，以太子李亨與諸王分鎮天下，而這一詔書係由賈至擬制；此策略把李亨和諸王放在同等的地位上，自然會引起李亨的不滿，因此即位之後首先藉故罷除了房琯的相位，降為太子少師，隨即於乾元元年（758）春免去賈至中書舍人職務，出為汝州（今河南臨汝）刺史。因杜甫在政治上屬於房琯、賈至、嚴武一派，曾疏救房琯且與賈、嚴交厚，因而對於賈至的被貶深為痛心，作《送賈閣老出汝州》一詩相送，「西掖梧桐樹，空留一院陰。艱難歸故里，去住損春心。宮殿青門隔，雲山紫邏深。人生五馬貴，莫受二毛侵」。賈至是由中書舍人而出守汝州，中書省在宣政殿之西，因此又稱為西掖；杜甫時任左拾遺，屬門下省，而唐時，「兩省相呼為閣老」〔註14〕，賈至由中書省外出，因此詩中說「西掖梧桐樹，空留一院陰」；至故居在洛陽，汝州與之臨近，所以說「歸故里」。「去住損春心」，去者賈至，留者杜甫，彼此都為這春日的離別而傷懷，表達了詩人深深的惜別之情；末二句「人生五馬貴，莫受二毛侵」中，「五馬」，指太守乘車用五馬，唐刺史與太守相當，杜甫在此勸慰賈至，人生中作得刺史亦為顯貴矣，切莫為此愁白了頭髮，更可見他們同僚間友情之深。同年六月，

〔註12〕宋・楊萬里著：《誠齋詩話》，北京：人民文學出版社，1980年版，第25頁。

〔註13〕元・方回編，李慶甲點校集評：《瀛奎律髓彙評》，上海：上海古籍出版社，1986年版，第58頁。

〔註14〕唐・李肇撰：《唐國史補》，上海：上海古籍出版社，1979年版，第49頁。

同屬玄宗舊臣的房琯、嚴武也分別被貶為邠州刺史和巴州刺史，杜甫也因曾忤旨疏救房琯而被貶為華州司功參軍。一年後，賈至又坐棄汝州事於乾元二年（759）秋再貶為岳州司馬，杜甫也於同年秋棄官赴秦州；在秦州，杜甫曾寫了一首五十韻長詩《寄岳州賈司馬六丈巴州嚴八使君兩閣老五十韻》，懷念賈至及嚴武，「衡嶽猿啼裏，巴州鳥道邊。故人俱不利，謫宦兩悠然。……月分梁漢米，春給水衡錢。內蕊繁於繍，宮莎軟勝綿。恩榮同拜手，出入最隨肩。晚著華堂醉，寒重繍被眠。彎齊兼秉燭，書枉滿懷箋。每覺升元輔，深期列大賢。秉鈞方咫尺，鍛翮再聊翩。禁掖朋從改，微班性命全。」詩篇一開始以平實的筆墨回顧了與賈、嚴二人同朝為官時的密切交往，並對他們的被貶表示憤懣不平；然後對他們貶官後的生活處境給予深切地關注，「賈筆論孤憤，嚴詩賦幾篇。定知深意苦，莫使眾人傳。貝錦無停織，朱絲有斷弦。浦鷗防碎首，霜鶻不空拳。地僻昏炎瘴，山稠隘石泉。且將棋度日，應用酒為年。……如公盡雄俊，志在必騰騫」。楊倫《杜詩鏡詮》在「賈筆論孤憤」一段下引張雲語，「此段囑其緘默深藏，言言忠告，足見公與二子相與之厚，相愛之深，不是尋常投贈」，並在「且將棋度日，應用酒為年」句下注曰：「二句教以遠害全身之道」〔註15〕；在這裡杜甫告誡二友貶官後要言行謹慎，提防讒言以明哲保身，也正體現出了他與賈至、嚴武交誼之深厚。

賈至初至岳州後，恰巧遇到了年初因從永王李璘事流放夜郎而中途被赦，夏、秋時憩於江夏、岳陽一帶的大詩人李白，他們便一同遊賞洞庭，賈至作有《初至巴陵與李十二白、裴九同泛洞庭湖三首》：

其一

　　江上相逢皆舊遊，湘山永望不堪愁。明月秋風洞庭水，孤鴻落葉一扁舟。

〔註15〕清·楊倫箋注：《杜詩鏡詮》，上海：上海古籍出版社，1980 年版，第 277 頁。

其二

　　楓岸紛紛落葉多，洞庭秋水晚來波。乘興輕舟無近遠，
白雲明月弔湘娥。

其三

　　江畔楓葉初帶霜，渚邊菊花亦已黃。輕舟落日興不盡，
三湘五湖意何長。

如前文所述，三詩中以第二首為最，上半用楚辭語，下半憑弔湘君，
意境悠遠而詞句清麗，也正寫出了同遊者共同的不遇之感。賈至在詩
中稱李白為「舊遊」，又有送李白詩稱「共說金華舊遊處」，而李白在
天寶前入京，說明他們在天寶時期就早有交誼；這次舊友重逢，彼此
境遇相似，因而就相互更加瞭解，也互相慰藉，李白此時有《巴陵贈
賈舍人》詩，「賈生西望憶京華，湘浦南遷莫怨嗟。聖主恩深漢文帝，
憐君不遣到長沙」；在詩中把賈至比作西漢才子賈誼，賈誼曾被漢文帝
貶為長沙王太傅，而賈至僅謫官岳州，在長沙北面，比之賈誼貶官為
近，所以詩中後兩句說「聖主」即肅宗對賈至的恩情，要比漢文帝對
賈誼顯得深厚；此處為反語，對肅宗明為稱頌實則為諷，對賈至的不
幸遭貶寄予深深地同情。如楊慎《升菴詩話》所講，「賈至中書舍人，
左遷巴陵，……太白此詩解其怨嗟也，得溫柔敦厚之旨矣」〔註16〕。
同時，李白亦作有《陪族叔刑部侍郎曄及中書賈舍人至遊洞庭五首》：

其一

　　洞庭西望楚江分，水盡南天不見雲。日落長沙秋色遠，
不知何處弔湘君。

其二

　　南湖秋水夜無煙，耐可乘流直上天。且就洞庭賒月色，
將船買酒白雲邊。

其三

　　洛陽才子謫湘川，元禮同舟月下仙。記得長安還欲笑，
不知何處是西天。

〔註16〕明・楊慎著：《升菴詩話》，明萬世德刻本，卷八。

其四
　　洞庭湖西秋月輝，瀟湘江北早鴻飛。醉客滿船歌白苧，
不知霜露入秋衣。
其五
　　帝子瀟湘去不還，空餘秋草洞庭間。淡掃明湖開玉鏡，
丹青畫出是君山。

這個刑部侍郎李曄也是被貶嶺南途經岳州的，與賈至的遭際相類；詩
中「洛陽才子謫湘川，元禮同舟月下仙」，以賈誼比賈至，以後漢李
膺（字元禮）比李曄，二人俱謫官，繼以「記得長安還欲笑，不知何
處是西天」，用桓譚《新論》中「人聞長安樂，出門向西笑」之語，
以致其思望之情；並一同對景憑弔湘君，「日落長沙秋色遠，不知何
處弔湘君」，「帝子瀟湘去不還，空餘秋草洞庭間」，引娥皇女英二妃
隨舜帝不及身死江湘之典，寄託己等不遇於君之慨。在同一時期，李
白還有《與賈至舍人於龍興寺剪落梧桐枝望邕湖》詩，「剪落青梧枝，
邕湖坐可窺。雨洗秋山淨，林光澹碧滋。水閒明鏡轉，雲繞畫屏移。
千古風流事，名賢共此時」，亦可見二人交遊之歡，遊興之濃。就在
這一年秋天，李白離開岳州南下，赴湖南零陵，賈至有詩相送，「今
日相逢落葉前，洞庭秋水遠連天。共說金華舊遊處，回看北斗欲潸然」
（《洞庭送李十二赴零陵》）；李白亦有《留別賈舍人至二首》留贈賈
至，詩中稱，「折芳怨歲晚，離別淒以傷。謬攀青瑣賢，延我於北堂。
君為長沙客，我獨之夜郎。勸此一杯酒，豈惟道路長。割珠兩分贈，
寸心貴不忘。何必兒女仁，相看淚成行」；均可以看出他們二人友情
之深。

　　寶應元年（762），肅宗駕崩，太子李豫即位，是為代宗，賈至被
召復中書舍人，他曾將在岳州三年所作之詩編為《巴陵詩集》；獨孤
及讀了之後，比之為阮籍的《詠懷》詩，稱讚道：「取公詠懷詩，示
我江海瀾。暫若窺武庫，森然矛戟寒；眼明遭頭風，心悅忘朝餐」（《賈
員外處見中書賈舍人巴陵詩集覽之懷舊代書寄贈》），從中可看出其對

於賈至詩才的傾慕之情。寶應二年（763），賈至又遷尙書左丞；於廣德二年（764）九月，以禮部侍郎知東都舉，時杜甫正流寓成都，送唐誡往東都赴舉，行前杜甫作《別唐十五誡因寄禮部賈侍郎》詩寄賈至，敘舊日之交誼，並向他推薦唐誡，「……南宮吾故人，白馬金盤陀。雄筆映千古，見賢心靡他。念子善師事，歲寒守舊柯。爲吾謝賈公，病肺臥江沱」；「南宮」，係尙書省代稱，時賈至爲禮部侍郎，屬尙書省，詩中稱譽賈至的詩「雄筆映千古」，既出於深厚的友誼，亦是對其詩由衷地肯定，正如《詩藪》所稱，「杜當時，高、岑、王、賈、李、鄭等輩，靡不輸心。」〔註17〕

這以後賈至又加集賢院待制，歷任兵部侍郎、京兆尹、右散騎常侍等職；中唐著名詩人韋應物曾與友人遊於賈至家林亭，並作《賈常侍林亭燕集》：「高賢侍天陛，迹顯心獨幽。朱軒鶩關右，池館在東周。繚繞接都城，氤氳望嵩丘。群公盡詞客，方駕永日遊。朝旦氣候佳，逍遙寫煩憂。綠林藹已布，華沼澹不流。沒露摘幽草，涉煙玩輕舟。圓荷既出水，廣廈可淹留。放神遺所拘，觥罰屢見酬。樂燕良未極，安知有沉浮。醉罷各雲散，何當復相求」，可見宴集之歡。賈至還曾送「大曆十才子」之一的夏侯審赴廣州，並以詩相送，「聞道衡陽外，由來雁不飛。送君從此去，書信定應稀。雲海南溟遠，煙波北渚微。勉哉孫楚吏，綵服正光輝」（《送夏侯參軍赴廣州》）。大曆七年（772），賈至以右散騎常侍卒，年五十五，贈禮部尙書，諡曰文，獨孤及作《祭賈尙書文》曰：「維大曆七年四月二十一日，朝散大夫檢校尙書司封郎中兼舒州刺史賜紫金魚袋獨孤及謹以清酌庶羞之奠，敬祭於故散騎常侍贈禮部尙書賈公六兄之靈……兄逢盛時，任適梁棟，青雲咫尺，巨鱗始縱，何而中止，俄同大夢；天下孤望，非兄誰慟！……某獲見於兄，二十有六年矣，兄有七年之長，蒙以伯仲相視，博文約禮，謂仁由己，同心之言，期於沒齒，前後尺牘，羅列案几，……一旦如失，

〔註17〕明・胡應麟著：《詩藪》，上海：上海古籍出版社，1979 年版，第 180頁。

萬事邁矣！」(註18) 痛悼其亡，情見乎辭，可見二人生前交往之密切，感情之深厚。

綜上，賈至在當時盛唐的詩壇上不僅與李白、杜甫、高適、王維、岑參等大詩人有著較為深厚的交誼與詩篇唱和，其詩亦受到這些詩人大家的稱許，而且還與年輩稍晚的獨孤及、韋應物、夏侯審等詩人有著廣泛的交遊，可見他在當時的詩壇上還是有著較重要的地位和影響的。

第二節　不朽的詩名與身後盛譽

賈至除了在生前的詩壇上頗具詩名，為時人所稱譽以外，其詩也被後世多家唐詩選本所收錄，流傳甚遠，享有盛譽。如北宋末蔡居厚的《蔡寬夫詩話》對其詩就評價甚高，書中有專論賈至詩的一節，稱盛唐時「雖李、杜獨據關鍵，然一時輩流，亦非大和、元和間諸人可跂望。如王摩詰世固知之矣，獨賈至未見深稱者。予嘗觀其五言，如『極浦三春草，高樓萬里心……』又『越井人南去，湘川水北流……』如此等類，使置於老杜集中，雖明眼人，恐未易辨也。」(註19) 而宋人胡仔的《苕溪漁隱叢話》中記載，「東坡云：『湘中老人讀黃老，手援紫蘽坐碧草。春至不知湘水深，日暮忘卻巴陵道』，……詞氣殆是李謫仙」(註20)，稱賈至《君山》詩的詞氣與李白詩相類。且據陸游《老學庵筆記》所記，賈至的《春思二首》其一詩還為黃庭堅所喜愛，並書之扇上，「魯直有題扇『草色青青柳色黃』一首，唐人賈至、趙嘏詩中皆有之，山谷蓋偶書扇上耳」(註21)；楊萬里《誠齋詩話》也稱，「山谷集中有絕句云：『草色青青柳色黃，

〔註18〕唐・獨孤及著：《毗陵集》，保定：河北大學圖書館藏日本刊本，卷十，第2頁。

〔註19〕郭紹虞輯：《宋詩話輯佚》，北京：中華書局，1980年版，第384頁。

〔註20〕宋・胡仔纂輯：《苕溪漁隱叢話前集》，北京：人民文學出版社，1984年版，第29頁。

〔註21〕王大鵬等編選：《中國歷代詩話選》，長沙：嶽麓書社，1985年版，第696頁。

桃花零亂杏花香。春風不解吹愁去，春日偏能惹恨長。』此唐人賈
至詩也，特改五字耳」〔註22〕，可見其詩流傳之廣。南宋嚴羽《滄
浪詩話》也把他和王維、劉長卿等一起列入了唐詩「大名家」之中
〔註23〕；還有宋代計有功所撰的《唐詩紀事》選了賈至《岳陽樓宴
王員外貶長沙》、《侍宴曲》、《馮昭儀當熊》、《早朝大明宮呈兩省僚
友》、《自蜀奉冊命往朔方途中呈韋左相文部房尙書門下崔侍郎》等
五首詩入內，題名謝枋得編選的《千家詩》選了賈至的《早朝大明
宮》詩，何汶的《竹莊詩話》也選錄了賈至的《早朝大明宮》《南州
有贈二首》三首詩，而洪邁的《萬首唐人絕句》一共選了賈至詩二
十一首之多。由上可以看出，在宋代賈至的詩名頗盛，並被列爲唐
詩「大名家」之一，其詩亦被比之於李、杜，更可見流傳之廣，影
響之深遠。

在元代，辛文房的《唐才子傳》對賈至的詩有過較高的讚譽，稱
「至特工詩，俊逸之氣，不減鮑照、庾信，調亦清暢，且多素辭，蓋
厭於漂流淪落者也」〔註24〕。由方回編纂的著名唐宋律詩選集《瀛奎
律髓》，將賈至的七律《早朝大明宮呈兩省僚友》收入其中，並將杜
甫、王維、岑參的和詩附在其後；元詩「四大家」之一的楊載在《詩
法家數》中則稱：「……賈至諸公《早朝》之作，氣格雄深，句意嚴
整，如宮商迭奏，音韻鏗鏘，眞麟遊靈沼，鳳鳴朝陽也。學者熟之，
可以一洗寒陋。後來諸公應詔之作，多用此體，然多志驕氣盈；處富
貴而不失其正者，幾希矣。」〔註25〕元人楊士弘所編的唐詩選本《唐
音》也選錄了賈至的《送李侍郎赴常州》詩，「雪晴雲散北風寒，楚

〔註22〕宋・楊萬里著：《誠齋詩話》，北京：人民文學出版社，1980 年版，
　　　　第 25 頁。
〔註23〕宋・嚴羽著，郭紹虞校釋：《滄浪詩話校釋》，北京：人民文學出版
　　　　社，1983 年版，第 244 頁。
〔註24〕傅璇琮主編：《唐才子傳校箋》，北京：中華書局，1987 年版，第 491
　　　　頁。
〔註25〕清・何文煥輯：《歷代詩話》，北京：中華書局，1981 年版，第 732
　　　　頁。

水吳山道路難。今日送君須盡醉，明朝相憶路漫漫」，並稱「此篇音律純熟，語亦清婉，可謂楷式」〔註26〕，評價甚高。

而到了明代，則有更多的唐詩選本收錄其詩，還有許多詩話以及詩歌批評著作給予賈至較高的評價，如高棅《唐詩品彙》中五律選賈至六首，列爲「羽翼」；七律則列賈至爲「正宗」，選一首，稱七言律詩「盛唐作者不多，而聲調最遠，品格最高，……賈至、王維、岑參早朝倡和之什，當時各極其妙」〔註27〕；並選賈至十五首絕句入內，稱「盛唐絕句，太白高於諸人，王少伯次之，……同鳴於時者，王維、賈至、岑參亦盛」〔註28〕，對賈至的詩給予很高的評價。此外，高棅的《唐詩正聲》、《唐詩拾遺》、鍾惺、譚元春的《唐詩歸》、李攀龍的《唐詩廣選》、《唐詩直解》、唐汝詢的《唐詩解》、周敬、周珽的《唐詩選脈會通評林》、郝敬的《批選唐詩》、敖英的《唐詩絕句類選》、張之象、張應元的《唐詩類苑》等眾多唐詩選本也都選有賈至的詩，可見賈至詩名氣之盛，流傳之廣。譚宗的《近體秋陽》甚至稱，「至以《早朝》七言，一時絕唱，傾動朝士，朝士紛起而和之。不知五言之妙，高古壯往，非當時高、王輩所可比擬者。」〔註29〕胡震亨的《唐音癸籤》則稱唐詩「七律李、孟、王、岑、高以外，有崔顥、賈至……」〔註30〕，謝榛的《四溟詩話》稱「天寶間，李謫仙、杜拾遺、高常侍、王右丞、賈舍人相與結社，每分題課詩……」〔註31〕。而胡應麟的《詩藪》亦在多處稱譽賈至及其詩，如稱近體七言「盛唐王、李、杜外，

〔註26〕元‧楊士弘編；顧璘批點：《批點唐音》，明嘉靖刻本，卷二。

〔註27〕明‧高棅著：《唐詩品彙》，上海：上海古籍出版社，1988 年版，第706 頁。

〔註28〕明‧高棅著：《唐詩品彙》，上海：上海古籍出版社，1988 年版，第706 頁。

〔註29〕陳伯海主編：《唐詩彙評》，杭州：浙江教育出版社，1995 年版，第1280 頁。

〔註30〕明‧胡震亨著：《唐音癸籤》，上海：上海古籍出版社，1981 年版，第325 頁。

〔註31〕丁福保輯：《歷代詩話續編》，北京：中華書局，1983 年版，第 194頁。

崔顥《華陰》，李白《送賀監》，賈至《早朝》，……皆可競爽」〔註32〕，「唐人七言律起語之妙，自『盧家少婦』外，崔顥『岧嶤太華俯咸京，天外三峰削不成』，王維『漢主離宮接露臺，秦川一半夕陽開』，賈至『銀燭薰天紫陌長，禁城春色曉蒼蒼』，李白『鳳凰臺上鳳凰遊，鳳去臺空江自流』……」〔註33〕，「七言絕，太白、江寧爲最，右丞、嘉州、舍人、常侍次之」〔註34〕，還有「開元李、杜勃興，詩道大盛，孟浩然沈千運等獨以詩稱，而文不概見。王維、賈至，其文間有存者，亦詩之附庸耳」〔註35〕；並歷數「唐詩賦程士，故父子文學並稱者甚眾，……世所共知二賈、二蘇、三王、五寶」〔註36〕，其中即有賈曾、賈至父子，還有「唐詩人上自天子，下逮庶人，百司庶府，三教九流，靡所不備……侍從則高適、賈至等」〔註37〕，以及「蘇頲、蘇晉、賈曾、賈至、齊澣、王丘、李乂等，並以文學爲中書舍人，……初、盛間詞人顯者」〔註38〕；多次將賈至與李、杜、王維、高適、岑參等大家詩人相提並論，給予了極高的讚譽。

在清代，收錄賈至詩作的唐詩選集也爲數不少，比較著名的有王士禛的《唐賢三昧集》、《唐人萬首絕句選》、沈德潛的《唐詩別裁集》、金聖歎的《貫華堂選批唐才子詩》、黃叔燦的《唐詩箋注》、王堯衢的《古唐詩合解》、宋宗元的《網師園唐詩箋》、朱之荊的《增訂唐詩摘

〔註32〕 明・胡應麟著：《詩藪》，上海：上海古籍出版社，1979 年版，第 85 頁。

〔註33〕 明・胡應麟著：《詩藪》，上海：上海古籍出版社，1979 年版，第 86 頁。

〔註34〕 明・胡應麟著：《詩藪》，上海：上海古籍出版社，1979 年版，第 120 頁。

〔註35〕 明・胡應麟著：《詩藪》，上海：上海古籍出版社，1979 年版，第 197 頁。

〔註36〕 明・胡應麟著：《詩藪》，上海：上海古籍出版社，1979 年版，第 167 頁。

〔註37〕 明・胡應麟著：《詩藪》，上海：上海古籍出版社，1979 年版，第 171 頁。

〔註38〕 明・胡應麟著：《詩藪》，上海：上海古籍出版社，1979 年版，第 176 頁。

鈔》、吳瑞榮的《唐詩箋要》、姚鼐的《唐人絕句詩鈔注略》、宋顧樂
的《唐人萬首絕句選》、劉文蔚的《唐詩合選》、何焯的《唐律偶評》
等，如此之多的著名唐詩選本收錄賈至的作品，足以見得賈至詩名之
盛，其詩亦得以流傳久遠。並且，仍有許多詩話及批評著作對於賈至
的詩給予極高讚譽，特別是集中在對其《早朝大明宮呈兩省僚友》詩
的批評上，如《甌北詩話》稱：「自初唐沈、宋諸人創爲律體，於是
五字七字中爭爲雄麗之語，及盛唐而益出。如賈至早朝大明宮之作，
少陵、王維、岑參等皆有和詩，詩中皆有傑句是也」〔註39〕，梁章鉅
《退庵隨筆》亦載，「趙松雪嘗言作律詩用虛字殊不佳，中兩聯須塡
滿方好。此語雖力矯時弊，幼學者正不可不知。唐人如賈至早朝大明
宮等作，實開其端」〔註40〕，方世舉《蘭叢詩話》言，「施諸廊廟之
詩，尤宜平易。如早朝大明宮，杜之『九重春色醉仙桃』，仙語也，
卻不如賈至、王維之穩」〔註41〕，孫濤《全唐詩話續編》「賈至」條
稱：「《早朝大明宮》云：『銀燭薰天紫陌長，禁城春色曉蒼蒼。千條
弱柳垂青瑣，百囀流鶯繞建章。劍佩聲隨玉墀步，衣冠身惹御爐香。
共沐恩波鳳池上，朝朝染翰侍君王』。謝茂秦云：『金針詩格謂內意欲
儘其理，外意欲儘其象。內外涵蓄，方入詩格。但如賈至、王維輩早
朝詩聯，皆非內意，謂之不入詩格，可乎？大抵唐律妙在意興，無意
有興，格高氣暢，不失爲盛唐」〔註42〕，王壽昌《小清華園詩談》則
講：「何謂和雅？……近體如賈舍人之『銀燭薰天紫陌長，禁城春色
曉蒼蒼。千條弱柳垂青瑣，百囀流鶯繞建章。劍佩聲隨玉墀步，衣冠
身惹御爐香。共沐恩波鳳池上，朝朝染翰侍君王』……如此等作，皆

〔註39〕 清·趙翼著：《甌北詩話》，北京：人民文學出版社，1998 年版，第
　　　　17 頁。
〔註40〕 富壽蓀校點，郭紹虞編選：《清詩話續編》，上海：上海古籍出版社，
　　　　1983 年版，第 1970 頁。
〔註41〕 富壽蓀校點，郭紹虞編選：《清詩話續編》，上海：上海古籍出版社，
　　　　1983 年版，第 783 頁。
〔註42〕 清·王夫之等撰：《清詩話》，上海：上海古籍出版社，1999 年版，
　　　　第 655 頁。

雍容和雅，盛世之音也」〔註43〕，更深入地從風格與詩法角度給予賈
至《早朝大明宮》詩以極高的評價。其他從作詩法度出發給予賈至詩
較高評價的還有范大士的《歷代詩發》，稱「唐賢絕句，風格句調銖
兩不失累黍者，必推賈常侍」〔註44〕，冒春榮的《甚原說詩》亦稱「絕
句字句雖少，含蓄倍深。其體或對起，或對收，或兩對，或兩不對，
格句既殊，法度亦變。……兩不對，如賈至『紅粉當壚弱柳垂，金花
臘酒解酴醿。笙歌日暮能留客，醉殺長安輕薄兒』」〔註45〕；王壽昌
的《小清華園詩談》亦有評曰：「詩之可寬者，如前人所論王勃『披
襟乘石磴』之字意重沓，……賈至《南州有贈》之前六句，句首『越
井』、『湘川』、『江邊』、『海內』、『嶺嶠』、『京華』連用。……有唐
以詩取士，其律甚嚴，而當時名家猶不拘如此」〔註46〕，將賈至列入
了有唐「名家」之中；宋育仁《三唐詩品》則稱賈詩「其源出於陰、
何，故音調節暢，無聲病之累。『萬里鶯花』傳爲名句，與《岳陽樓》
之作俯仰遙深」〔註47〕，稱譽其名句「萬里鶯花不相見」（《巴陵寄李
二戶部、張十四禮部》）及名篇《岳陽樓宴王員外貶長沙》。另外，洪
亮吉《北江詩話》稱，「詞臣掌誥冊，固屬佳選。然亦隨時代爲榮辱。
唐賈至世撰傳位冊，詞林以爲美談。蜀李昊世修降表，則世以爲口實
矣」〔註48〕；吳喬的《圍爐詩話》則云：「王右丞五古，盡善盡美矣，
《觀別者》篇可入三百。孟浩然五古，可敵右丞。……餘如張謂、丘
爲、賈至、盧象諸君，俱有可觀，合於李、杜以稱盛唐，洵乎其爲盛

〔註43〕富壽蓀校點，郭紹虞編選：《清詩話續編》，上海：上海古籍出版社，
　　　　1983 年版，第 186 頁。
〔註44〕陳伯海主編：《唐詩彙評》，杭州：浙江教育出版社，1995 年版，第
　　　　1285 頁。
〔註45〕富壽蓀校點，郭紹虞編選：《清詩話續編》，上海：上海古籍出版社，
　　　　1983 年版，第 1604 頁。
〔註46〕富壽蓀校點，郭紹虞編選：《清詩話續編》，上海：上海古籍出版社，
　　　　1983 年版，第 1895 頁。
〔註47〕清・宋育仁著：《三唐詩品》，清考雋堂刻本，卷三。
〔註48〕清・洪亮吉著：《北江詩話》，北京：人民文學出版社，1983 年版，
　　　　第 60 頁。

唐也。錢起、韋應物,體格稍異矣」〔註49〕,亦將賈至列入李杜之外的盛唐名家之中,可見在清代無論是賈至其人或其詩,都受到了很高的讚譽,並享有盛名。

〔註49〕富壽蓀校點,郭紹虞編選:《清詩話續編》,上海:上海古籍出版社,1983 年版,第 1895 頁。

結　語

　　綜上所述，賈至以其清麗典雅的詩風，不僅在生前的詩壇上頗具
詩名，為時人所稱許，其詩在身後亦獲得了歷代詩論家的諸多讚譽，
並為多家著名唐詩選本所收錄，流傳甚遠，享有著不朽的詩名；正像
元代劉績《霏雪錄》所云，「唐人詩一家自有一家聲調，高下疾徐皆
為律呂，吟而繹之，令人有聞韶忘味之意」〔註1〕，且「詩人必自成
一家，然後傳不朽」〔註2〕，因此賈至的詩歌成就雖然還遠不能與李
杜、王孟、高岑等詩國大家相比，但他在盛唐諸家之中，還是列有一
席之地，自成一家的；正如清人巢父《唐詩從繩》云：「賈公在盛唐
較弱，然終不作晚唐寒氣」〔註3〕；他在唐詩發展史和中國文學史上
的地位，也是不能被忽視的。

〔註 1〕王大鵬等編選：《中國歷代詩話選》，長沙：嶽麓書社，1985 年版，
　　　　第 1101 頁。
〔註 2〕清・伍涵芳著，楊軍校注：《說詩樂趣校注》，濟南：齊魯書社，1992
　　　　年版，第 1895 頁。
〔註 3〕陳伯海主編：《唐詩彙評》，杭州：浙江教育出版社，1995 年版，第
　　　　1281 頁。

附錄一：論盛唐河北詩人群體與 「燕趙文化精神」※

公元 713 年，即唐玄宗開元元年，歷史步入了「開元盛世」這樣一個嶄新的繁盛時代，與此同時，唐詩也隨著自身的發展成熟進入了它的繁榮階段——盛唐時期；就在廣闊的河北大地上，湧現出以高適、李頎爲代表的一大批稟賦燕趙文化精神的詩壇驕子，以其優秀的詩歌創作，爲唐詩的發展注入了剛健而飽滿的思想內蘊，成爲「盛唐氣象」不可或缺的重要精神內核。

所謂「燕趙文化精神」，最早是由漢代的司馬遷作出質性歸納的，在其傳世名著《史記》中記載荊軻刺秦的事蹟，寫到荊軻在易水河邊告別太子丹時，高唱「風蕭蕭兮易水寒，壯士一去兮不復還！」(《史記·刺客列傳》) 聲調初爲徵聲，「復爲羽聲慷慨」〔註1〕；在《史記·貨殖列傳》進而對河北地域的文化風俗作出概括：「中山地薄人眾，猶有沙丘紂淫地餘民，民俗懁急，仰機利而食，丈夫相聚遊戲，悲歌慷慨。」〔註2〕又說：「邯鄲亦漳、河之間一都會也。北通燕、涿，南有鄭、衛。鄭、衛俗與趙相類，然近梁、魯，微重而矜節。濮上之邑

※ 與導師韓成武教授合作刊發於《河北學刊》2006 年第 4 期
〔註 1〕 漢·司馬遷撰，《史記》〔M〕，中華書局，1982，頁 2534。
〔註 2〕 漢·司馬遷撰，《史記》〔M〕，中華書局，1982，頁 3263。

徙野王，野王好氣任俠，衛之風也。」〔註3〕由此觀之，司馬遷由地理環境、民生狀態以及由此而形成的民俗特徵來揭示燕趙文化精神，比較科學地把它概括爲「好氣任俠」、「悲歌慷慨」（《史記‧貨殖列傳》）。這種揭示對後世的影響非常巨大。南朝梁劉勰就稱建安時期的鄴下文人作品「慷慨以任氣」（《文心雕龍‧明詩》），南朝梁詩人江淹則直以「燕趙悲歌」（《別賦》）表述之；而到了唐代，韓愈稱「燕趙古稱多感慨悲歌之士」（《送董邵南序》），錢起詩云：「燕趙悲歌士，相逢劇孟家。」（《逢俠者》）韋應物詩云：「禮樂儒家子，英豪燕趙風。」（《送崔押衙相州》）加之燕趙之地由來具有尙武之風，幽并二州自古即以「游俠窟」著稱。這樣經過歷代名人的反覆陳述，燕趙文化精神的內涵終於被確定下來，並逐漸形成了該地區的人文傳統，燕趙之士遂以慷慨悲歌、尙武任俠者自許。

由此，燕趙文化精神自不免對唐詩風貌產生影響；早在初唐時期，宰相魏徵在《隋書‧文學傳序》提出合南北文學之兩長的主張，說道：「江左宮商發越，貴於清綺；河朔詞義剛貞，重乎氣質。氣質則理勝其詞，清綺則文過其意。理深者便於時用，文華者宜於詠歌。此其南北詞人得失之大較也。若能掇彼清音，簡茲累句，各去所短，合其兩長，則文質斌斌，盡善盡美矣。」他所說的「河朔」，就是指黃河以北地區。顯然，他是主張應該以「詞意剛貞，重乎氣質」的河北文學的思想感情作爲唐詩的精神內核的。魏徵是奉了唐太宗的指令編修《隋書》的，他的文學主張代表了太宗的意旨，也完全符合太宗的詩歌創作實踐。處於唐詩開創時期，這種文學主張爲詩人們指出了明確的創作方向。而到了盛唐時代，經濟繁榮，國力強盛，人人皆以昂揚的精神面貌面對現實，河北詩人遂以所秉受地域文化精神之優勢，乘「天時」之便利，將「好氣任俠」、「悲歌慷慨」之精神，充分地播揚於詩歌園地，從以下這幾個方面完美地體現出來。

〔註3〕漢‧司馬遷撰，《史記》〔M〕，中華書局，1982，頁3264。

一、慷慨赴國的獻身精神

　　緊承「貞觀之治」之後而出現的「開元盛世」，使大唐王朝的國力空前強盛，四方蠻夷未敢輕動，再也不見兩晉時期那種「五胡亂華」的動蕩混亂局面，因此盛唐時代人們普遍有著昂揚的自信，這也極大地感召了燕趙之士的報國激情，他們身處邊塞，尚武好勇，肯於為國犧牲，浴血沙場，視死如歸；正如盛唐河北詩人高適詩中所說：「殺氣三時作陣雲，寒聲一夜傳刁斗。相看白刃血紛紛，死節從來豈顧勳？」（《燕歌行》）

　　高適，字達夫，渤海蓨（今河北景縣）人，作為盛唐時代成就最高的邊塞詩人，他幾度親歷邊塞，入幕從戎，以其豪邁的氣骨，在邊塞詩中唱出了慷慨悲歌時代最強音。如《塞上》：

> 東出盧龍塞，浩然客思孤。亭堠列萬里，漢兵猶備胡。
> 邊塵漲北溟，虜騎正南驅。轉鬥豈長策，和親非遠圖。
> 惟昔李將軍，按節出皇都。總戎掃大漠，一戰擒單于。
> 常懷感激心，願效縱橫謨。倚劍欲誰語，關河空鬱紆。

此詩作於詩人早年北遊燕地邊塞之時，詩中慷慨陳言久戰與和親皆非「遠策」、「長途」，而倡導像漢代「飛將軍」李廣那樣「今乃一得當單于，臣願居前，先死單于」（《史記·李將軍列傳》），統率全軍，一戰而定；慷慨豪邁，勇往直前！雖言國家當世之王霸大略，然而其中卻洋溢著極度自信的豪情壯志，即「常懷感激心」，那種感奮激越的心情，正如《唐詩品》所謂「朔氣縱橫，壯心落落」〔註4〕；篇末感歎報國無門，仗劍無語，獨對關河，沉鬱悲壯之情溢於言表；正是一篇燕趙文化精神孕育出的「慷慨悲歌」！

　　還有像《塞下曲》：

> 結束浮雲駿，翩翩出從戎。且憑天子怒，復倚將軍雄。
> 萬鼓雷殷地，千旗火生風。日輪駐霜戈，月魄懸雕弓。
> 青海陣雲匝，黑山兵氣沖。戰酣太白高，戰罷旄頭空。

〔註4〕陳伯海主編，《唐詩彙評》〔M〕，浙江教育出版社，1995，頁861。

　　　　萬里不惜死，一朝得成功。畫圖麒麟閣，入朝明光宮。

這是高適四十二歲第三次出塞，入河西節度哥舒翰幕時的作品，此時詩人頗得獎掖，前途無量，因此詩中也充滿了高度的樂觀自信，前半寫出了抒情主人公意氣風發、一往無前的英雄氣概，並以生動的誇張和想像，突出了沙場血戰的激烈場面；而下半袒露胸襟，一抒豪情，那類似賭徒式的不惜一死去報效國家、博取功名的決心，和如同游俠般粗獷豪邁的尚武精神和英雄之氣，正是燕趙文化這種特有的好氣尚武的地域文化精神的外現，故而他才會放聲大笑於傳統文人那種皓首窮經之迂，迴別於他們所謂的謙謙君子之風，昂揚論武，一戰成名！這也恰恰與盛唐時代國力強大，使士人充滿極度自信，欲投筆從戎，深入邊塞的英雄主義情懷的時代風貌相契合。

　　而最能體現高適悲歌慷慨、氣骨豪邁的邊塞之作，便是那首被後人稱作其集中「第一大篇」(《唐百家詩選》)的《燕歌行》：

　　　　漢家煙塵在東北，漢將辭家破殘賊。男兒本自重橫行，
　　天子非常賜顏色。

　　　　摐金伐鼓下榆關，旌旆逶迤碣石間。校尉羽書飛瀚海，
　　單于獵火照狼山。

　　　　山川蕭條極邊土，胡騎憑陵雜風雨。戰士軍前半死生，
　　美人帳下猶歌舞。

　　　　大漠窮秋塞草腓，孤城落日鬥兵稀。身當恩遇恒輕敵，
　　力盡關山未解圍。

　　　　鐵衣遠戍辛勤久，玉箸應啼別離後。少婦城南欲斷腸，
　　征人薊北空回首。

　　　　邊庭飄颻那可度，絕域蒼茫更何有。殺氣三時作陣雲，
　　寒聲一夜傳刁斗。

　　　　相看白刃血紛紛，死節從來豈顧勳。君不見沙場征戰
　　苦，至今猶憶李將軍。

盛唐時期的詩歌理論批評家殷璠曾在《河嶽英靈集》中評曰：「適詩多胸臆語，兼有氣骨，故朝野通賞其文。至如《燕歌行》等篇，甚有

奇句」〔註5〕；可知這首七言歌行歷來爲人讚賞，廣爲傳唱。而此詩
不僅聲情高壯，奇句怡人，「長篇滾滾，句雖佳，然皆有序」〔註6〕，
「此歌行本色」〔註7〕，不獨在高適集中堪爲第一，即在盛唐邊塞詩
中亦爲一座雄峰，是常人難以企及的。更爲重要的是，它的內涵博大
雄深，以往邊塞詩所寫的主要內容，無不在其中體現；詩人上則期報
國安邦，下則憫戰士征夫，既寫出了出征邊疆路上男兒橫行無敵、報
國邊塞的滔滔豪情，更表現了疆場鏖戰金戈鐵馬、血濺白刃的驚心動
魄，還展示了軍中士卒用命、將帥自得的苦樂不均的嚴酷現實。邢昉
《唐風定》曾評曰：「金戈鐵馬之聲，有玉磬鳴球之節，非一意抒寫
以爲悲壯也」〔註8〕；將此詩因內涵博大而頓挫跌宕，波瀾曲折的藝
術特色點出；宋宗元的《網師園唐詩箋》稱此詩「沉痛語不堪多讀」
〔註9〕，則道出了此詩慷慨悲涼的情感意蘊；正如南宋嚴羽的《滄浪
詩話》所評：「高、岑之詩悲壯，讀之使人感慨。」〔註10〕

　　而這首詩的結尾四句則如畫龍點睛，字字皆有千鈞之力，尤其是
「相看白刃血紛紛，死節從來豈顧勳？」只用十四個字，便將廣大士
卒們在保家衛國的的戰場上，在刀光劍影殊死搏鬥中，前赴後繼、義
無返顧的英雄氣概，和捨身爲國的報國之心顯現無遺，末二句借懷古
而刺邊將，更加襯托出了士卒們勇赴國難的高尚品格；從中亦可窺見
詩人所稟賦的慷慨好勇、捨身爲國的燕趙文化精神的力量。杜甫曾讚
美高適、岑參的詩有「意愜關飛動，篇終接蒼茫」（《寄高使君岑長史
三十韻》）的蒼莽飛動的審美感受，而這首詩以讚歎士卒用命，感念

〔註5〕傅璇琮編撰，《唐人選唐詩新編》〔M〕，陝西人民教育出版社，1996，
　　　頁152。
〔註6〕陳伯海主編，《唐詩彙評》〔M〕，浙江教育出版社，1995，頁876。
〔註7〕陳伯海主編，《唐詩彙評》〔M〕，浙江教育出版社，1995，頁877。
〔註8〕陳伯海主編，《唐詩彙評》〔M〕，浙江教育出版社，1995，頁876。
〔註9〕陳伯海主編，《唐詩彙評》〔M〕，浙江教育出版社，1995，頁877。
〔註10〕宋·嚴羽著、郭紹虞校釋，《滄浪詩話校釋》〔M〕，人民文學出版社，
　　　1998，頁181。

李廣愛兵如子、身先士卒作結，借古諷今，發人深省，使全篇意蘊更加深厚，不愧爲盛唐邊塞詩的代表。

同爲盛唐著名邊塞詩人的李頎，郡望趙郡（今河北趙縣），也以其所稟賦的慷慨悲涼的燕趙文化精神，和氣骨剛健的詩風，名揚於盛唐詩壇。其邊塞詩尤以刻畫士卒征夫的具體人物形象見長，如《塞下曲》：

> 少年學騎射，勇冠并州兒。直愛出身早，邊功沙漠垂。
> 戎鞭腰下插，羌笛雪中吹。膂力今應盡，將軍猶未知。

該詩前半首用建安文人曹植的《白馬篇》之語典——「白馬飾金羈，連翩西北馳，借問誰家子，幽并游俠兒。少小去鄉邑，揚聲沙漠垂」；寫征人年少即尚武好勇，遠戍邊塞，然而長久征戰，體力耗盡，卻仍未得邊將賞識，憑添幾許悲涼。全詩僅寥寥數語，便將一個邊塞游俠少年胸懷壯志，學武好勇，爲國戍邊，歷時數載的具體形象刻畫出來，如現目前。末句的感慨，則道出了詩人對於久戍邊庭征戰疆場的士卒們的同情和讚歎之情。詩中幽并游俠少年的勇武形象，也正是當時河北地區的人們有著好勇尚武精神的一個縮影。

他的《古塞下曲》，也寫出了河北征人遠戍邊疆慷慨悲壯之情景：

> 行人朝走馬，直指薊城傍。薊城通漠北，萬里別吾鄉。
> 海上千烽火，沙中百戰場。軍書發上郡，春色度河陽。
> 嫋嫋漢宮柳，青青胡地桑。琵琶出塞曲，橫笛斷君腸。

詩中「薊城」，即屬河北地區，而「漠北」，則在蒙古高原大沙漠以北，河北征人以「萬里別吾鄉」的慷慨豪情，遠赴大漠，投身於烽火沙場的百戰之中，春色一至，唯借琵琶之聲寄託鄉愁，其行尤爲可嘉。詩中充滿了作者對其爲國遠戍邊疆的歌頌與感歎，雖僅用賦筆，而河北征人悲壯慷慨的形象也十分豐滿，富於藝術感染力。可以看出，李頎的邊塞詩雖不及高適詩那般起伏跌宕、氣勢壯闊，然古雅韻致之中，也頗具剛健之氣骨，正如清代賀子翼《詩筏》所稱：「唐李頎詩雖近於幽細，然其氣骨則沉壯堅老，使讀者從沉壯堅老之內領其幽細，而

不能以幽細名之也。唯其如此，所以獨成一家。」〔註11〕

　　此外，在詩中慷慨悲歌，抒發尚武精神和報國情懷的盛唐河北詩人也不勝枚舉，比較著名的如趙郡（今河北趙縣）詩人李希仲，其邊塞詩《薊北行二首》其二曰：

　　　　一身救邊速，烽火通薊門。前軍飛鳥斷，格鬥塵沙昏。

　　　　寒日鼓聲急，單于夜將奔。當須徇忠義，身死報國恩。

這首五古以第一人稱的口吻，寫出了征人赴邊救急，在沙場上英勇格鬥，終於驅走單于，大獲全勝的歷程；而末聯「當須徇忠義，身死報國恩」，直抒胸臆，道出了其忠於社稷，勇赴國難，捐軀以報的豪情壯志，詩風悲壯慷慨；塑造了一個勇武昂揚、捐軀國難而視死如歸的英雄形象，也體現出了薊北之地的燕趙文化精神。該詩以其出色的藝術成就，被著名的唐詩選本高仲武的《中興間氣集》所選錄，稱「希仲詩……『前軍飛鳥斷，格鬥塵沙昏』，亦出塞實錄」〔註12〕。

　　祖籍范陽（今河北涿州）的著名山水田園派詩人盧象，在其五言律詩《雜詩二首》其一中，也一發慷慨悲歌：

　　　　家居五原上，征戰是平生。獨負山西勇，誰當塞下名？

　　　　死生遼海戰，雨雪薊門行。諸將封侯盡，論功獨不成。

同是第一人稱的口吻，卻將一腔豪氣融於格律之間，只一番自敘，便把尚武好勇、歷經百戰的征人形象展示出來，正如元代方回《瀛奎律髓》所評：「感慨有味。但五原、山西、遼海、薊門四處地相遼遠，詩人寓意辛苦無成者，以譏夫偶然而成名者未必皆辛苦也」〔註13〕。以四處邊塞重鎮地名，映襯其征戰之久，功勞之高，雖有不平之憤，然雄毫勇武之氣概亦可歌可歎，所謂「激激烈烈，酸酸楚楚，欲讀不

〔註11〕富壽蓀校點、郭紹虞編選，《清詩話續編・詩筏》〔M〕，上海古籍出版社，1983。

〔註12〕傅璇琮編撰，《唐人選唐詩新編》〔M〕，陝西人民教育出版社，1996，頁471。

〔註13〕元・方回編、李慶甲點校集評，《瀛奎律髓彙評》〔M〕，上海古籍出版社，1986。

得，欲不讀不得，令人揮戈而擊壺。」〔註14〕正是尚武好勇、悲歌慷慨之燕趙文化精神的體現。盧詩爲盛唐著名詩歌選本《河嶽英靈集》所收錄，作者殷璠稱其詩「象雅而不孚，有大體，得國士之風」〔註15〕；可謂獨具慧眼。

　　盛唐河北詩人作品中，類似的表現戰士慷慨尚武、英勇赴邊的還有像郡望上谷（今河北懷來）的詩人寇泚的《度塗山》：

　　　　小年弄文墨，不識戎旅難。一朝事鼙鼓，策馬度塗山。

　　塗山橫地軸，萬里留荒服。

　　　　悠悠正旆遠，騑驂一何速！流年揮金戈，驚風折寒木。

　　行聞漢飛將，還向皋蘭宿。

亦是少小便有雄懷壯志，豪情滿腔，捐軀赴國，英勇無畏，從激昂澎湃的詩句中盡顯其悲歌慷慨的燕趙文化精神。

　　還有曾擔任宰相的盛唐河北詩人宋璟、崔日用、源乾曜等人，也在詩中歌詠志士尚武好勇、以身報國的豪情，如：「德風邊草偃，勝氣朔雲平」，「至和常得體，不戰即亡精」（宋璟《奉和聖製送張說巡邊》），「擬清雞鹿塞，先指朔方城。列將懷威撫，匈奴畏盛名……壯心看舞劍，別緒應懸旌。」（崔日用《奉和聖製送張說巡邊》），「奉國知命輕，忘家以身許」（源乾曜《奉和聖製送張尚書巡邊》）等，以大唐王朝宰輔之尊，慷慨賦詩，寄託壯志，更體現出了大國氣象。

　　甚至出身詞臣之家，兩任中書舍人、知制誥，郡望長樂（今河北冀縣）的詩人賈至，也在曾詩中抒發慷慨悲歌、勇赴國難之情懷，他曾在天寶十五載（756）安史之亂之初，親隨玄宗棄長安，流亡蜀中；並奉命撰傳位冊文，與左相韋見素等人，遠赴千里之外的靈武，輔佐肅宗。漫漫征途上，他在《自蜀奉冊命往朔方途中呈韋左相文部房尚書門下崔侍郎》中，以詩筆記下了行途之艱難和捨身勇赴國難的堅定信念：

〔註14〕陳伯海主編，《唐詩彙評》〔M〕，浙江教育出版社，1995，頁275。
〔註15〕傅璇琮編撰，《唐人選唐詩新編》〔M〕，陝西人民教育出版社，1996，頁199。

太皇時內禪，神器付嗣君。新命集舊邦，至德被遠人。
捧冊自南服，奉詔趨北軍。覲謁心載馳，違離難重陳。策
馬出蜀山，畏途上緣雲。飲啄叢菁間，棲息虎豹群。崎嶇
淩危棧，惴慄驚心神。峭壁上嶔岑，大江下沄沄。皇風扇
八極，異類懷深仁。元兇誘黠虜，肘腋生妖氛。明主信英
武，威聲赫四鄰。誓師自朔方，旗幟何繽紛。鐵騎照白日，
旄頭拂秋旻。將來蕩滄溟，寧止蹠崑崙。……

靈武時爲領導全國上下抗擊安史叛軍的政治中心，去那裡冊立和輔佐
肅宗，正是爲了統一領導全國抗戰，收復失地、重整河山；所以賈至
雖身爲一介文人，亦不畏艱難，披荊斬棘，體現了其捨身爲國的慷慨
悲壯之情懷。

此外，像趙州贊皇（今屬河北）詩人李華的「鐵衣山月冷，金鼓
朔風悲。都護征兵日，將軍破虜時。揚鞭玉關道，回首望旌旗」（《奉
使朔方贈郭都護》）；范陽（今河北涿州）詩人盧群的「祥瑞不在鳳凰
麒麟，太平須得邊將忠臣。衛霍眞誠奉主，貔虎十萬一身。江河潛注
息浪，蠻貊款塞無塵。但得百僚師長肝膽，不用三軍羅綺金銀」（《淮
西席上醉歌》）；郡望上谷（今河北懷來）的詩人寇坦的「千門傳夜警，
萬象照階除」，「兼曹謀未展，入幕志方攄」（《同張少府和庫狄員外夏
晚初霽南省寓之時兼充節度判官之作》）；相州臨漳（今屬河北）詩人
盧從願的「作鼓將軍氣，投醪壯士觴。……衽席知無戰，兵戈示不忘」
（《奉和聖製送張說巡邊》）等詩句，也同樣體現著河北地區文人亦尚
武，肯爲國家犧牲的慷慨悲壯的燕趙文化精神。

二、捨生取義的任俠豪氣

與好勇尚武之風相聯，河北地區的人們還有著普遍的任俠之氣，
路見不平，拔刀相助，扶弱除強，身死不惜！正如劉叉詩中所說：「日
出扶桑一丈高，人間萬事細如毛。老夫怒見不平事，磨損胸中萬古
刀！」先秦時期已有荊軻刺秦的俠義之行，至唐代河北地區因接近胡
地，吸收北方少數民族游牧好武的習氣，所以任俠之風大盛。現實主

義的大詩人杜甫曾在詩中稱「漁陽豪俠地」（《後出塞五首》其四），即指河北薊縣地區好氣任俠，多豪俠之士。特別是到了盛唐時期國力強盛，人們精神昂揚，燕趙一帶任俠之風尤爲高漲；於是在盛唐河北詩人筆下，紛紛讚美任俠精神，以好勇重義、脫略使氣的俠士自命，創作出一大批謳歌燕趙任俠之氣的優秀作品。

　　如大詩人高適，即曾在詩中讚美燕趙游俠少年好勇重義的任俠精神，就是那篇爲後人所稱道的《邯鄲少年行》：

　　　　邯鄲城南游俠子，自矜生長邯鄲裏。千場縱博家仍富，
幾度報仇身不死。

　　　　宅中歌笑日紛紛，門外車馬如雲屯。未知肝膽向誰是，
令人卻憶平原君。

　　　　君不見今人交態薄，黃金用盡還疏索。以茲感激辭舊
遊，更於時事無所求。

　　　　且與少年飲美酒，往來射獵西山頭。

以縱橫跌宕的筆墨，刻畫出一個慷慨行俠的邯鄲少年形象，重義輕財、捨身行俠──

　　「千場縱博家仍富，幾度報仇身不死」，即其任俠精神的集中體現。歷代後人均對此詩給予高度評價，如周珽在《唐詩選脈會通評林》中評之曰：「寫盡俠腸俠氣，造語多奇」〔註16〕，王士禛《唐賢三昧集》稱：「畫出一個輕俠少年，……句有遠神，最爲宕逸」〔註17〕，還有諸如「英氣棱棱，溢出眉宇」、「兀傲奇橫」、「風流豪邁」、「慨絕古今」、「氣骨高凝」〔註18〕等，皆對高詩中縱橫之俠氣所歡服。而邯鄲爲古時趙國首都，少年以生長其地而「自矜」，也正說明了燕趙之地歷來以仗義行俠之風相尚。還有他的七絕《營州歌》：「營州少年厭原野，狐裘蒙茸獵城下。虜酒千鍾不醉人，胡兒

〔註16〕陳伯海主編，《唐詩彙評》〔M〕，浙江教育出版社，1995，頁 876。

〔註17〕清・王士禛編選、張明非撰，《唐賢三昧集譯注》〔M〕，上海古籍出版社，2000。

〔註18〕陳伯海主編，《唐詩彙評》〔M〕，浙江教育出版社，1995，頁 875～
876。

十歲能騎馬。」營州，唐時屬河北道，以四句所展示的一個生活片段，便可窺到此地居民自幼便富有著豪俠好勇的任俠精神。還有「古人無宿諾，茲道以爲難。萬里赴知己，一言誠可歎。馬蹄經月窟，劍術指樓蘭……」（《東平留贈狄司馬》），在詩中直接了歌頌古人一諾千金，「士爲知己者死」的俠義精神。由高適這些詩可以看出，河北地區人們的任俠精神，已然成爲構成悲歌慷慨的燕趙文化精神不可或缺的組成部分。

在詩中以刻畫人物形象見稱的河北詩人李頎，其《古意》一詩也刻畫出鮮活的幽燕男兒的豪俠形象：「男兒事長征，少小幽燕客。賭勝馬蹄下，由來輕七尺。殺人莫敢前，鬚如蝟毛磔。……」；正如後人所評，該詩以數筆白描，便繪出了幽燕男兒的「壯士生色」，「奇氣逼人」〔註19〕，戰場爭勝，捨身致命，鬚毛怒張，人莫敢前，豪俠雄風，呼之欲出；正是河北男子任俠好勇精神的展現。還有《崔五六圖屏風各賦一物得烏孫佩刀》借詠物以抒任俠氣概：

　　　烏孫腰間佩兩刀，刃可吹毛錦爲帶。握中枕宿穹廬室，
　馬上割飛翳蝹塞。

　　　執之魁魁誰能前，氣凜清風沙漠邊。磨用陰山一片玉，
　洗將胡地獨流泉。

　　　主人屏風寫奇狀，鐵鞘金鐶儼相向。回頭瞪目時一看，
　使予心在江湖上！

前幾句集中筆墨描繪烏孫佩刀的鋒利無敵，爲之讚歎不已，最後總而歸於末聯「回頭瞪目時一看，使予心在江湖上！」激起了詩人欲馳騁江湖、仗劍行俠的豪情意氣，且以俠士自命，表現了詩人自身所濡染的英雄氣質和任俠精神。

趙郡（今河北趙縣）詩人李嶷，亦寫有《少年行三首》的樂府組詩以寄託其任俠豪情，如下：

〔註19〕陳伯海主編，《唐詩彙評》〔M〕，浙江教育出版社，1995，頁 390～391。

其一

　　十八羽林郎，戎衣侍漢王。臂鷹金殿側，挾彈玉輿傍。
馳道春風起，陪遊出建章。

其二

　　侍獵長楊下，承恩更射飛。塵生馬影滅，箭落雁行希。
薄暮隨天仗，聯翩入瑣闈。

其三

　　玉劍膝邊橫，金杯馬上傾。朝遊茂陵道，夜宿鳳凰城。
豪吏多猜忌，無勞問姓名。

在這組詩中，作者借用金殿、玉輿、春風、長楊、馬影、雁行、玉劍、
金杯、鳳凰等鋪排華麗的辭藻作襯托，對「十八羽林郎」那高超的騎
射武藝，給以了形象而細緻地描繪，塑造了一個生動鮮明的好勇尚
武、任俠使氣的少年形象，正如前人所評曰：「詞雖不多，翩翩然俠
氣在目」〔註20〕；而由此也反映出了像作者這樣的一代盛唐燕趙士子
們積極向上、昂揚奮發的「少年精神」和任俠豪氣。

　　郡望博陵（今河北安平）的詩人崔宗之，天性豪放灑脫，有任俠
之風，為盛唐大詩人李白摯友，杜甫曾在《飲中八仙歌》中對其豪放
之行稱許曰：「宗之瀟灑美少年，舉觴白眼望青天，皎如玉樹臨風前」；
從他僅存的《贈李十二白》一詩中，我們也可窺到他那任俠的精神氣
質：

　　　涼風八九月，白露滿空庭。耿耿意不暢，稍稍風葉聲。
　　思見雄俊士，共話今古情。李侯忽來儀，把袂苦不早。清
　　論既抵掌，玄談又絕倒。分明楚漢事，歷歷王霸道。擔囊
　　無俗物，袖有匕首劍……

其對「喜縱橫術，擊劍為任俠」（《新唐書·李白傳》）的大詩人李白
推崇備至，並且共話王霸縱橫之術，亦可見詩人自身所好，尤其是「袖
有匕首劍」一句，更能形象地看出崔宗之對於擊劍、任俠之風的推許，
因此上他們二人才能惺惺相惜，情同手足。類似的還有定州鼓城（今

〔註20〕清·彭定求等編，《全唐詩》〔M〕，中華書局，1996，頁1465。

河北晉縣）詩人趙冬曦，「降歡時倒履，乘興偶翻巾」，「傲然歌一曲，一醉濯纓人」（《答張燕公翻著葛巾見呈之作》），脫略使氣，高標傲世，這也正是其任俠豪氣的外現。

此外，像趙州贊皇（今屬河北）著名的詩人、散文家李華那樣倡導崇儒宗經，開韓愈、柳宗元「古文運動」先聲的一代大儒，也推崇有俠義精神的志士，他在《奉寄彭城公》一詩中，讚美了戰國時代富有任俠精神的侯嬴——「公子三千客，人人願報恩。應憐抱關者，貧病老夷門」。詩中引用了《史記·魏公子列傳》中的典故，「公子爲人仁而下士，士無賢不肖，皆謙而禮交之，不敢以其富貴驕士。士以此方數千里爭往歸之，致食客三千人。……魏有隱士侯嬴者，年七十，家貧，爲大梁夷門監者。公子聞之，往請，欲厚遺之」〔註21〕；而後侯嬴爲公子無忌出謀劃策，終於盜得虎符，引軍救趙；侯嬴因年老不得相從，竟「北向自剄」，以謝知遇之恩。

該詩以樸素的詞句懷古而興歎，在公子無忌「三千客」中，一如大詩人李白之《俠客行》，獨具慧眼，突出地謳歌了「大梁夷門監」侯嬴那種爲拯救趙國黎民仗義行俠，終以死相報公子無忌的俠義之行，即所謂「士爲知己者死」的任俠精神；就連像詩人李華這樣的盛唐河北儒士，尚如此推崇稱許古人的俠義情懷，燕趙文化精神中任俠思想影響之深遠，更由此可見一斑。

三、頑強抗爭的不屈意志

「悲歌慷慨」的燕趙文化精神，還表現在河北詩人雖身處困境，仍不屈頸項，頑強拼搏，悲歌行諸筆墨，創作出許多傳唱後世的優秀篇章。早在初唐時期，「四傑」之一的范陽（今河北涿州）「幽憂子」盧照鄰，即爲一例，他身患惡疾十餘年，手腳痙攣，匍匐而行，卻未廢手中之筆，寫出驚世雄文，爲後人所讚歎。而到了盛唐，稟賦燕趙文化精神的河北詩人，更將這種頑強不屈的精神意志加以發揚光大，

〔註21〕漢·司馬遷撰，《史記》〔M〕，中華書局，1982，頁2377～2378。

雖處逆境，而敢於與命運抗爭，唱出了一曲曲振奮人心、剛健有力的慷慨悲歌。

如大詩人高適在入幕前，曾屈居封丘縣尉，恥於「拜迎長官」、「鞭撻黎庶」的生活，悲歌「我本漁樵孟諸野，一生自是悠悠者。乍可狂歌草澤中，寧堪作吏風塵下！」（《封丘作》）不甘心命運的擺佈，終於辭官而去，並對友人明志「相逢俱未展，攜手空蕭索。何意千里心，仍求百金諾。公侯皆我輩，動用在謀略」（《和崔二少府登楚丘城作》）；雖身處逆境，卻毫無頹唐之意，仍以公侯自許。後遠赴河西節度哥舒翰幕府，建功立業，大展雄才，歷任淮南節度史、蜀州、彭州刺史，終入朝為左散騎常侍，進封渤海縣侯，如《舊唐書》本傳所云：「有唐以來，詩人之達者，唯適而已。」〔註22〕這也正是他作為有著不屈意志的燕趙男兒，頑強抗爭、不畏艱難、勇於進取的結果。

李頎進士擢第前也曾長期困居潁陽，前程無卜，但他卻不曾為此而迷茫，其《緩歌行》曰：

> 小來託身攀貴遊，傾財破產無所憂。暮擬經過石渠署，
> 朝將出入銅龍樓。
> 結交杜陵輕薄子，謂言可生復可死。一沈一浮會有時，
> 棄我翻然如脫屣。
> 男兒立身須自強，十年閉戶潁水陽。業就功成見明主，
> 擊鍾鼎食坐華堂。……

詩中坦言，自己從來不為「傾財破產」擔憂，而是胸懷大志，靜待沉浮之機；並高歌「男兒當自強」，十年面壁圖破壁，以期功成名就；終於奮發圖強，於開元二十三年（735）進士及第，昂首步入仕途。而且在他詩中所完美刻畫的人物中，也能看到不對困窮的命運有所屈服，依然笑傲紅塵的豪傑形象，那就是為後人所稱道的名篇《別梁鍠》：

> 梁生倜儻心不羈，途窮氣蓋長安兒。回頭轉眄似雕鶚，
> 有志飛鳴人豈知。

〔註22〕劉開揚著，《高適詩集編年箋注》〔M〕，中華書局，1984，頁404。

　　　　雖云四十無祿位，曾與大軍掌書記。抗辭請刃誅部曲，
作色論兵犯二帥。

　　　　一言不合龍頷侯，擊劍拂衣從此棄。朝朝飲酒黃公壚，
脫帽露頂爭叫呼。

　　　　庭中犢鼻昔嘗掛，懷裏琅玕今在無。時人見子多落魄，
共笑狂歌非遠圖。

　　　　忽然遣躍紫騮馬，還是昂藏一丈夫。洛陽城頭曉霜白，
層冰峨峨滿川澤。

　　　　但聞行路吟新詩，不歎舉家無擔石。莫言貧賤長可欺，
覆簣成山當有時。

　　　　莫言富貴長可托，木槿朝看暮還落。不見古時塞上翁，
倚伏由來任天作。

　　　　去去滄波勿復陳，五湖三江愁殺人。

詩中的梁鍠形象倜儻不羈，雖窮途落拓，但仍有「不鳴則已，一鳴驚
人」的雄心壯志，如周珽在《唐詩選脈會通評林》中所評：「言梁生氣
負不群，志多淩俗，時人未可以窮厄輕之……及縱酒狂叫，不以家貧
落魄、無人測識，少改昂藏蓋世之氣，總見其心豪放不羈也」〔註23〕；
王士禎《唐賢三昧集》稱詩中此形象「雄健磊落」；范大士《歷代詩發》
則曰：「歌行純任氣力，便有竭蹶怒張之態。……東川雅度，良堪心賞。」
〔註24〕還有被稱作「高華悲壯，李集佳篇」〔註25〕的《送陳章甫》中
「陳侯立身何坦蕩，虬鬚虎眉仍大顙。腹中貯書一萬卷，不肯低頭在
草莽」陳章甫形象，也同樣的具有頑強不屈的意志。李頎能以七言歌
行之剛健筆力，繪出這些鮮活的「昂藏一丈夫」形象，可見那種昂揚、
頑強而有宏圖遠志的不屈精神，也正是詩人同樣心態的反映。

　　而博陵（今河北安平）詩人崔曙，也自小孤貧，無依無傍，然而
卻敢於與命運抗爭，不屈不撓，發奮苦讀，如其詩《送薛據之宋州》
所云：

〔註23〕陳伯海主編，《唐詩彙評》〔M〕，浙江教育出版社，1995，頁388。
〔註24〕陳伯海主編，《唐詩彙評》〔M〕，浙江教育出版社，1995，頁388。
〔註25〕陳伯海主編，《唐詩彙評》〔M〕，浙江教育出版社，1995，頁389。

無媒嗟失路，有道亦乘流。客處不堪別，異鄉應共愁。

我生早孤賤，淪落居此州。風土至今憶，山河皆昔遊。

一從文章事，兩京春復秋。君去問相識，幾人今白頭？

詩中感慨因身處貧賤、無人薦引而恐空負經國濟世之才，但仍執著於科舉，奔波於兩京之間，不惜皓首窮經；該詩屬發憤而作，直抒胸臆，悲涼而慷慨，並爲著名盛唐詩歌選本《河嶽英靈集》所收錄，作者殷璠在集中稱其詩「言辭款要，情興悲涼，送別、登樓，俱堪淚下。」〔註26〕正所謂「有志者，事竟成」，崔曙終於在開元二十六年（738）以省試詩《奉試明堂火珠》一舉成名，榮登進士第，釋褐河內尉，成爲唐代科舉取士制度下，燕趙寒門士子奮發有爲的一大典範。

並且，盛唐河北詩人還通過詠物的方式，以寄寓自身的頑強意志和不屈精神，如王維的內弟、博陵（今河北安平）著名的山水田園詩人崔興宗，其《青雀歌》曰：

青扈繞青林，翩翩陋體一微禽。不應常在藩籬下，他

日淩云誰見心！

詩中用晉人張華《鷦鷯賦》典：「鷦鷯，小鳥也，生於蒿萊之間，長於藩籬之下……育翩翩之陋體，無玄黃以自貴」〔註27〕；暗寓自身雖低下卑微，寄於藩籬之下，然尚有淩雲之志，更待他日鵬程萬里，豈燕雀輩所能見！詩人將雄心壯志寓於微物，雖身處逆境而意志猶強，時人崔祐甫稱其「才氣生華，邁時獨步」，其言不虛。易州易縣（今屬河北）詩人梁德裕的《感寓二首》其一曰：

彩雲呈祥瑞，五色發人寰。獨作龍虎狀，孤飛天地間。

隱隱臨北極，峨峨象南山。恨在帝鄉外，不逢枝葉攀。

詩人將一己之雄懷託於五彩祥雲，儘管難攀富貴高枝，但詩中那孤高

〔註26〕傅璇琮編撰，《唐人選唐詩新編》〔M〕，陝西人民教育出版社，1996，頁191。

〔註27〕陳貽焮主編，《增訂注釋全唐詩》〔M〕，文化藝術出版社，2001，頁943。

不群、勢如龍虎的一腔豪然之氣，仍充塞於天地之間，氣勢慷慨而豪
邁，其不屈不撓的精神盡顯於宏大壯闊的詩境之中。

　　還有像廣平（今河北雞澤）詩人閻寬「回眺佳氣象，遠懷得山林。
佇應舟楫用，曷務歸閒心？」（《曉入宜都渚》），抒發不甘歸閒隱退，
而欲濟世治國的雄心壯志，爲盛唐著名詩歌選本芮挺章的《國秀集》
所收錄，連大詩人李白亦稱其詩「閻公漢庭舊，沉鬱富才力」（《酬坊
州王司馬與閻正字對雪見贈》）。著名河北山水田園詩人盧象，也寫有
「死生在一議，窮達由一言。須識苦寒士，莫矜狐白裘」（《雜詩二首》
其二）及「孤飛畏不偶，獨立誰見用？忽從被褐中，召入承明宮。聖
人借顏色，言事無不通。殷勤拯黎庶，感激論諸公」（《贈程秘書》）
的剛健詩章，讚美苦寒之士志向高遠，有著孟子所謂「富貴不能淫，
貧賤不能移」的堅定意志。從這些詩句可以看出，盛唐河北詩人敢於
以頑強不屈的意志和堅忍不拔的信念與命運抗爭，從內心深處體現出
了「悲歌慷慨」的燕趙文化精神。

結　論

　　綜上所述，燕趙文化精神爲唐詩注入了「悲歌慷慨」的英雄氣概，
在盛唐河北詩人的優秀篇章特別是在有著親身出塞體驗的邊塞詩中
直接體現出來，這正是唐詩的大國氣象所依賴的精神支柱；正如宗白
華先生所講：「他們——盛唐的詩人們——無論著名的作家或未名的
作家，對於歌詠民族戰爭，特別感到興趣，不論哪一個作家，至少也
得吟幾首出塞詩。……上至掌握國事的政治家，統率軍隊的武人，下
至販夫走卒，以及不知名姓的鄙人，也會作一兩首關於民族鬥爭的詩
歌。他們都『出塞曲』爲主題，『出塞曲』在當時詩壇上占著極重要
的位置。在我們研究中國文學史的人看來，可稱『出塞曲』爲唐代民
族詩歌的結晶品。」〔註28〕正是燕趙詩人特別是盛唐河北詩人所傳播

〔註28〕宗白華著，《美學散步・唐人詩歌中所表現的民族精神》〔M〕，上海
　　　　人民出版社，1998，頁 297～303。

的慷慨赴國的獻身精神、捨生取義的任俠豪氣、頑強抗爭的不屈意志，震撼和感召了其它地域的詩人，產生了更加廣泛的共鳴，從而構成了唐詩英雄主義民族樂章的主旋律。

附錄二：論「燕趙文化精神」的生成因素[※]

　　唐代特別是盛唐時期，在河北詩人的優秀作品中所體現出來的慷慨赴國的獻身精神、捨生取義的任俠豪氣、頑強抗爭的不屈意志，正是「悲歌慷慨」的燕趙文化精神的集中體現；而燕趙文化精神的生成，也是與河北地區悠久的歷史文化傳統、民俗風情乃至自然地理環境等等諸多社會、人文、歷史、自然因素的影響密切相關的，我們可以從以下三方面對其生成情況簡要加以認知。

一、地域民風的獨特

　　河北地區歷史文化悠久，先秦時期人文活動已很繁盛，名見於典籍者，從夏朝的有易氏、商代的孤竹國、至西周春秋時期分封的燕國，加之戰國時代「三家分晉」之後有的趙國，和北方少數民族狄建立的中山國，三大諸侯國軍事力量十分強盛，稱雄於列國之中，尤以燕、趙二國為最，被列入「戰國七雄」之中，而後河北地區一直稱之為「燕趙」，沿用至今。

　　而燕、趙、中山等國軍事力量的強大，是和燕趙人雄健尚武的習性分不開的，這正是燕趙民風的典型氣質之一。西漢著名史學家司馬

※ 原刊於《石家莊學院學報》2010 年第 5 期

遷在《史記・刺客列傳》中記載的荊軻刺秦事迹，即爲一例；其中寫到荊軻受命赴秦：

> 太子及賓客知其事者，皆白衣冠以送之。至易水之上，既祖，取道，高漸離擊筑，荊柯和而歌，爲變徵之聲，士皆垂淚涕泣。又前而爲歌曰：「風蕭蕭兮易水寒，壯士一去兮不復還！」復爲羽聲慷慨，士皆瞋目，髮盡上指冠。〔註1〕

燕趙之地少溫柔敦厚的長者而多慷慨豪放之士，人們少揖讓而多任俠，民風剽悍而少拘禁，由此可見一斑。司馬遷還曾在《史記・貨殖列傳》中對河北地域的文化風俗作出概括，如描述屬於燕趙之地的種、代一帶的風俗：「種、代，石北也，地邊胡，數被寇，人民矜懻、好氣，任俠爲奸，不事農桑……自全晉之時已患其僄悍，而武靈王益厲之，其謠俗有趙之風也。」〔註2〕又言中山一帶民風：「中山地薄人眾，猶有沙丘紂淫地餘民，民俗懁急，仰機利而食，丈夫相聚遊戲，悲歌慷慨，起則相隨椎剽，休則掘冢作巧奸冶，多美物，爲倡優，女子則鼓鳴瑟，跕屣，遊媚貴富，入後宮，遍諸侯」。〔註3〕並言燕亦「地踔遠，人民稀，大與趙、代俗相類，而民雕悍少慮」〔註4〕。還有「邯鄲亦漳、河之間一都會也。北通燕、涿，南有鄭、衛。鄭、衛俗與趙相類，然近梁、魯，微重而矜節。濮上之邑徙野王，野王好氣任俠，衛之風也。」〔註5〕

由是觀之，司馬遷由地理環境、民生狀態以及由此而形成的民俗特徵來揭示出燕趙文化的精神，並把它概括爲「好氣任俠」、「悲歌慷慨」，得出的結論還是比較科學的。「僄悍」、「矜懻」、「懁急」、「好氣」、「任俠」，正是燕趙之地民風的眞實寫照；甚至其頑劣者不免作奸犯

〔註1〕漢・司馬遷著，《史記》〔M〕，中華書局，1983，頁2534。
〔註2〕漢・司馬遷著，《史記》〔M〕，中華書局，1983，頁3263。
〔註3〕漢・司馬遷著，《史記》〔M〕，中華書局，1983，頁3263。
〔註4〕漢・司馬遷著，《史記》〔M〕，中華書局，1983，頁3265。
〔註5〕漢・司馬遷著，《史記》〔M〕，中華書局，1983，頁3264。

科，一些女子竟「遊媚貴富」，皆「仰機利而食」，與安於農桑注重名節之民大相徑庭。這種民風的形成，當與燕趙之地處於中原與北方游牧民族相接的人文地理環境有關，於是便具有了介於胡漢之間的邊緣性，甚至中山之國即由北方少數民族狄建立；燕趙人民廣泛而長期的與北方少數民族接觸、交往乃至融合，必然濡染其強悍、尚武的胡風豪氣，從而形成了了其慷慨豪放、好氣、任俠的民風。

出生於趙國的先秦儒家著名思想家荀子，則在人們與自然長期鬥爭的生產力發展實踐基礎上，從「天人相分」的角度，提出了人定勝天的思想，他在《荀子·天論》中說：

> 天行有常，不爲堯存，不爲桀亡。應之以治則吉，應之以亂則凶。強本而節用，則天不能貧。養備而動時，則天不能病。修道而不貳，則天不能禍。故水旱不能使之饑，寒暑不能使之疾，祅怪不能使之凶。……
>
> 大天而思之，孰與物畜而制之？從天而頌之，孰與制天命而用之？望時而待之，孰與應時而使之？因物而多之，孰與騁能而化之？思物而物之，孰與理物而勿失之也？願於物之所以生，孰與有物之所以成？故錯人而思天，則失萬物之情。〔註6〕

荀子此論，突破了原始儒家「知天命」、「畏天命」的天命觀，如孔子就曾言：「獲罪於天，無所禱也」(《論語·八佾》)，「道之將行也與，命也；「道之將廢也與，命也」(《論語·憲問》)，他的學生子夏也說：「死生有命，富貴在天」(《論語·顏淵》)，在天命面前，顯得十分消極、被動；而荀子則強調了人的主觀能動性，敢於與「天「即大自然相抗爭，正如陳紅兵先生在《荀子的主體性思想》一文中所說，「荀子『不與天爭職』，『不求知天』的觀點，是針對道家、陰陽家一味探討天地運化規律，不注重人的社會實踐的作用、價值而言的，本質上是爲了界定人在天人系統中的價值和地位，更好地發揮人的作用，體

〔註6〕北京大學哲學系選注，《中國哲學史教學資料選輯·荀子》〔M〕，中華書局，1981，頁213～220。

現了自覺的主體意識」〔註7〕。荀子生爲趙人，其人定勝天的思想，也當從燕趙人民與大自然頑強抗爭的生活實踐中得來，他所倡導的那種不屈不撓、勇於拼搏的人的主體性精神，也分明是燕趙人民慷慨、好氣民風的直接體現。

另外，河北地區的地勢地貌特徵爲西北高，東南低，「西北部的山地，高原海拔多超過 1000 米，部分達 1500 米以上，不少山峰海拔在 2000 米以上，如小五臺山海拔 2882 米，靈山海拔 2420 米，冰山海拔 2211 米，霧靈山海拔 2116 米，雲霧山海拔 2047 米等都是著名例子，其中小五臺山不僅是河北省第一高峰，而且是我國東部的高峰之一。東南部的平原大部分海拔不足 50 米，而渤海沿岸平原海拔多在 10 米左右，如蘆臺海拔 3.9 米，穆樓村海拔 9.5 米，滄縣海拔 12 米，玉田海拔 16 米等都屬之。」〔註8〕由上述例證可見，整個河北地區既有巍峨聳峙的高山，又有海拔不高的低平原，二者相差竟達 2000 多米。而正是由於河北地區的地貌高低起伏，複雜多樣，才使得生長在這裡的燕趙人們長期面對險峻的生存環境，更易形成慷慨不平之氣，和豪邁磊落的胸襟。試看，在盛唐河北詩人的筆下所描寫的山水景物，也是那麼得雄偉峻峭、剛健有力：

河北詩人	出生地或郡望	描寫山水的詩句	篇　名
高適	渤海蓨（今河北景縣）	「連山黯吳門，喬木吞楚塞」	《登廣陵棲靈寺塔》
高適	渤海蓨（今河北景縣）	「深沉俯崢嶸，清淺延阻修。連潭萬木影，插岸千巖幽」	《同薛司直諸公秋霽曲江俯見南山作》
李頎	郡望趙郡（今河北趙縣）	「峰巒低枕席，世界接人天」	《宿香山寺石樓》

〔註7〕辛彥懷等主編，《趙文化研究》〔M〕，河北大學出版社，2003，頁 128。
〔註8〕河北人民出版社編，《可愛的河北》〔M〕，河北人民出版社，1984，頁 10。

李頎	郡望趙郡（今河北趙縣）	「左攫右拿龍虎蹲，橫空直上相陵突」	《愛敬寺古藤歌》
盧象	祖籍范陽（今河北涿州）	「雲從三峽起，天向數峰開」	《峽中作》
閻寬	廣平（今河北雞澤）	「巨浪天涯起，餘寒川上凝」	《松滋江北阻風》
賈至	郡望長樂（今河北冀縣）	「策馬出蜀山，畏途上緣雲……崎嶇淩危棧，惴慄驚心神。峭壁上欽岑，大江下汯汯」	《自蜀奉冊命往朔方途中呈韋左相文部房尚書門下崔侍郎》
李華	趙州贊皇（今屬河北）	「萬壑移晦明，千峰轉前後」	《仙遊寺》
崔曙	博陵（今河北安平）	「三晉雲山皆北向，二陵風雨自東來」	《九日登望仙臺呈劉明府容》
尹懋	河間（今屬河北）	「江山與勢遠，泉石自幽深。杳靄入天壑，冥茫見道心」	《秋夜陪張丞相趙御遊湓湖二首》其一
張眾甫	清河（今屬河北）	「古渡大江濱，西南據要津」，「翻浪驚飛鳥，回風起綠蘋」	《送李觀之宣州謁袁中丞賦得三州渡》
崔滌	定州安喜（今河北定州）	「韓公堆上望秦川，渺渺關山西接連」	《望韓公堆》
盧僎	相州臨漳（今屬河北）	「去國三巴遠，登樓萬里春」	《南望樓》
梁德裕	易州易縣（今屬河北）	「隱隱臨北極，峨峨象南山」	《感寓二首》其一

　　由上表可以看出，盛唐河北詩人作品中所描繪的山是那麼得巍峨挺拔，水是那麼得浩蕩澎湃，洋溢著陽剛之美和恢弘的氣勢，而作品中的山水景物也正是詩人的情感的外現，從中既可以看到，河北詩人所受到的其生存地理環境特徵的影響，也更能感受到其作為燕趙之子的那種慷慨豪邁、磊落好氣的民風所在。

二、英雄俊傑的輩出

正所謂「地靈人傑」，稟賦著雄偉剛健的山川靈秀的燕趙人民，自古就不斷地湧現出無數的英雄俊傑，而且大都是豪氣縱橫、慷慨悲歌之士，做出一番轟轟烈烈的宏偉業績，在青史上留名千載，永垂不朽！

早在先秦春秋戰國時期，便有燕昭王姬職勵精圖治，「千金買骨」、築黃金臺以招賢納士的事迹，並於公元前 284 年，任用中山國靈壽（今河北靈壽西北）人樂毅為上將軍，攻破齊國首都臨淄，下城池七十餘座，使燕國聲望達到極盛。還有趙國大臣觸龍為使趙國百姓免於秦兵蹂躪，仗義說服當政者趙太后，以其子為質，向齊國求得援兵，大敗秦兵；而號稱「戰國四公子」之一的趙國宗室大臣封平原君趙勝為解邯鄲之圍，親赴楚國求援，門客毛遂自告奮勇相隨，慷慨陳辭，說服楚王出兵救趙，成語「毛遂自薦」即由此而來。加上著名的趙國將領趙奢、李牧、廉頗，捨身為國、「完璧歸趙」的藺相如，以及慷慨悲歌，仗義刺秦的荊柯、高漸離，可謂人才濟濟，豪俊輩出，使得燕趙名副其實地併入「戰國七雄」之列，並使燕趙慷慨、悲壯之氣雄貫九州！

西漢時期，則有觀津（今河北武邑東）人竇嬰，被景帝任為大將軍，平定「七國之亂」，得封魏其侯。而東漢末年，又有鉅鹿（今河北平鄉西南）的張角、張梁、張寶兄弟三人，自稱「天公將軍」、「地公將軍」和「人公將軍」，打著「蒼天已死，黃天當立；歲在甲子，天下大吉」的口號，領導了轟轟烈烈的「黃巾起義」，旬日之間，天下響應，其勢可謂壯烈。

到了三國時代，涿郡涿（今河北涿州）人劉備，素有大志，曾與曹操青梅煮酒論英雄，帶領同為涿郡的大將張飛和常山真定（今河北正定）人趙雲等，取荊州，入兩川，終於建立蜀漢政權，「三分天下有其一」，諡稱昭烈帝。而魏名將張頜東吳名將程普則分別為河間（今屬河北）人和右北平（今河北豐潤）人，三國之中皆有河北英豪縱橫

馳騁，逐鹿中原，足見燕趙豪傑雄風。

兩晉之交，則有范陽遒（今河北淶水）人祖逖、中山魏昌（今河北安國西南）人劉琨奮發圖強，「聞雞起舞」、捨身救國，祖逖曾「中流擊楫」，誓師北伐；而劉琨則不幸為姦人陷害，作詩抒憤，「何意百鍊鋼，化為繞指柔！」（《重贈劉諶》）正是燕趙男兒的慷慨悲歌。另有長樂信都（今河北冀縣）人馮跋，為「十六國」之一的北燕政權的建立者。此外，北魏末年青州起義軍首領河間（今屬河北）人邢杲，隋朝末年起義軍首領上谷（今河北易縣）人王須拔、魏刀兒，清河漳南（今河北故城東北）人竇建德、劉黑闥等，皆出自河北地區。

上述這些唐以前的歷代英雄豪傑，以其雄心壯志，滿腔豪情，馳騁天下，各自建立了豐功偉業，為百世後人所稱頌，在歷史上留下不朽的一頁；這些前輩英雄的慷慨豪情，也為唐代河北詩人所景仰和效法，從而為唐詩注入了「悲歌慷慨」的燕趙精神和英雄氣概，最終推動了意境壯闊、氣勢渾厚的「盛唐氣象」的出現。

三、尚質求實的傳統

而在燕趙文化精神中，與慷慨豪邁、任俠好氣之風相聯，又一直有著尊崇儒家尚質求實精神的傳統，河北地區不僅出現了戰國時期荀子這樣的儒家代表人物，還有西漢時期提出「天人感應」和「三綱五常」的大儒董仲舒，以及古文詩學「毛詩學」的傳授者毛亨、毛萇，後漢三國的經學家崔駰、盧植、劉劭，兩晉北朝的經學家束皙、高允等諸多儒家正統思想的繼承和傳播者，一直以來對儒家傳統的尚質求實思想也廣為接受。

儒家學派的創始人孔子曾言：「辭達而已矣」（《論語·衛靈公》），認為語言文辭的作用在於充分地表達人的思維內容，即形式的根本目的在於完美地體現內容，不必片面地離開內容去追求形式的華麗，鮮明地提出了尚質求實的思想；並稱：「有德者必有言，有言者不必有德。」（《論語·憲問》），認為真正有德之人，未必追求華麗言辭的藻

飾。當他的學生子夏問到：「『巧笑倩兮，美目盼兮，素以爲絢兮。』何謂也？」子曰：「繪事後素。」曰：「禮後乎？」子曰：「起予者商也！始可與言詩已矣。」（《論語‧八佾》）也是強調先有美好的質地，再加以修飾，以尚質求實的觀點教育學生，這種思想也成爲了儒家的傳統，爲儒家後學所承傳。

特別是到了南北朝時期，南北文風迥異，南朝重聲色之美，而北朝尚質樸典正，如北齊顏之推的《顏氏家訓》，就反映出了儒家尚質的思想，他在《顏氏家訓‧文章篇》中認爲，「文章當以理致爲心胸，氣調爲筋骨，事義爲皮膚，華麗爲冠冕」；反對「趨末棄本」，「辭勝而理伏」，他所強調的「理」，正是儒家之道，提出「吾家世文章，甚爲典正，不同流俗」，﹝註9﹞反對「穿鑿補綴」、「事繁而損材」的「浮豔」之風。而西魏的宇文泰推行崇儒復古的文風改革，倡導古樸，反對浮華，蘇綽撰寫《大誥》，即完全仿傚《尚書》的質樸文風。

到了唐代，尤其是在盛唐河北詩人的詩句中，儒家尚質求實的思想也深有體現，表現爲抒情上的直抒胸臆，和形式上的偏重古體。前者在高適詩中表現最爲突出，他的詩在表達感情上直抒胸臆，自然流暢，如「萬里不惜死，一朝得成功。畫圖麒麟閣，入朝明光宮。大笑向文士，一經何足窮。古人昧此道，往往成老翁」（《塞下曲》），「莫愁前路無知己，天下誰人不識君」（《別董大》），「戰士軍前半死生，美人帳下猶歌舞」（《燕歌行》）等名篇警句，盡皆直抒胸臆，一任感情眞實流露、宣泄，正如盛唐時期的詩歌理論批評家殷璠曾在《河嶽英靈集》中所評：「適詩多胸臆語」﹝註10﹞，甚至鍾惺在《唐詩歸》中稱其詩「只如說話」﹝註11﹞；他如李頎之「白日登山望烽火，黃昏飲馬傍交河。行人刁斗風沙暗，公主琵琶幽怨多」（《古從

﹝註9﹞ 郭紹虞主編，《中國歷代文論選‧顏氏家訓》〔M〕，上海古籍出版社，1979，頁350～361。
﹝註10﹞ 傅璇琮編撰，《唐人選唐詩新編》〔M〕，陝西人民教育出版社，1996，頁152。
﹝註11﹞ 陳伯海主編，《唐詩彙評》〔M〕，浙江教育出版社，1995，頁861。

軍行》），郭震之「非直結交游俠子，亦曾親近英雄人。何言中路遭
棄捐，零落漂淪古獄邊」（《古劍篇》），李華之「可憐不得共芳菲，
日暮歸來淚滿衣」（《春遊吟》），盧象之「家居五原上，征戰是平生。
獨負山西勇，誰當塞下名？」（《雜詩二首》其一）等代表作中的名
句，亦是情感眞實，直抒胸臆。而這些盛唐著名河北詩人的詩歌名
篇，也多爲古樸渾成、不尚藻飾的古體詩，如後人所評「唐人五七
言古，高、岑爲正宗」〔註12〕，「李東川五七古俱卓然成家」〔註13〕
等，還有一些河北詩人擅作《詩經》體的四言詩，如源光裕、盧從
願二人分別作的《祭汾陰樂章》：

　　　　源作：方丘既膳，臺饗載謐。齊敬畢誠，陶匏貴質。

　　　　　　　繡華豐薦，芳俎盈實。永永福流，其升如日。

　　　　盧作：坤元載物，陽樂發生。播植資始，品彙咸亨。

　　　　　　　列俎棋布，方壇砥平。神歆禋祀，后德惟明。

質樸而古雅，甚至宋華的《蟬鳴一篇五章》，全篇五章皆用四言。而
從《全唐詩》存詩一卷及一卷以上的幾位著名的盛唐河北詩人的具體
創作情況來看：高適存詩 252 首，其中古體詩（含古絕在內）則有
187 首；李頎存詩 124 首，古體詩 99 首；賈至存詩 46 首，古體詩 24
首；盧象存詩 29 首，古體詩 18 首；李華存詩 29 首，古體詩 22 首；
郭震存詩 23 首，古體詩 10 首；崔曙存詩 15 首，古體詩 10 首等；可
以看出，他們創作的古體詩數量基本上都占到了全部詩作的一半或一
半以上，高適、李頎的古體詩數量甚至占到了其全部詩作的三分之二
強；盛唐河北詩人尚質求實、雅好古調的作風，由此可見一斑。

　　正是這種儒家尚質求實傳統思想的繼承和發揚，才使得唐代河北
詩人能夠直抒胸臆，眞實表達個性化的思想感情，與其慷慨豪放、脫
略使氣的精神氣質完美地契合，唱出了一首首震撼人心的慷慨悲歌，
將慷慨豪邁、好氣任俠的燕趙文化精神生動形象地體現出來，爲後世

〔註12〕陳伯海主編，《唐詩彙評》〔M〕，浙江教育出版社，1995，頁 862。
〔註13〕陳伯海主編，《唐詩彙評》〔M〕，浙江教育出版社，1995，頁 382。

稱頌不已。

　　由上述慷慨好氣的地域民風、英雄豪傑的輩出、尚質求實傳統的發揚，這三方面主客觀因素的影響，使慷慨豪邁、好氣任俠的燕趙文化精神得以生成，除了前文所提到的司馬遷根據地理環境、民俗特徵把燕趙文化精神概括爲「好氣任俠」、「悲歌慷慨」（《史記・貨殖列傳》），還有其後南朝梁劉勰稱建安時期的河北鄴下文人的作品「慷慨以任氣」（《文心雕龍・明詩》），南朝梁詩人江淹則直以「燕趙悲歌」（《別賦》）表述之；到了唐代，韓愈稱「燕趙古稱多感慨悲歌之士」《送董邵南序》），錢起詩云：「燕趙悲歌士，相逢劇孟家。」《逢俠者》）韋應物詩云：「禮樂儒家子，英豪燕趙風。」《送崔押衙相州》）經過歷代名人的反覆陳述，燕趙文化精神的內涵終於確定下來，並逐漸形成了該地區的人文傳統，燕趙之士遂以慷慨悲歌、好氣任俠者自許。

附錄三：「曲盡人情」贊杜詩[※]

　　杜甫能夠成為中國文學史上偉大的詩人，固然是由於他在詩中深刻地表達了所經歷生活的獨特感受，同時也在於他用精練的詩句傳達了人類的普遍心理和共同的感受，是所謂人人心中皆有，又是人人筆下所無的。從某種意義上說，杜甫被後人尊仰，獲得「詩聖」的桂冠，與後者的關係更大些。胡適稱杜甫為「我們的詩人」，魯迅說杜甫「至今仍像是我們隊裏似的」，深刻地說明了杜詩這種貼近普通人生感受的特點。杜詩中這些能揭示出普通人心理的詩句很多，本書試圖分析杜詩中這些「曲盡人情」詩句的題材多樣性及其藝術特色，進而探尋杜詩「曲盡人情」的原因。

一、杜詩「曲盡人情」詩句的題材多樣性

　　杜詩中能夠揭示普通人心理，並達到「曲盡人情」效果的詩句其形式多種多樣，既有「射人先射馬，擒賊先擒王。」(《前出塞》其六)這樣諺語式的，也有「寄語惡少年，黃金且休擲！」(《驅豎子摘蒼耳》)這樣警語式的，還有「狐狸何足道，豺狼正縱橫。」(《久客》)這類寓言式的，更有「菟絲附蓬麻，引蔓故不長；嫁女與征夫，不如棄路旁。」(《新婚別》)這樣富有比興色彩的詩句……其表現手法種種不

※ 原刊於《長春師範學院學報》2004 年第 2 期

一；而從題材內容上，可以大致分為四類：（一）揭示有關世態人情方面的社會心理；（二）表達戰亂時期苦難百姓的心理；（三）抒發游子情懷及離情別緒；（四）感歎時光流逝、人事漸衰。下面各舉一些詩例：

（一）揭示有關世態人情方面的社會心理

杜甫困居長安時期作《貧交行》道：「翻手作雲覆手雨，紛紛輕薄何須數？君不見管鮑舊時交，此道今人棄如土。」抒發了世態炎涼、人情淡薄的感慨，揭示出世人的勢利、輕薄的面孔，而嗟歎春秋時期齊國管仲、鮑叔牙那種貧賤之交已不復見。據《史記·管仲傳》載，管仲與鮑叔牙曾一同做生意，每次賺到錢後，管仲總是多拿些，而鮑叔牙知道管仲家貧，並不介意；後來他還推薦管仲作了宰相，輔佐齊桓公成為「春秋五霸」之一；這種貧賤不棄、榮辱與共的交情被時人所棄，因而發為人心不古之歎，很有普遍性。而在流寓成都時期寫的「當面輸心背面笑」（《莫相疑行》），則把口蜜腹劍的兩面派形象活現於目前，也表現了人們對此的鄙夷之情；還有「小人塞道路，為惡何喧喧」（《園官送菜》），「壯士如弦直，小人似鉤曲」（《寫懷二首》其一），也表達了人們對小人當道的憤慨。「但見新人笑，那聞舊人哭」（《佳人》）既揭示了世俗之輩的喜新厭舊，也表現了對世俗的唾棄……世情如此，於是不得不慨歎「世路知交薄」（《從驛次草堂復至東屯茅屋二首》），而「應接費精神」（《暇日小園散病，督勒耕牛，兼書觸目》）；因物理改變顯示，也只好有「自古聖賢多薄命，奸雄惡少皆封侯」（《錦樹行》），「古來才大難為用」（《古柏行》）這樣懷才不遇的感慨，也表達了廣大寒士與普通百姓對這些社會現實的心理感受。

還有表現人們對社會上貧富不均的現實之感慨的，如感歎帝王之家為了嘗到鮮荔枝致使「百馬死山谷」（《病橘》），而貧苦之人則「蔬食常不飽」（《贈李白》），「出入無完裙」（《石壕吏》）；最典型的就是「朱門酒肉臭，路有凍死骨」（《自京赴奉先縣詠懷五百字》）了，短短十個字，即把封建時代貧富之間的差距與對立濃縮其間，這就是當

時人所共睹的社會現實！而究其原委，那就是「彤庭所分帛，本自寒女出；鞭撻其夫家，聚斂貢城闕」（同上），「索錢多門戶」（《遣遇》），「法令如牛毛」（《述古三首》其二），指出是統治者的橫征暴斂使然，於是大呼「縣官急索租，租稅從何出？」（《兵車行》）「誰能扣君門，下令減徵賦？」（《宿花石戍》）並且在詩中闡述了「無貴賤不悲，無富貧亦足」（《寫懷二首》其一）這種追求人人平等的社會理想，這些和普通百姓的心理，恰是相通的。

（二）表達戰亂時期苦難百姓的心理

天寶年間，唐玄宗窮兵黷武，經常發動對四方鄰國的戰爭，所以要不斷地徵召男丁，以充兵員；至安史之亂時期，特別是鄴城之戰以後，官軍甚至實行抓丁政策，使廣大的百姓深受其害。杜甫常常在目睹征人遠行、親人送別的場面之後，代這些遭受兵役之苦的百姓們一書其憤，如「去時里正與裹頭，歸來頭白還戍邊」（《兵車行》），「兒童盡東征」（《羌村三首》其三），可見許多征夫從年少一直到老，一生都免不了兵役之苦，還有「信知生男惡，反是生女好；生女猶得嫁比鄰，生男埋沒隨百草」（《兵車行》），「丈夫則帶甲，婦女終在家」（《喜晴》），「骨肉恩豈斷，男兒死無時」（《前出塞》其二），「男兒性命絕可憐」（《偪側行贈畢四曜》），「菟絲附蓬麻，引蔓故不長；嫁女與征夫，不如棄路旁」（《新婚別》）等等大量詩句表明百姓甚至不願生男，怕因此帶來全家的不幸；並把嫁與征人的女子，喻為「引蔓故不長」的附蓬麻的菟絲子，可見兵役給百姓造成的苦難之深！這些詩句出語雖然激切、憤慨，但是其情至真，十分真實地表達了屢受戰爭、兵役之苦的百姓們的心聲。

而到了安史之亂平定之後，大唐帝國由盛轉衰，戰亂也並未停歇，藩鎮割據，軍閥混戰，其間以收捐、籌餉為名，搜刮、奴役百姓的事件層出不窮，對此曾親眼目睹的杜甫，則更以手中之筆，把百姓們慘遭戰亂荼毒的苦痛真實地記錄下來，發為憤慨的詩句：「聞道殺人漢水上，婦女多在官軍中」（《三絕句》其三），「群盜相隨劇虎狼，

食人更肯留妻子」（《三絕句》其一），「傷時乏軍資，一物官盡取」（《枯棕》），「亂世輕全物」（《麂》），「殺戮到雞狗」（《述懷》）……並在詩中表達出時人所共有的亂世之歎，如「干戈不肯休」（《復愁十二首》其六），「亂世敢求安」（《移居公安山館》），「亂世少恩惠」（《宿鑿石浦》），「人今罷病虎縱橫」（《愁》），「豺狼正縱橫」（《久客》）等等，把那些造成生靈塗炭的軍閥、酷吏喻爲食人的豺虎，眞切地表達了百姓們的呼聲。蕭滌非先生說，「由於杜甫的生活，是一種艱難的也是接近人民的生活，由於杜甫的思想，是一種以熱愛祖國、熱愛人民爲眞核心的思想，當然，也由於杜甫接受了文學遺產的優良傳統，這就自然而然的形成了杜甫作品中豐富而明顯的人民性。」〔註1〕確是恰如其分。

（三）抒發游子情懷及離情別緒

　　杜甫自經安史之亂，後棄官華州，客秦州、同穀，漂泊西南之成都、閬州、梓州之間，流寓夔州，流離湖北湖南，最終客死異鄉；這種生活經歷，使他飽嘗流離之苦，從而寫出了許許多多表現游子情懷及離情別緒的詩句，可以說代表了所有游子的共同心聲。「人生有離合，豈擇盛衰端！」（《垂老別》）「生離與死別，自古鼻酸辛」（《贈別賀蘭銛》）。而到了異域他鄉，思及故土親人，自不免傷感，「人生不相見，動如參與商」（《贈衛八處士》），參、商是兩顆星，彼出此沒，永不相見，這裡藉以說明在亂世之中，親友即如參、商二星，動輒不能再會。而「露從今夜白，月是故鄉明」（《月夜憶舍弟》），月本一個，何來孰明孰暗之分？只因爲是故鄉的月，所以倍覺親切，比他鄉的月更加明亮，從而十分巧妙地抒發了游子的思鄉之情，也反映了中國古代人民安土重遷的普遍意識。還有「大江東流去，游子日月長」（《成都府》），更是如此，身在他鄉，不比在家鄉那樣事事如意，自然覺得歲月漫長，時間難熬，還有「老去多歸心」（《上後園山腳》），「萬里

〔註 1〕蕭滌非：杜甫研究〔M〕，濟南：齊魯書社，1980，頁 68。

故鄉情」(《季秋蘇五弟纓江樓夜宴崔十三評事、韋少府姪三首》其一)
等，都以十分直率、淺顯的語詞和筆觸，揭示了游子們深深的眷戀故
土、思念親人的情懷，對於所有作客異鄉的人而言，此心同也。

（四）感歎時光流逝、人事漸衰

在杜甫後半生「漂泊西南天地間」(《詠懷古蹟》其一)的歲月中，
百病纏身，日漸衰老，因而他常常自歎自嗟，也寫出不少感歎時光流
逝、人事漸衰的詩句。感慨時光短暫、日月如梭，本是文人詩中一個
常見的主題，而杜甫的這類詩句則寫得下字精警而深刻，道出了暮年
人的同感，如「日月不相饒」(《立秋後題》)，日月如梭，催人年老，
這對暮年人來說最是無情，更是無奈，所以不得不慨歎其「不相饒」；
「歲暮日月疾」(《寫懷二首》其二)亦是如此，愈到歲末年尾，愈讓
人感到歲月匆匆，何況年老之人，對此則更為敏感，因而有這種「逝
者如斯夫，不捨晝夜」之歎；「人生忽如昨」(《西閣曝日》)，「今日苦
短昨日休」(《錦樹行》)等，用語精警一如後人之「明日復明日，明
日何其多」，抒發對光陰一去不返的惋惜之情；而「汝曹催我老」(《熟
食日示宗文、宗武》)，不說自己年華易老，卻以一種解嘲的口吻，借
孩子們日漸成人來反襯自己的日趨衰老；還有「人情老易悲」(《暮春
江陵送馬大卿公恩命追赴闕下》)，則直語道出暮年之哀，在杜甫那個
時代，老邁年高之人，若無權無勢，自然乏人眷顧，人情淡薄，所以
老來更加悲傷，這也是平民百姓所共有的心理感受；至於自述衰老的
詩句也很多，如「年過半百不稱意」(《暮歸》)，「壯士惜白日」(《上
後園山腳》)，「即今倏忽已五十，坐臥只多少行立」(《百憂集行》)等，
道出了年已半百而壯時不在的悲歎之情。以上這些珍惜光陰，歎時光
流逝的詩句，用語淺白，而情感真摯，可以引發暮年衰老之人的共鳴。

上述四類題材只是杜詩中揭示普通人心理的詩句中的主要部
分，其他的題材還有很多，如表現珍重感情的「久客惜人情」(《遭田
父泥飲，美嚴中丞》)，「艱難愧深情」(《羌村三首》其三)，「交情老
更親」(《奉簡高三十五使君》)，「丈夫貴知己」(《贈李十五丈別》)；

因世路坎坷而發牢騷的「細推物理須行樂，何用浮名伴此身？」（《曲江二首》其一），「莫思身外無窮事，且盡生前有限杯」（《絕句漫興九首》其四），「名垂萬古知何用？」（《醉時歌》）；表現「久旱逢甘霖心情」的「久旱雨亦好」（《雨過蘇端》），「好雨知時節，當春乃發生」（《春夜喜雨》）；表現疾惡如仇心理的「物情有報復，快意貴目前」（《義鶻行》）；表現勸善心理的「使君自有婦，莫學野鴛鴦」（《數陪李梓州泛江，有女樂在諸舫，戲為豔曲二首贈李》其二）；以及表現人們對軍事鬥爭基本認識的「挽弓當挽強，用箭當用長；射人先射馬，擒賊先擒王。」（《前出塞》其六）等等，題材十分廣泛，可以說涉及了現實生活的方方面面，從各個角度表現了普通人的心理，在深度上也確實做到了「曲盡人情」。

二、杜詩中「曲盡人情」詩句的藝術特點

從上述各類題材的詩例可以看出，杜甫詩中表現普通人心理的詩句，在藝術手法上往往用語淺近、直白，不施藻飾而直抒胸臆，有一種口語化的傾向；其次，這些詩句中往往引入議論的成分，使其中寓含的作者的主觀情感更好得以抒發。下面分別來談這兩個特點。

（一）先說口語化，前文所舉的詩例，基本上都有口語化的傾向，並且是直抒胸臆，實實在在地表達喜怒哀樂之情。正因為如此，這些詩句才能夠貼近普通人的心理世界，並準確而恰當地加以表現，從而達到「曲盡人情」的藝術效果。

且看，杜詩中那些抒憤的詩句，「男兒死無時」（《前出塞》其二），「男兒性命絕可憐」（《偪側行贈畢四曜》），「眼枯即見骨，天地終無情！」（《新安吏》），控訴征夫之苦和兵役之無情，白如口語；「千家今有百家存」（《白帝》），「婦女多在官軍中」（《三絕句》其三），用口語直言其事，以訴亂世之禍；「縣官急索租，租稅從何出？」（《兵車行》），「誰能扣君門，下令減徵賦？」（《宿花石戍》），以反詰之口吻，十分口語化的詩句，痛斥賦稅之重；「朱門酒肉臭，路有凍死骨」（《自

京赴奉先縣詠懷五百字》），一語中的，直語道出封建社會貧富之懸殊、階級壓迫之慘重！抒發感慨的，則有「游子日月長」（《成都府》），「萬里故鄉情」（《季秋蘇五弟纓江樓夜宴崔十三評事、韋少府姪三首》其一），用淺近的語言表現出作客異地的鄉愁；「人生忽如昨」（《西閣曝日》），「我歎黑頭白」（《奉酬薛十二判官見贈》），也是很直白地在詩中惋惜時光流逝、年華易老。而自我解嘲的，如「老夫怕趨走，率府且逍遙」（《官定後戲贈》），「應接費精神」（《暇日小園散病，督勒耕牛，兼書觸目》），則直露地用口語表達厭於干謁、逢迎的心情。更有勸人向善的詩句，也是白如口語，如「寄語惡少年，黃金且休擲！」（《驅豎子摘蒼耳》），「使君自有婦，莫學野鴛鴦」（《數陪李梓州泛江，有女樂在諸舫，戲為豔曲二首贈李》其二）。可以看出，這些表現人們普通心理、情感的詩句，無論是喜怒哀樂，都是使用口語直抒情懷，讓人有淋漓盡致之感。

而且，這些揭示普通人心理的詩句，也具有口語的那種幽默感，除了「使君自有婦，莫學野鴛鴦」這種有隱喻在內的勸人檢點的幽默話語以外，還有前文提到的「汝曹催我老」（《熟食日示宗文、宗武》），不說自己日漸衰老，反說是孩子們一天天長大把自己「催」老的，直如家常之戲語。最有意趣的則是那些書寫窮苦之狀的詩句，如「無食起我早」（《雨過蘇端》），「窮老真無事」（《過客相尋》），沒有飯吃，肚子呱呱叫，自然睡不塌實，早早起床；由於貧窮，自然也就無所事事了；還有「囊中恐羞澀，留得一錢看」（《空囊》），雖然貧窮，但為了遮羞，拿僅有的一文錢來裝點門面，也實是幽默的很。杜甫用戲謔的口吻來解嘲，既如與人幽默閒談，也表現了窮苦百姓的那種「苦中作樂」的無奈。

甚至於，在這些表現普通人心理的詩中，還有許多口頭歌謠和諺語式的詩句，如「挽弓當挽強，用箭當用長；射人先射馬，擒賊先擒王。」（《前出塞》其六），「翻手作雲覆手雨」（《貧交行》），「人生七十古來稀，」（《曲江二首》其二），「壯士如弦直，小人似鉤曲」（《寫

懷二首》其一),「生女有所歸,雞狗亦得將」(《新婚別》)等等,不勝枚舉,尤其是最後一例,簡直就是通常所說的「嫁雞隨雞,嫁狗隨狗」。這些詩句真是直如白話,朗朗上口。

杜詩的口語化這一特色,古人也有所認識,最早給以關注的是中唐元稹,他說:「杜甫天才頗絕倫,每尋詩卷似情親。憐渠直道當時語,不著心源傍古人。」(元稹《酬孝甫見贈》十首其二)還有,宋人魯訔在《編次杜工部詩序》中說:「余謂少陵老人,初不事艱澀左隱以病人,其平易處,有賤夫老婦所可道者。」金人房暐也說:「後學爲詩務鬥奇,詩家奇病最難醫。欲知子美高人處,只把尋常話做詩。」(房暐《讀杜詩》)這些詩評家所提及的杜詩「直道當時語」,「只把尋常話做詩」,正是指出了杜詩中語言口語化這一藝術特色;也正因爲如此,杜詩才能夠做到「其平易處,有賤夫老婦所可道者」,即真正貼近普通百姓的情感世界,揭示出普通人的心理,做到「曲盡人情」。

(二)杜詩在揭示普通人心理時,也往往引入議論的成分,把作者的主觀情感寓含其中,即在議論中抒情。比較典型的如感慨征戍之苦的詩句,「信知生男惡,反是生女好;生女猶得嫁比鄰,生男埋沒隨百草」(《兵車行》),通過比較男丁與女子的不同命運,進行議論,男兒遠征,大多戰死沙場,「埋沒隨百草」,確是不如生個「嫁比鄰」而得以保全性命的女兒慶幸,很自然地把百姓受兵役之苦的傷痛心理表現出來。而「菟絲附蓬麻,引蔓故不長;嫁女與征夫,不如棄路旁」(《新婚別》)亦是如此,把嫁與征人的女子之命運,喻爲附蓬麻之菟絲,「引蔓故不長」,從而得出「不如棄路旁」的結論,也是很巧妙地抒發出傷百姓受兵役之苦的心理來。

而那些抒發別離之苦的詩句,如「人生不相見,動如參與商」(《贈衛八處士》),「人生有離合,豈擇盛衰端!」(《垂老別》)「生離與死別,自古鼻酸辛。」(《贈別賀蘭銛》)等,則基於古往今來人們的遭受別離分散之苦這一普遍現象而發議論和感慨,因爲人生中動輒別

離，並且「豈擇盛衰端」，是難以預料的，自古如此，所以難免「鼻酸辛」，這樣就把人們所共有的普遍之別離之苦在議論中抒發出來。

杜詩中表達士人懷才不遇這種心理的詩句，也能在議論中抒發感情，如「自古聖賢多薄命，奸雄惡少皆封侯」（《錦樹行》），把賢士難遇明主這一現象，放到歷史長河中加以議論，揭示了賢者不遇、奸惡封侯這一現象的普遍性，歎惋之中，加深了抒發悲慨的力度。而「細推物理須行樂，何用浮名絆此身？」（《曲江二首》其一），「莫思身外無窮事，且盡生前有限杯」（《絕句漫興九首》其四），則用反語來議論，發牢騷，用一種故作灑脫的方式反襯出懷才不遇的悲愴，達到更強烈的抒憤的效果。

由上可以看出，杜詩中這些通過引議論入詩，在議論中抒情來揭示普通人心理的藝術表現手法，在創作實踐中是可以充分增強抒情效果和力度的，清人葉燮說，「唐人詩有議論者，杜甫是也，杜五言古，議論尤多。長篇如赴奉先縣詠懷、北征及八哀等作，何首無議論！而以議論歸宋人，何歟？」〔註2〕葉氏似未察覺，杜詩的議論是帶情韻而行，而這正是宋詩與杜詩議論的區別所在。

三、杜詩能達到「曲盡人情」藝術效果的原因

杜甫之所以能夠寫出如此多的揭示普通人心理，並達到「曲盡人情」效果的詩句，首先在於，他同當時的百姓一起經歷了戰亂和漂泊的生活。特別是天寶十四載（755）安史之亂爆發後，杜甫先是陷於叛軍佔據的長安之中，後逃奔鳳翔受左拾遺之職，又因疏救房琯險些惹下殺身之禍，被肅宗詔許探家；兩京光復後回長安供職，可不久便被貶官華州，終於棄官而去，奔秦州，過同穀，至成都結廬，並曾一度漂泊閬州、梓州之間；這以後，又因好友劍南節度使嚴武之死而失去依靠，便乘舟東下，流寓夔州，最終漂泊於湖北、湖南，直至去世。這期間戰亂不停，除了安史之亂，更有吐蕃入侵

〔註 2〕葉燮：原詩〔M〕，北京：人民文學出版社，1998，頁70。

和藩鎮之間的爭鬥。可以說，杜甫自棄官華州，遠離政治中心以後，整個後半生都和普通百姓一起，飽受著戰亂之痛和流離之苦。而在其間短暫的安定歲月中，杜甫也是與普通百姓們一起居住，平等來往，如其詩中所言，「田父實爲鄰」（《從驛次草堂復至東屯茅屋二首》），「田父要皆去，鄰家問不違」（《寒食》）；當他和農夫一起飲酒時，則言「指揮過無禮，未覺村野醜」（《遭田父泥飲，美嚴中丞》），可見他是多麼地貼近百姓，正如《舊唐書》本傳中所說的那樣，「與田夫野老相狎蕩，無拘檢。」〔註3〕正因爲如此，他才能眞正體驗普通百姓們的悲歡，深刻地瞭解他們的心理和情感。並且，杜甫的思想中有著「窮年憂黎元，歎息腸內熱」（《自京赴奉先縣詠懷五百字》），「邦以民爲本」（《送顧八分文學適洪吉州》）這樣重視與同情百姓疾苦的一面，所以他才能夠在詩中準確地表達出普通百姓的心理感受來。吳喬說得好，「詩出於人，有子美之人，而後有子美之詩」，並指出杜甫的爲人，是「於黎民，無刻不關其念」。（《圍爐詩話》卷四）有了這樣一位在亂離之中與百姓同甘苦、共命運，眞正關心百姓疾苦的大詩人，才有可能在詩中一吐百姓的心聲。正如劉熙載所說，「代匹夫匹婦語最難，蓋飢寒窮困之苦，雖告人，人且不知；知之，必物我無間者也。杜少陵、元次山、白香山，不但如身入閭閻，目擊其事，直與疾病之在身者無異。」〔註4〕杜甫正是在亂離生活中與百姓們「物我無間」，才能夠把他們的心理表現得淋漓盡致，曲盡人情。

杜詩能夠很好地揭示普通人心理，更重要的一個原因在於，杜甫在詩句中所表現的眞摯的內心情感。

陸機《文賦》中講，「詩緣情而綺靡，」〔註5〕揚雄也說，「言，心聲也，書，心畫也。」〔註6〕都是在強調作詩是要循情所至，有感

〔註3〕仇兆鰲：杜詩詳注〔M〕，北京：中華書局，1979，頁4。

〔註4〕劉熙載：藝概〔M〕，北京：富晉書社，1927。

〔註5〕張少康：文賦集釋〔M〕，北京：人民文學出版社，2002，頁99。

〔註6〕劉勰：文心雕龍〔M〕，北京：中國友誼出版社，1997，頁107。

而發，用詩表現出內心的情感來。杜甫在他的詩歌創作中也是始終貫穿這這種認識的，他多次自述「緣情慰漂泊」（《偶題》），「情在強詩篇」（《哭韋大夫之晉》），「有情且賦詩」（《四松》），「篋中有舊筆，情至時復援」（《客居》），可見他寫詩都是有了感情方才下筆，隨情所至而形諸篇什。由於是有感而發，杜甫詩中的情感自然是真摯的，清人黃生在他的《杜詩說》（卷四）中也說，「杜公關心民物，憂樂無方，真境相對，真情相觸，蓋有不知其然而然者。豈如他人快樂是一副腸肚，作一種說話；愁悶是一副腸肚，又作一種說話耶！總之，他人無所不假，杜公無所不真耳。人假，故其詩亦假；人真，故其詩亦真。」這樣，杜甫長期地和百姓們經歷亂離的生活，有著和普通百姓相同的心理和情感，繼而作詩加以抒發，便可以真實地表達出普通百姓們的心理感受來。

所以，梁啓超在《中國韻文裏頭所表現的情感》一書中曾這樣評價杜甫，「他的眼睛，常常注視到社會最底下那一層，他最瞭解窮苦人的心理所以他的詩因他們觸動感情的最多。有時替他們寫感情，簡直和本人自作一樣。」在同百姓們共同經歷的亂離生活中，正是他這種真摯情感的觸動，並真實地表現在詩中，才使得杜詩中表現普通人心理情感的詩句，能夠達到曲盡人情的效果。

總之，作為一個偉大的詩人，杜甫在同百姓一起經受戰亂、漂泊之苦的生活經歷中，以真摯的情感和真誠的創作態度，把普通人的心理感受在詩中表現出來，並達到了「曲盡人情」的藝術境界；因而他被後世尊為「詩聖」，也是當之無愧的。

附錄四：孟子「爲官養廉」的思想及其對杜甫的影響[※]

　　唐代大詩人杜甫，出身於「奉儒守官」的家庭，常常自稱「儒生」、「老儒」甚至「腐儒」；他所結交的房琯、蘇源明、嚴武等也俱是儒臣；在他頭腦中儒家思想是根深蒂固的，並且在其詩篇之中也屢有體現。宋人王得臣曾說：「逮至子美之詩，周情孔思，千彙萬狀，茹古含今，無有端涯。」（《增補杜工部集序》）「周情孔思」，即道出了杜甫詩中所蘊含和體現出的以周公、孔子等爲代表的傳統的儒家思想。實際上，對於先秦儒家代表人物之一的孟子的思想，杜甫更是加以吸收和繼承了的，特別是繼承了其「爲官養廉」的思想，並在大量詩篇中加以表現。本書試分析孟子的「爲官養廉」思想和杜詩中所表現出的廉政思想，來探討孟子這一思想對杜甫的影響。

一、孟子的「爲官養廉」思想及其淵源

　　（一）作爲先秦儒家的代表人物，孟子基於儒家「仁者愛人」（《孟子‧離婁下》）的核心思想，提出了「民爲貴，社稷次之，君爲輕」（《孟子‧盡心下》）的「民本」學說，主張「親親而仁民，仁民而愛物」（《孟子‧盡心上》），十分重視平民百姓的疾苦；因而他對於百姓

※ 原刊於《樂山師範學院學報》2004 年第 8 期

的統治者──官，便提出了「養廉」的要求，只有爲民父母的官吏能夠廉潔爲民，百姓才能得以安居樂業，國家的社稷也才能夠安穩。這種「爲官養廉」的思想貫穿於《孟子》一書的始終，也成爲孟子「民本」學說的重要組成部分之一。

例如在《孟子·滕文公上》中，孟子就指出，「賢君必恭儉、禮下，取民於有制」。並引用陽虎的「爲富不仁矣，爲仁不富矣」之言，指出在位者施行仁政就不能只顧個人的貪圖富貴、享樂；否則，「爲民父母使民盼盼然，將終歲勤動，不得以養其父母，有稱貸而益之，使老稚轉乎溝壑，惡在其爲民父母也？」百姓的父母官，卻不能使他們供養父母，那又怎能「爲民父母呢」？從正反兩面闡述了其爲官應養廉，而布仁政與民的思想。

而在《孟子·盡心上》中，孟子說：「易其田疇，薄其稅斂，民可使富也。食之以時，用之以禮，財不可勝用也。」從富民安民的具體措施這一角度出發，提出了要節用，施行廉政，並強調了「爲官養廉」的好處在於──「民可使富」，「財不勝用」。還有在《孟子·梁惠王下》中，他告誡鄒穆公說：「凶年饑歲，君之民老弱轉乎溝壑，壯者散而之四方者幾千人矣；而君之倉廩實，府庫充，有司莫以告，是上慢而殘下也。」以事實諷誡穆公，指出造成百姓如此慘狀，其罪全在於「倉廩實，府庫充」的當政者不關心百姓疾苦，並引用曾子的話「戒之，戒之，！出乎而者，反乎而者也」，警告鄒穆公小心百姓們以怨報怨；正如孟子在《孟子·盡心下》中所說，「諸侯之寶三：土地，人民，政事。寶珠玉者，殃必及身。」如果當政者只顧貪圖富貴，不知節儉，不能養廉的話，那結果必然是「殃必及身」。

最集中表現孟子「爲官養廉」思想的是《孟子·梁惠王上》中對梁惠王所講的一段話了，「庖有肥肉，廄有肥馬，民有饑色，野有餓莩，此率獸而食人也。獸相食，且人惡之；爲民父母，行政不免於率獸而食人，惡在其爲民父母也？仲尼曰：『始作俑者，其無後乎？』爲其象人而用之也。如之何其使斯民饑而死也！」當面直刺梁惠王只

顧個人享樂，卻使百姓活活餓死——「野有餓殍」，充滿了憤激的情感力量。而杜甫的千古名句「朱門酒肉臭，路有凍死骨」，就是直承孟子這裡的「庖有肥肉，廄有肥馬，民有饑色，野有餓殍」的言論和思想，用短短十個字，把封建社會貧富之間的差距與對立濃縮其間，一針見血地揭露出那個時代的黑暗！還有孟子所說的「狗彘食人食而不知檢，途有餓殍而不知發；人死，則曰『非我也，歲也』。是何異於刺人而殺之，則曰『非我也，兵也』。王無罪歲，斯天下之民至焉。」以犀利的言語和層層深入的氣勢，諷刺了惠王「為民父母」卻不能盡責的罪過，從而闡述了他的「為官養廉」思想，從反面說明只有作百姓父母官的當政者節用、施行廉政，才能養民富民，「養生喪死無撼，王道之始也」，以此實現「王道」。

　　（二）孟子是先秦儒家的代表人物之一，因而其思想淵源也是可以上溯到儒家學派創始人孔子那裡的。孟子曾稱「乃所願，則學孔子」（《孟子・公孫丑上》），並且最終「退而與萬章之徒序《詩》、《書》，述仲尼之意，作《孟子》七篇。」〔註1〕可見他的思想與孔子是一脈相承的，其「為官養廉」思想也係承襲於孔子的。在《論語》中，孔子的多處言論都反映出他那種重節儉，行廉政的思想。

　　例如對於「禮」的問題，孔子就曾提出「禮，與其奢也，寧儉」的主張；對於富貴，則言「富與貴，是人之所欲也。不以其道得之，不處也。」（《論語・里仁》）雖然肯定了求富貴是人的本性，但若是有違仁義的話，寧可不要。這就從個人修身的角度摒棄了力求富貴而不顧他人包括百姓利益的可能性。儒家講「修齊治平」，注重個人的倫理道德修養，以備今後政治上實行仁政與王道，即所謂「身修而後家齊，家齊而後國治，國治而後天下平。」（《大學》）所以注重自身修養中尚節儉這一點，也是為從政後施行廉正作準備。

　　因而，當學生子張問孔子「何如斯可以從政矣」時，孔子提出了

〔註1〕王利器：史記注釋〔M〕，西安：三秦出版社，1988，頁1185。

「尊五美」的觀點，即要求「君子惠而不費，勞而不怨，欲而不貪，泰而不驕，威而不猛。」（《論語・堯曰》）其中的「惠而不費」和「欲而不貪」，即講要給百姓以好處，而當政者自己則要避免奢侈浪費，貪圖富貴；這就屬於「為官養廉」。還有他提出的「道千乘之國：敬事而信，節用而愛人，使民以時」（《論語・學而》）的主張中，也強調了要節用，施行廉政，從而減輕百姓的負擔。

而且，當孔門的弟子對此有所違背時，孔子是非常生氣的。如《論語・先進》中所講，「季氏富於周公，而求也為之聚斂而附益之。子曰：『非吾徒也，小子鳴鼓而攻之可也！』」弟子冉求為富比周公的季氏聚斂搜刮，必然損害百姓的利益，有違仁義，與孔子節用、愛民的思想恰恰相悖，所以孔子才會勃然大怒，不再承認冉求為弟子，並讓其他的門徒大張旗鼓加以討伐。從這裡也可看出，孔子的節用、施行廉正的思想也是「一以貫之」的。

聯繫前文，可以看到，孟子的「為官養廉」思想也是與孔子一脈相承的。

二、杜詩中所表現出的廉政思想對孟子思想的繼承

唐代大詩人杜甫，曾在《進〈雕賦〉表》中自言家世：「自先君恕、預以降，奉儒守官，未墜素業矣。」（註2）並且一生「只在儒家界內」（劉熙載《藝概》），因而他對於儒家代表人物孔孟特別是孟子的思想也是加以繼承的，其中就包含了「為官養廉」思想。這可以從杜甫詩中大量表現其廉政思想的篇章中找到答案。

杜甫早在困居厰安時期，即已形成了憂國憂民的現實主義創作思想，並創作出了《兵車行》、《麗人行》、《前出塞九首》等大量具有批判現實精神的詩篇；而他所作的《自京赴奉先縣詠懷五百字》，則深刻地揭露了天寶後期玄宗君臣的腐化墮落，也從中體現了詩人的廉政思想。開篇即自言「窮年憂黎元，歎息腸內熱」，正是基於

〔註2〕仇兆鰲：杜詩詳注〔M〕，北京：中華書局，1979，頁2172。

此，詩人才對統治者的荒淫無度、奢侈腐化作了無情地揭露，「君臣留歡娛，樂動殷膠葛。賜浴皆長纓，與宴非短褐。彤庭所分帛，本自寒女出。鞭撻其夫家，聚斂貢城闕」。指出統治者的揮霍無度，正是建立在對平民百姓的壓迫、剝削基礎之上的；也正是由於他們不知節儉，不行廉政，才造成了嚴重的貧富分化，「朱門酒肉臭，路有凍死骨。榮枯咫尺異，惆悵難再述」，因而「仁者宜戰慄」。而像詩人「生常免租稅，名不隸征伐」這樣的家庭，猶不免於幼子餓死的境遇，更何況是那些貧民百姓了。而在詩人後半生的漂泊流離歲月中，他仍不斷對貧富分化的社會現實加以揭露，並對搜剝百姓，不行廉政的貪官污吏給予無情的諷刺和批判。如《驅豎子摘蒼耳》一詩，「亂世誅求急，黎民糠籺窄」。指出正視當權者的誅求盤剝，才使百姓連粗糠都不夠吃，以致造成了「富家廚肉臭，戰地骸骨白」的殘酷現實。所以詩人在篇末對那些紈綺子弟予以諷刺，「寄語惡少年，黃金且休擲」。

另外，杜甫在詩中也曾用寓言體的形式來諷刺和揭露那些不行廉政，只顧剝削殘害百姓的當權者，如《麂》這首詩，「永與清溪別，蒙將玉饌俱。無才逐仙隱，不敢恨庖廚。亂世輕全物，微聲及禍樞。衣冠兼盜賊，饕餮用斯須。」代麂而言，揭露了那些兼作盜賊的衣冠人物魚肉百姓的醜惡本性，並把他們喻爲貪食的惡獸——「饕餮」，直如呼作「衣冠禽獸」一般，眞可謂入木三分。

並且，杜甫往往在詩中直接評述政治時局，提出倡儉德、行廉政以治國安邦之策。如「君臣節儉足，朝野歡娛同」（《往在》），「不過行儉德，盜賊本王臣」（《有感五首》其三）等，點明了行廉政的好處和必要性。而《提封》一詩：「提封漢天下，萬國尚同心。借問懸車守，何如儉德臨？時徵俊乂入，草竊犬羊侵。願戒兵猶火，恩加四海深。」則指出與其恃險守土，「何如儉德臨？」表明安史之亂實由玄宗君臣好邊功而尚奢侈所致，即所謂「朝野歡娛後，乾坤震蕩中」（《寄賀蘭銛》），所以要「恩加四海深。」正像孟子所說「推恩足以保四海，

不推恩無以保妻子」(《孟子‧梁惠王上》);只有行儉德,施行廉政,推恩四海,才能實現「提封」,即一統。全詩爲國謀劃,堂堂正正,一如孟子告梁、齊之君。

不僅如此,詩人還常常在送朋友赴任時,作詩忠告他們要爲官廉潔,勤政爲民,通過贈詩以實現他行廉政的主張。如在路使君上任時叮囑道:「戰伐乾坤破,瘡痍府庫貧。眾僚宜潔白,萬役但平均。」(《送陵州路使君赴任》)可謂情眞意切,爲民爲公。而更典型的則是《送韋諷上閬州錄事參軍》:「國步猶艱難,兵革未衰息。萬方哀嗷嗷,十載供軍食。庶官務割剝,不暇憂反側。誅求何多門,賢者貴爲德。操持紀綱地,喜見朱絲直。當令豪奪吏,自此無顏色。必若救瘡痍,先應去蟊賊……」錄事參軍是有操持紀綱、糾彈貪污職能的官職,因而杜甫詩中希望韋諷能像朱絲一樣正直無私,盡職盡責,以救蒼生;這些詩句言辭懇切,情感激蕩,眞是「告誡友朋,若訓子弟」(《杜詩胥鈔》)

杜甫的思想中,始終貫穿著「窮年憂黎元,歎息腸內熱」(《自京赴奉先縣詠懷五百字》),「邦以民爲本」(《送顧八分文學適洪吉州》)這樣重視與同情百姓疾苦的思想,即儒家的「民本」思想。吳喬說得好,「詩出於人,有子美之人,而後有子美之詩」,並指出杜甫的爲人,是「於黎民,無刻不關其念」。(《圍爐詩話》卷四)加上其性格中又有「嫉惡懷剛腸」(《壯遊》),「嫉惡信如仇」(《除草》)的一面,因而才能在詩中眞正地同情百姓的遭遇,爲民請願,並對貪得無厭,不行廉政的貪官污吏進行深刻的揭露與批判。

由上可以看出,杜甫的廉政思想其精神實質,是根源於孟子的「爲官養廉」思想的;所以,宋人黃徹說:「《孟子》七篇,論君與民者半,其餘欲得君,蓋以安民也。觀杜陵『窮年憂黎元,歎息腸內熱』,『胡爲將暮年,憂世心力弱』,《宿花石戍》云『誰能扣君門,下令減徵賦』,《寄柏學士》云:『幾時高議排君門,各使蒼生有環堵』,寧令『吾廬獨破受凍死亦足,』而志在大庇天下寒士,其心

廣大、異夫求穴之螻蟻輩，眞得孟子所存矣。……愚謂老杜似孟子，蓋原其心也。」〔註3〕正是這樣，杜甫才把孟子「爲官養廉」的思想眞正地繼承下來，並加以發揚光大，從而成爲「詩中的孟子」。

〔註 3〕黃徹：**碧溪詩話**〔M〕，北京：人民文學出版社，1998，頁 506。

附錄五：杜嚴「睚眥」考，引詩多不妥
——與丁啓陣先生商榷[※]

　　丁啓陣先生在《文學遺產》2002 年第 6 期上發表的《杜甫、嚴武「睚眥」考辨》一文中，依據舊說，提出杜甫、嚴武之間發生過「睚眥」，並且是嚴重衝突，而杜甫酒後失言幾乎招致殺身之禍，並引用了大量杜詩來證明論點；然而，丁文對所引杜詩的解讀多有主觀臆想之偏，對詩意的理解不夠客觀、全面，且有隱匿反面論據之嫌，容逐一加以說明。

一、成都時期杜詩：杜、嚴關係深厚之明證
　　丁文一開篇即稱，杜甫和嚴武「他們的關係並不輕鬆」；而杜甫跟高適的關係則親密無間，「百年已過半，秋至轉飢寒。爲問彭州牧，何時救急難？」（《因崔五侍御寄高彭州》）「杜甫跟高適完全沒有禮數相隔一說，秋至天寒，一家老小衣食出現問題，他託人給高適稍信，就直言不諱……杜甫在嚴武面前的拘謹，是不正常的。」[註1] 杜甫和嚴武本爲世交、好友，並曾在肅宗朝一同爲官，又因與房琯一系而共遭貶謫，可謂相交甚厚；難道到成都後他們會因地位的不同，而關係緊張嗎？

※ 原刊於《保定師範專科學校學報》2006 年第 1 期
〔註 1〕丁啓陣著，《杜甫、嚴武「睚眥」考辨》〔J〕，《文學遺產》（京），2002
　　　（6），頁 18。

　　其實，嚴武於上元二年（761）初爲成都尹鎮蜀時，就曾「元戎小隊出郊坰，問柳尋花到野亭」（《嚴中丞枉駕見過》）一路打聽杜甫草堂的路徑，親自前去拜訪，並時而贈酒給杜甫；足以說明二人關係之深厚。這一點丁文也有寫到，但不知丁先生有沒有注意到，就在贈酒之後，杜甫作了《謝嚴中丞送青城山道士乳酒一瓶》一絕：「山瓶乳酒下青雲，氣味濃香幸見分。鳴鞭走送憐漁父，洗盞開嘗對馬軍。」當著嚴武親兵部下的面，即如此迫不及待地開瓶暢飲，恐怕並不僅僅是因爲酒好，正恰恰表明了二人關係的深厚，這也能側面說明，杜甫對於嚴武，並不拘謹。且杜甫有《奉酬嚴公寄題野亭之作》，自稱「懶性從來水竹居……幽棲眞釣錦江魚，」並稱「阮籍焉知禮法疏」，寄詩給擔任成都尹要職的嚴武，而敢於以輕視世俗禮法的阮籍自比，可見他們之間的關係還是比較輕鬆的。嚴武原詩《寄題杜二錦江野亭》中有「莫倚善題鸚鵡賦」之句，浦起龍《讀杜新解》注曰：「唐小說家以嚴詩有『莫倚善題』之句，造爲杜慢嚴、嚴欲殺杜之說。《新書》據以立傳。但集中詩爲嚴作者，幾三十篇，語語深眷，無毫末嫌微。蓋俗說妄也。」〔註2〕

　　寶應元年（762）六月，代宗召嚴武進京，杜甫爲蜀中失去大將而感歎「空留玉帳術，愁殺錦城人」，並稱「公若登臺輔，臨危莫愛身。」（《奉送嚴公入朝十韻》）對老朋友在治國安民事業上寄予厚望，突出其在政治、軍事上的才能和威望。並作《奉濟驛重送嚴公四韻》送別：「遠送從此別，青山空復情。幾時杯重把，昨夜月同行。列郡謳歌惜，三朝出入榮。江村獨歸處，寂寞養殘生」。出語眞摯，情深意切。浦起龍《讀杜新解》則注曰：「公於嚴去，有如失慈母之悲，不知是墨是淚。」〔註3〕足見二人感情之深。

　　再有，廣德二年（764）正月，朝廷任命嚴武爲劍南節度史，杜甫本欲由閬州買舟出峽，得知此消息，大喜過望，作詩曰：「殊方又喜故人來，重鎮還須濟世才。……身老時危思會面，一生襟抱向誰

〔註2〕清·浦起龍注，《讀杜新解》〔M〕，中華書局，2000，頁625。
〔註3〕清·浦起龍注，《讀杜新解》〔M〕，中華書局，2000，頁432。

開？」（《奉待嚴大夫》）在「身老時危」之時，把嚴武當作自己唯一的知己；並決定即刻重返成都，途中作《將赴成都草堂途中有作，先寄嚴鄭公五首》詩，第三首中有「豈藉荒庭春草色，先判一飲醉如泥」之句，想像二人草堂相會後情景，狂飲爛醉，放蕩不羈，顯得二人親密無間；並稱「得歸茅屋赴成都，直爲文翁再剖符」（其一），「生理只憑黃閣老」（其四），自己能夠再回草堂，全是因爲老朋友嚴武復來鎮蜀，並明言今後生計將全靠嚴武料理了，與他向高適寄詩求衣食時稱「爲問彭州牧，何時救急難？」（《因崔五侍御寄高彭州》），一樣的「直言不諱」，哪有絲毫「拘謹」可言？不知丁先生在引用杜甫《因崔五侍御寄高彭州》詩時，爲何沒有注意到杜甫回成都時，寄給嚴武的這五首同樣語直情切的詩。

而永泰元年（765）正月，嚴武答應了杜甫辭去幕府職務的請求，就在這年春天，杜甫仍像往常一樣，以詩代柬，邀嚴武到草堂作客——「野水平橋路，春沙映竹村。風輕粉蝶喜，花暖蜜蜂喧。把酒宜深酌，題詩好細論。府中瞻暇日，江上憶詞源。迹忝朝廷舊，情依節制尊。還思長者轍，恐避席爲門。」（《弊廬遣興，奉寄嚴公》）從中可以看出，杜甫辭去幕府職務，也並非對嚴武有何不滿。

二、《哭嚴僕射歸櫬》之解讀：「禮節性悼亡」還是眞情流露？

永泰元年（765）四月，年僅四十的嚴武突然病逝，這使杜甫失去了在蜀中的生活依靠和安全感，遂買舟東下；杜甫當時並沒有作悼亡之作，只是在同年稍後漂泊至忠州時，方作《哭嚴僕射歸櫬》：「素幔隨流水，歸舟返舊京。老親如宿昔，部曲異平生。風送蛟龍雨，天長驃騎營。一哀三峽暮，遺後見君情。」丁先生於是就認爲這只是一篇「禮節性悼亡之作」〔註4〕，恐爲不妥。

〔註4〕丁啓陣著，《杜甫、嚴武「睚眥」考辨》〔J〕，《文學遺產》（京），2002（6），頁24。

對此，曾完成過《杜甫詩全譯》的韓成武先生在《詩聖：憂患世界中的杜甫》中講：「杜甫與嚴武交誼深厚，非同一般，他當時是處於極悲無淚、欲悼無詞的痛苦狀態之中，他留下這個空白，就是要表達『此處無聲勝有聲』的極度痛感。人在極喜或極悲的時候，是不能進入創作狀態的，須待心情稍平靜之後，才可以作詩抒懷。同年稍後，杜甫漂泊忠州時，曾作《哭嚴僕射歸櫬》。」﹝註5﹞那麼是否像丁文所說的那樣，杜甫因為與嚴武有「睚眥」，才對於嚴武的去世，不如悼亡其他亡友那樣重視呢？韓先生在書中也提到過，「那麼是否為了私事呢？杜甫辭去幕府參謀，是由於與年輕同僚意見不合，且又不願與他們正常較短。在這事上，也許嚴武沒有明顯表態支持過誰，杜甫會對嚴武有所失望。但是，倘若因為這點私心不快，就對枉國之將嚴武的去世不置一辭，那還是一向以國事為重的杜甫嗎？那還是『常擬報一飯，況懷辭大臣』的杜甫嗎？杜甫為人忠厚，即便是一飯之恩亦作詩致謝，終生感念，何況是對這位在生活上曾予多方關照、在仕途上又給予舉薦的平生摯友呢！因此，『私怨說』也是於理不通的。」﹝註6﹞相比較而言，還是韓先生的解釋更加合情合理。

還有，對於嚴武之死，杜甫是「禮節性悼亡」，還是真情的流露，就要看對《哭嚴僕射歸櫬》一詩如何解讀了，我們可以參看古代注杜者對此詩的注解，如下：

宋·劉克莊《後村詩話》：

> 世傳嚴武欲殺子美，殆未必然。觀「老親如宿昔，部曲異平生」之句，極其悽愴，至置武於《八哀詩》中，忠厚藹然。﹝註7﹞

清·浦起龍《讀杜新解》：

﹝註5﹞韓成武著，《詩聖：憂患世界中的杜甫》﹝M﹞，河北大學出版社，2000，頁193。

﹝註6﹞韓成武著，《詩聖：憂患世界中的杜甫》﹝M﹞，河北大學出版社，2000，頁194。

﹝註7﹞清·仇兆鰲注，《杜詩詳注》﹝M﹞，中華書局，1979，頁1228。

《八哀·嚴武篇》云：「飛旐出江漢。」則嚴櫬亦由峽返
北者。時公在渝、忠間，蓋親臨哭送也。起點歸櫬。三、四，
冷暖之慨。五、六，心目之悲。但有「老親」，無多「部曲」，
靈輿忽覯，故府遙望，皆不能已於「一哀」者。」〔註8〕

清·郭曾炘撰《讀杜箚記》：

杜入蜀實以依武，野史所載不盡可據。……若《八哀》、
《歸櫬》諸詩，自是子美厚道，生前則絕無援附，死後則
倍極痛傷。〔註9〕

清·仇兆鰲《杜詩詳注》：

老親猶在，而部下人稀，此歸路之可哀者。風送行舟，
而軍營長寂，此去後之可哀者。至想到平日交情，猶足傷
心酸鼻，所以一哀而日暮也〔註10〕。

仇注為古來注杜之「集大成」者，從它對詩意的疏解可以看出，杜甫
是很含蓄地將悲痛融入到全篇對歸櫬的描寫敘述之中，並非如丁文所
說僅有末二句才見出杜甫的哀傷。而楊倫的《杜詩鏡銓》也特意在「一
哀三峽暮」句下注曰：「見哭之久」，並稱杜甫「及至忠渝間，人情涼
薄，益念及昔日相依，語最眞摯。」〔註11〕

上述如此之多的古今注杜名家，均稱杜甫此詩「語最眞摯」，「極
其悽愴」，「倍極痛傷」，可見是非已有公論，何以丁先生卻偏偏要說
「杜甫的哀傷」，「到底不免於空泛，欠眞切」〔註12〕呢敘且杜甫自述
其詩歌創作歷程是「有情且賦詩」（《四松》），「緣情慰飄蕩」（《偶題》），
對待交往至深的友人之死，他絕不會只是作作樣子，寫一篇毫無眞情
的「禮節性悼亡之作」的。

〔註8〕清·浦起龍注，《讀杜新解》〔M〕，中華書局，2000，頁489。

〔註9〕清·郭曾炘撰，《讀杜箚記》〔M〕，上海古籍出版社，1984，頁268。

〔註10〕清·仇兆鰲注，《杜詩詳注》〔M〕，中華書局，1979，頁1227。

〔註11〕清·楊倫箋注，《杜詩鏡銓》〔M〕，上海古籍出版社，1980，頁570。

〔註12〕丁啓陣著，《杜甫、嚴武「睚眥」考辨》〔J〕，《文學遺產》（京），2002
（6），頁24。

三、《八哀詩》與《諸將五首》:「蓋棺定論」見眞情

丁文還稱杜甫對於友人之喪,「同是朝廷大臣,高適死了,他痛惜朝廷失人(『致君丹檻折,哭友白雲長』),嚴武死了,無一語及此。」〔註13〕則太過武斷,不知丁先生有沒有注意到,杜甫對八位有功於唐王朝社稷的名將賢相以及自己的故交,在《八哀詩》裏特別都做了歌頌和悼念,「傷時盜賊未息,興起王公李公,歎舊懷賢,終於張相國。八公前後存歿,遂不銓次焉。」(《八哀詩・序》)即言因當時戰亂未息,故未按存歿先後排序,而先及名將王思禮、李光弼,接下來「歎舊」,則有嚴武、李璡、李邕、蘇源明、鄭虔共五人,最後以張九齡作結,是爲「懷賢」。

於是嚴武就作爲「歎舊」之首,緊隨中興名將王思禮、李光弼之後,被列入其中──即《八哀詩・贈左僕射鄭國公嚴公武》;全篇三十四韻,長達 340 字,站在國家高度上對嚴武的一生功績做出評價,著重突出其鎮蜀時期的文治武功:「……諸葛蜀人愛,文翁儒化成。公來雪山重,公去雪山輕。……顏回竟短折,賈誼徒忠貞。飛旐出江漢,孤舟輕荊衡。虛無馬融笛,悵望龍驤塋。空餘老賓客,身上愧簪纓。」將之比爲歷史上治蜀有功、深得民心的諸葛亮、文翁,並以「公來雪山重,公去雪山輕」二句,形象地強調了嚴武在抗擊吐蕃中舉足輕重的作用,篇末以痛悼其早逝作結。

對此,諸家注杜之作均把它作爲最能說明杜、嚴二人關係的重點篇章,詳加注釋:

浦起龍《讀杜新解》:

> 此篇以下,皆歎舊之作。嚴公一生事業,惟鎮蜀爲
> 大。詩先舉履歷始終,撮敍梗概,然後用追敍法,詳寫
> 在蜀之事及相知哀感之情,制局又變化有法。……末六
> 句,以哀意作結,語極悽愴。嚴係知己中第一人,自而

〔註13〕丁啓陣著,《杜甫、嚴武「睚眥」考辨》〔J〕,《文學遺產》(京),2002(6),頁 24。

情至。〔註14〕

仇兆鰲《杜詩詳注》：

> 詩云「公來雪山重，公去雪山輕」，誠實錄也。……噫，唐世人物，如嚴武者何可勝數，而後人至今傳述，公之有功於武多矣。〔註15〕

《讀杜箚記》載楊西河語：

> 鎮蜀惟嚴公一生事業，且知己之感存焉。……此評獨得其真。〔註16〕

《杜詩言志》：

> 此贈嚴鄭公武，則因感舊而並及其賢。……空餘故老，沐知己之雅，力為薦剡，重隸簪纓，抱慚無補，寧有已時耶！〔註17〕

由上可見，杜甫確實是由「歎舊」而念及嚴武生前鎮蜀之功，傷悼其早逝，逐一道來，感情真切，將他列為「歎舊」之首，亦正如仇注所云「嚴係知己中第一人，自而情至」；而楊倫《杜詩鏡銓》亦注曰：「史稱嚴武在蜀，……破吐蕃、收鹽川為當時第一功。此二語蓋實錄。」〔註18〕在「開口取將相，小心事友生」下注云：「二句早畫出嚴武，便嵌入後感知之根」，〔註19〕並在「虛無馬融笛」句下注曰：「謂武既死世無知音也。」〔註20〕可見杜甫終究是將嚴武作為一生的知音、「知己中第一人」來對待的，至於與嚴武發生「睚眥」險些被殺之事，王嗣奭《杜臆》稱：「觀『小心事友生』句，知武無欲殺公事。」〔註21〕

〔註14〕清・浦起龍注，《讀杜新解》〔M〕，中華書局，2000，頁149。

〔註15〕清・仇兆鰲注，《杜詩詳注》〔M〕，中華書局，1979，頁1390。

〔註16〕清・郭曾炘撰，《讀杜箚記》〔M〕，上海古籍出版社，1984，頁312。

〔註17〕清・佚名撰，《杜詩言志》〔M〕，江蘇人民出版社，1983，頁187。

〔註18〕清・郭曾炘撰，《讀杜箚記》〔M〕，上海古籍出版社，1984，頁679。

〔註19〕清・郭曾炘撰，《讀杜箚記》〔M〕，上海古籍出版社，1984，頁677。

〔註20〕清・郭曾炘撰，《讀杜箚記》〔M〕，上海古籍出版社，1984，頁680。

〔註21〕清・仇兆鰲注，《杜詩詳注》〔M〕，中華書局，1979，頁1384。

　　與此篇相類，杜甫在《諸將五首》其五中，也對嚴武的鎮蜀之功
做出過高度評價：

　　　　錦江春色逐人來，巫峽清秋萬壑哀。正憶往時嚴僕射，
共迎中使望鄉臺。

　　　　主恩前後三持節，軍令分明數舉杯。西蜀地形天下險，
安危須仗出群材。

對此，王嗣奭《杜臆》稱：「五章結語，皆含蓄可思……崔旰之亂，
杜鴻漸不能會討，獨稱嚴武『出群』，以見繼起者之失人。」〔註22〕
沈德潛《唐詩別裁集》亦評曰：「思嚴武，傷武后之鎮蜀者，皆非其
人也。」〔註23〕而蕭滌非先生在《杜甫詩選注》中分析得最中肯：

　　　　這一首讚美嚴武，責鎮蜀諸將的平庸。永泰六年（七六
五）四月，嚴武卒，杜甫無所依，五月，攜家離成都草堂，
因時當春後，又被逼離去，有似被驅逐，故曰錦江春色逐人
來。夔州地接巫峽，又時當秋季，心中復追念著知己的朋友，
而這位朋友又是國家難得的良將，所以只覺得萬壑生
哀。……末二句亦即《奉待嚴大夫》詩所謂『重鎮還須濟世
才』意。七六二念嚴武初鎮蜀而罷，高適代之，即有徐知道
之亂，及松、維、保三州之淪陷；七六五年武再鎮蜀而死，
郭英乂代之，不數月即有崔旰之亂，英乂反為旰所殺。末二
句便是從這些事實中總結出來的理論。〔註24〕

由《諸將五首》其五，亦可見杜甫對於知己「出群」之材的讚歎，和
對其不幸早亡的緬懷之情，與《八哀詩・贈左僕射鄭國公嚴公武》同
為對嚴武的「蓋棺定論」之作，都能十分鮮明的體現出二人之間感情
的真摯、關係的深厚，對於證明二人之間並未發生「睚眥」也最有說
服力。不知丁先生對這麼直接和重要的文本材料，為何竟沒能加以引
用和評述，卻對杜甫去世多年後的「小說家言」津津樂道，實在難免
有隱匿反證之嫌。

〔註22〕清・仇兆鰲注，《杜詩詳注》〔M〕，中華書局，1979，頁1372。
〔註23〕清・沈德潛著，《唐詩別裁集》〔M〕，商務印書館，1958，頁119。
〔註24〕蕭滌非著，《杜甫詩選注》〔M〕，人民文學出版社，1996，頁250。

參考文獻

〔1〕 梁・劉勰著：《文心雕龍》，北京：中國友誼出版公司，1997 年版。

〔2〕 唐・獨孤及著：《毗陵集》，保定：河北大學圖書館藏日本刊本。

〔3〕 唐・李肇撰：《唐國史補》，上海：上海古籍出版社，1979 年版

〔4〕 遍照金剛著，王利器校注：《文鏡秘府論》，北京：中國社會科學出版社，1983 年版。

〔5〕 後晉・劉昫撰：《舊唐書》，北京：中華書局，1975 年版。

〔6〕 宋・歐陽修，宋祁撰：《新唐書》，北京：中華書局，1975 年版。

〔7〕 宋・嚴羽著，郭紹虞校釋：《滄浪詩話校釋》，北京：人民文學出版社，1983 年版。

〔8〕 宋・楊萬里著：《誠齋詩話》，北京：人民文學出版社，1980 年版。

〔9〕 宋・胡仔：《苕溪漁隱叢話》前集，北京：人民文學出版社，1962 年版。

〔10〕 元・楊士弘編，顧璘批點：《批點唐音》，明嘉靖刻本。

〔11〕 方回編，李慶甲點校集評：《瀛奎律髓彙評》，上海：上海古籍出版社，1986 年版。

〔12〕 明・楊慎著：《升菴詩話》，明萬世德刻本。

〔13〕 明・胡應麟著：《詩藪》，上海：上海古籍出版社，1979 年版。

〔14〕 明・胡震亨著：《唐音癸籤》，上海：上海古籍出版社，1981 年版。

〔15〕 明・吳訥著：《文章辨體序說》，北京：人民文學出版社，1982 年版。

〔16〕 明・唐汝詢選釋，王振漢點校：《唐詩解》，保定：河北大學出版社，2001 年版。

〔17〕明・高棅編，桂天祥批點：《批點唐詩正聲》，明萬世德刻本。

〔18〕明・楊慎著：《升菴詩話》，明萬世德刻本。

〔19〕明・譚宗撰：《近體秋陽》，清初刻本。

〔20〕清・董誥等編：《全唐文》，上海：上海古籍出版社，1990 年版。

〔21〕清・彭定求等編：《全唐詩》，北京：中華書局，1996 年版

〔22〕清・仇兆鰲注：《杜詩詳注》，北京：中華書局，1979 年版。

〔23〕清・楊倫注：《杜詩鏡銓》，上海：上海古籍出版社，1980 年版。

〔24〕清・葉燮著，霍松林點校：《原詩》，北京：人民文學出版社，1998
　　 年版。

〔25〕清・沈德潛著：《唐詩別裁》，北京：商務印書館，1958 年版。

〔26〕清・姚鼐選，馬沅注：《唐人絕句詩鈔注略》，清同治十二年補讀
　　 齋刻本。

〔27〕清・方東樹著：《昭味詹言》，北京：人民文學出版社，1984 年版。

〔28〕清・伍涵芳著，楊軍校注：《說詩樂趣校注》，濟南：齊魯書社，
　　 1992 年版。

〔29〕清・翁方綱著：《石洲詩話》，北京：人民文學出版社，1981 年版

〔30〕清・趙翼著：《甌北詩話》，北京：人民文學出版社，1998 年版

〔31〕清・袁枚著：《隨園詩話》，北京：人民文學出版社，1998 年版

〔32〕清・洪亮吉著：《北江詩話》，北京：人民文學出版社，1983 年版

〔33〕清・宋育仁著：《三唐詩品》，清考雋堂刻本。

〔34〕清・金聖歎著：《聖歎選批唐才子詩》，有正書局本。

〔35〕清・何文煥輯：《歷代詩話》，北京：中華書局，1981 年版。

〔36〕清・王夫之等撰：《清詩話》，上海：上海古籍出版社，1999 年
　　 版。

〔37〕富壽蓀校點，郭紹虞編選：《清詩話續編》，上海：上海古籍出版
　　 社，1983 年版

〔38〕富壽蓀選注：《千首唐人絕句》，上海：上海古籍出版社，1985 年
　　 版。

〔39〕丁福保輯：《歷代詩話續編》，北京：中華書局，1983 年版。

〔40〕喬象鍾，陳鐵民主編：《唐代文學史》（上冊），北京：人民文學出
　　 版社，1995 年版。

〔41〕任爽著：《唐朝典制》，長春：吉林文史出版社，1995 年版。

〔42〕俞陛雲著：《詩境淺說》，上海：上海書店，1984 年版。

〔43〕郭紹虞輯:《宋詩話輯佚》,北京:中華書局,1980 年版。

〔44〕陳伯海主編:《唐詩彙評》,杭州:浙江教育出版社,1995 年版。

〔45〕王大鵬等編選:《中國歷代詩話選》,長沙:嶽麓書社,1985 年版。

〔46〕《辭海》,上海:上海辭書出版社,1979 年版。

〔47〕林東海選譯:《唐人律詩精華》,北京:人民文學出版社,2002 年版。

〔48〕傅璇琮著:《唐代詩人叢考》,北京:中華書局,1980 年版。

〔49〕傅璇琮主編:《唐才子傳校箋》,北京:中華書局,1987 年版。

〔50〕傅璇琮著:《唐代科舉與文學》,西安:陝西人民出版社,1986 年版。

〔51〕吳文治主編:《宋詩話全編》,南京:江蘇古籍出版社,1998 年版。

〔52〕郭紹虞著:《宋詩話考》,北京:中華書局,1979 年版。

〔53〕郭紹虞輯:《宋詩話輯佚》,北京:中華書局,1980 年版。

〔54〕郭紹虞著:《中國文學批評史》,上海:上海古籍出版社,1980 年版。

〔55〕李學勤主編:《毛詩正義》,北京:北京大學出版社,1999 年版。

〔56〕《隋唐五代文論選》,北京:人民文學出版社,1999 年版。

〔57〕葛曉音著:《論李白樂府的復與變》,載《文學評論》(京),1995 年第 2 期。

〔58〕丁福保輯:《歷代詩話續編》,北京:中華書局,1983 年版。

〔59〕韓成武著:《杜詩藝譚》,石家莊:河北教育出版社,2002 年版。

〔60〕韓成武,李新著:《宋詩話中的杜詩對仗藝術批評》,載《河北大學學報》(哲學社科版),2010 年第 3 期。

〔61〕韓成武,張東豔著:《杜甫的文藝思想與實踐》,山西師大學報(社會科學版),2013 年第 1 期。

〔62〕韓成武著:《泰山、華山、衡山——杜甫的心態里程碑》,載《河北師大學報》(哲學社會科學版),2013 年第 2 期。

〔63〕韓成武著:《杜甫鄉土情結研究》,載《河北學刊》,2013 年第 3 期。

〔64〕羅宗強著:《隋唐五代文學思想史》,北京:中華書局,1999 年版。

〔65〕陳尚君著:《唐代文學叢考》,北京:中國社會科學出版社,1997 年版。

〔66〕李新著:《宋代杜詩藝術批評研究》,新北市:花木蘭文化出版社,2012 年版。

〔67〕李新著：《杜甫詩史因革論》，保定：河北大學出版社，2013 年版。

〔68〕李新著：《康震評說詩聖杜甫辯誤》，載《蘭臺世界》，2013 年 1 月。

後 記

　　我的這部書稿，是以我的碩士學位論文《賈至詩歌研究》爲主體撰寫而成，本人大學本科乃華北電力大學工商管理專業出身，因酷愛《紅樓夢》（我所發表的第一篇學術論文，就是關於《紅樓夢》的——《論鳳姐的「群眾關係」》，載《山西大學師範學院學報》2003 年第 2 期），於 2002 年跨專業考取了河北大學中國古代文學專業的碩士研究生，師從文學院教授、中國杜甫研究學會副會長韓成武先生，主研唐代文學和杜甫詩歌。在韓先生的指導下，通讀了杜甫全部詩歌作品，並能背誦百首以上的杜詩，並完成了這篇對杜甫的同僚好友——賈至詩歌研究的碩士學位論文，畢業答辯通過後，曾賦詩一首，以誌紀念——

　　　　棄理從文志不同，躋身河大拜詩翁。
　　　　此行得遂平生願，龍欲飛天先點睛！

　　其後，2008 年，我繼續考取了韓老師的博士研究生，2011 年 6 月，我由河北大學中國古代文學專業畢業，獲博士學位，2012 年 11 月，成爲保定學院最年輕的副教授。。迄今爲止，我已在各類核心及省級學術刊物上發表了古代文學研究的論文六十餘篇，出版《宋代杜詩藝術批評研究》、《杜甫詩史因革論》、《中國「世界文化名人」與「千年英雄」藝譚》三部研杜專著，撰文參加「第六屆全國杜甫學術研討

會」（陝西西安，2012 年 10 月），主持保定學院博士基金課題「杜甫詩史因革論」（2012S03）並結項。當然，我所取得的成績，也是和導師爲我付出的心血分不開的；在此，向我的導師韓成武先生致以崇高的敬意和深深的謝意！

妻子韓松言、兒子李韓喆一直在背後默默地支持我，書稿付梓，個中也都有他們的辛勞。同時，也向在書稿撰寫過程中給予我關心和幫助的民革保定市委李小亭主委、姚忠耿主委、保定市作協劉素娥主席、保定學院張德義副院長、教務處許春華處長、圖書館趙河清館長、中文系靖志茹主任、張忠主任等領導，一併表示感謝！

李　　新

2014 年 1 月 22 日於古城保定　南郊寓所

蘇軾知定州詩詞賦全注及研究論稿

李　新　著

作者簡介

李新（1980～），男，漢族，文學博士，現爲保定學院中文系副教授、首批中青年骨幹教師、省級重點發展學科「中國哲學」之「中國古代哲學經典研讀」方向帶頭人，兼任河北大學藝術學院客座副教授、民革河北省委第十一屆專委會委員、中華辭賦家聯合會常務理事、中國蘇軾研究學會會員、保定市作協理事、保定文化促進會詩詞協會秘書長。發表論文 60 餘篇，出版專著《宋代杜詩藝術批評研究》、《杜甫詩史因革論》、《中國「世界文化名人」與「千年英雄」藝譚》專著 3 部，合著《〈史記〉中的河北人物研究》、《保定古代文學作品選》等。曾獲河北大學「優秀研究生獎學金」博士一等獎，及保定學院一、二、三屆「青年科研標兵」榮譽稱號。

提　　要

　　北宋哲宗元祐八年（公元 1093 年）九月初三，蘇軾受詔以「雙學士」銜（端明殿學士兼翰林侍讀學士）自京城出知定州，於元祐八年十月二十三日到定州任上。在主政定州期間，蘇軾嚴明法紀、「警眾革弊」，增修弓箭社、保國強邊，扶危濟困、鼓勵生產，取得了不朽的政績。紹聖元年（公元 1094 年）閏四月初，朝廷命下，蘇軾「適見恩綸臨定武，忽遭分職赴英州」（《被命南遷，途中寄定武同僚》），落端明殿學士、翰林侍讀學士，罷定州任，以承議郎遠知英州（今廣東英德）。定州，也成爲了蘇軾政治生涯中最後一任主政地和人生足蹟的最北端。

　　蘇軾知定州的六個月期間，創作近體詩共計 19 首，占全部 32 首知定州詩作的 59.4%，近三分之二，其中律詩 13 首（七律 12 首，五律 1 首），絕句 5 首（全部爲七絕），五言排律 1 首。近體詩乃爲蘇軾定州詩歌創作之主體；其 13 首五、七言古體詩中，也有《雪浪石》、《劉醜斯詩》、《鶴歎》等傳世名篇；另創作有詞作（《行香子》）、賦作（《中山松醪賦》）各一，本書對此加以全注。

保定學院省級重點發展學科
「中國哲學」資助項目

序

中國蘇軾研究學會副秘書長　劉清泉

　　認識李新是在黃岡的餐桌上。其時，大家正在談論蘇軾開創了豪放詞還是開創了豪放詞派。李新的執著，給我深刻的印象。後來知道，他是保定學院教師，文學博士，其時著力研究杜甫。我不禁想到，著名學者張志烈、曾棗莊不正是研究杜甫轉而致力於研究蘇軾嗎？2010年 12 月，定州市蘇軾文化研究會成立，擬出定州市蘇軾文化研究叢書，以作爲蘇軾知定州 920 週年的獻禮。定州市蘇軾文化研究會聘李新爲特約研究員，作「蘇軾知定州作品箋注」。

　　蘇軾作品的整理研究是蘇軾遺址地蘇軾研究的基礎工程，已取得卓著成果，如鳳翔有李文炳輯《蘇軾鳳翔詩文集》（寶雞市社會科學學會聯合會 1990 年）和祁念曾著《蘇軾鳳翔詩文賞析》（陝西人民出版社 1990 年版）；海南有范會俊、朱逸輝選注《蘇軾海南詩文選注》（北京師範大學出版社 1990 年版）和林冠群編注《新編東坡海外集》（海南出版社 1992 年版、銀河出版社 2006 年版）；黃岡有丁永淮、梅大聖、張社教編注《蘇東坡黃州作品全編》（武漢出版社 1996 年版）和朱靖華、饒學剛、饒曉明、方星移著《蘇東坡黃州名篇賞析》（華東師範大學出版社 2010 年版）；諸城有李增坡主編《蘇軾密州作品賞析》（齊魯書社 1997 年版）；徐州有董治祥、劉玉芝著《鶴兮歸來——蘇東坡在徐州》（中國戲劇出版社 2000 年版）；平頂

山有平頂山市政協主編《蘇東坡與平頂山》（河南大學出版社 2008 年版）等。

　　編纂《蘇軾知定州詩詞賦全注》一書，首先要確定蘇軾知定州的六個月期間創作的作品目錄；其次要對作品進行編年；最後要對每一首（篇）作品進行校勘、題解、箋注、析義等。這是研究蘇軾知定州的基礎工作，其成果是定州蘇軾研究的基礎資料，對於推進定州蘇軾文化研究和推進定州地方文化建設，具有十分重大而深遠的意義。

　　是為序。

詩人不幸定州幸

河北省莎士比亞學會理事、保定市作協顧問　鄭新芳

　　歷史學家說，宋代的皇后，與漢、唐朝代皇后不同，她們不是爭權奪勢，危害朝廷，而相反，是費盡心機延續趙宋江山。蘇東坡曾幾度得到皇后的信任和保護，無疑在宦海沉浮中關係重大。不幸的是，公元 1093 年，也即宋代元祐八年的秋天，在他的夫人離世後，神宗之母、當今皇帝哲宗祖母高太皇太后也辭世，老太后可是蘇東坡的保護神啊！兩個女人幾乎同時離去，蘇東坡預感不祥。

　　果不其然，這年九月十三老太后一死，新黨掌政，蘇東坡立即被外放定州。定州乃古中山國都城，可當時北鄰契丹，「中山保塞兩窮邊」，這裡屬「重難邊郡」。蘇東坡任太守，統管河北西部行政兼轄當地步兵騎兵，又相當軍區司令。在臨行前，他辭別年青的皇帝，但皇帝竟未予接見。蘇東坡曾先後做皇帝八年老師啊，他知道災難來臨了。在定州六七個月，他又被貶到廣東、海南等地長期流放邊鄙，開始了他的苦難生涯。

　　蘇東坡在定州做了大量整飭部隊、發展生產、關注民生和文化建設的開創性工作。如：引進水稻，創造插秧歌；釀造松醪酒、燉煮美食肉；修葺北嶽廟，發現雪浪石，等等，百姓有口皆碑，傳誦千年不絕。他的才華和他的建樹，成就了他的創作，留下大量詩詞華章，成爲一筆寶貴豐厚的文化財富。

　　詩人不幸定州幸。時過千年。文學博士、保定學院中文系李新等人，搜集、整理、注釋了蘇東坡在定州留下的詩詞，共得 32 首，這是從古至今，我們見到的最為完善的整理。李新專攻杜甫、蘇軾，基礎深厚，文筆俊朗，才氣縱橫。現為中華辭賦家聯合會常務理事、中國蘇軾研究學會會員、河北省作家協會會員。他不辭辛苦，多方蒐集，辨析鉤沈，循迹索引，揣摩研讀，將每首詩的本事、格律、用典一一作解，對蘇詩高超詩藝，特別是對詩的三要素感、情、思，做了詳明剴切的分析與詮釋。他們站在學術前沿，弘揚地域文化，做了很有價值的工作，將蘇東坡在定州留下的詩學瑰寶，傳承播揚，大放異彩。在我賞讀這部文稿的時候，《保定晚報》正為李新開闢專欄，連載他關於蘇軾研究的文章。

　　「壯哉東坡，永駐吾土。平生所愛，唯我大蘇！」這是李新紀念蘇軾吟出的《古風・眉山謁蘇頌》中的詩句。頗有共鳴，我愛這詩。但願蘇軾開創的輝煌千古的豪放派詩詞，慰藉平生，永駐吾土！

2012 年 9 月 4 日

目次

引　言

　　北宋哲宗元祐八年（公元 1093 年）九月初三，「元祐更化」的主持者太皇太后高氏病卒，宋廷政治情勢大變，蘇軾遂受詔以「雙學士」銜（端明殿學士兼翰林侍讀學士）自京城出知定州，「受命出帥定武，累辭不獲，須至勉強北行」（《與楊濟甫書》，《蘇軾文集》卷五十九），從此遠離政治中心，於元祐八年十月二十三日到定州任上。在主政定州期間，蘇軾嚴明法紀、「警眾革弊」，增修弓箭社、保國強邊，扶危濟困、鼓勵生產，取得了不朽的政績。紹聖元年（公元 1094 年）閏四月初，朝廷命下，蘇軾「適見恩綸臨定武，忽遭分職赴英州」（《被命南遷，途中寄定武同僚》），落端明殿學士、翰林侍讀學士，罷定州任，以承議郎遠知英州（今廣東英德），從此一路南行，直至廣東惠州、海南儋州。定州，也成為了蘇軾政治生涯中最後一任主政地和人生足迹的最北端。

　　蘇軾知定州的六個月期間，創作近體詩共計 19 首，占全部 32 首知定州詩作（從《東府雨中別子由》算起，至《被命南遷，途中寄定武同僚》，依中國蘇軾研究學會名譽會長、四川大學教授邱俊鵬先生《蘇軾知定州的業績與創作》一文觀點）的 59.4%，近三分之二，其中律詩 13 首（七律 12 首，五律 1 首），絕句 5 首（全部為七絕），五言排律 1 首。足見，近體詩乃為蘇軾定州詩歌創作之主體；

其 13 首五、七言古體詩中，也有《雪浪石》、《劉醜斯詩》、《鶴歎》等傳世名篇；另創作有詞作（《行香子》）、賦作（《中山松醪賦》）各一。在其知定州 920 週年即將到來之際，特爲之箋注。

另撰《定州仰蘇頌》一篇，以爲紀念——

> 大宋哲宗，元祐八年，蘇軾坡翁，遠鎮邊關。帝師之尊，雙學士銜，出知定州，古國中山。宋遼交界，趙北燕南。不辭勞苦，重任在肩，迢迢千里，涉水攀山。整頓軍備，政令森嚴。臨料敵塔，遠矚高瞻。斷案公正，堪比青天。赦劉醜斯，位列衙班。憂心民瘼，共苦同甘。授種水稻，引黑龍泉。教唱秧歌，與民同歡。文化遺產，享譽千年。留心諸藝，寄情自然。郁郁文廟，儒家典範，手種雙槐，古樹參天。如龍似鳳，葉茂枝繁。得石雪浪，黑白相間，巧奪天工，存眾春園。親釀松醪，入口綿甜，質比茅臺，萬國同觀。冬去春來，匆匆半年。佳作頗豐，譽留名篇。賦頌松醪，詩詠鶴歎。如椽巨筆，洋洋大觀。聖賢已逝，幾近千年。勝蹟猶在，百代相傳。坡翁不老，永存心間！

上　編　蘇軾知定州詩詞賦箋注

東府雨中別子由〔1〕

　　庭下梧桐樹〔2〕，三年三見汝〔3〕。前年適汝陰〔4〕，見汝鳴秋雨。去年秋雨時，我自廣陵〔5〕歸。今年中山去〔6〕，白首歸無期。客去莫歎息，主人亦是客。對床定悠悠，夜雨空蕭瑟〔7〕。起折梧桐枝，贈汝千里行。重來知健否，莫忘此時情。

注釋：

〔1〕本詩題材爲送別，體裁爲五言古體詩，作於元祐八年赴定州任前。東府，北宋設樞密院主管軍事，與三省（尚書、中書、門下）辦公駐地分列東西二府，蘇軾赴定州任之前曾任禮部侍郎，爲尚書省下屬，於東府辦公。參見《魏鶴山》：「國初置三省，與樞密院各分班奏事，謂之二府。神宗時，立東西二府。」子由，蘇軾之弟蘇轍的字。

〔2〕「庭下」句，典出唐杜甫《送賈閣老出汝州》：「西掖梧桐樹，空留一院陰」。

〔3〕汝，你。此指梧桐樹。蘇軾前後三年先後三次離京赴外任。

〔4〕適，到。汝陰，指潁州，參見《唐‧地理志》：「潁州汝陰郡。」

〔5〕廣陵，指揚州，蘇軾曾短期任揚州知州。參見《唐‧地理志》：「揚州廣陵郡。」

〔6〕中山，指定州。參見《元和郡縣志》：「定州，戰國時爲中山國。」蘇軾元祐六年出知潁州，元祐七年出知揚州，元祐八年奉命出知定州。

〔7〕「對床」二句，蘇氏兄第最嚮往風雨之夜，兩人對床共雨，傾心交談。後人遂用「對床夜雨」形容兄弟相聚的歡樂之情。典出蘇轍《逍遙堂會宿》詩序：「轍幼從子瞻（轍兄蘇軾）讀書，未嘗一日相捨，既壯，將遊宦四方，讀韋蘇州（韋應物）詩至『安知風雨夜，復此對床眠。』惻然感之，乃相相約早退，爲閒居之樂。」

次韻曾仲錫承議食蜜漬生荔支〔1〕

　　代北寒齏〔2〕擣韭萍〔3〕，奇苞零落似晨星〔4〕。逢鹽久已成枯臘〔5〕，得蜜猶應是薄刑〔6〕。欲就左慈求挂杖〔7〕，便隨李白跨滄溟〔8〕。攀條與立新名字〔9〕，兒女稱呼恐不經。（俗有十八娘荔支。）

注釋：

〔1〕本詩題材爲詠物，體裁爲七言律詩（首句仄起平收式），韻部爲「平水韻」下平聲「九青」韻。次韻，古人唱和詩中，步首唱者詩作之韻部而作，即稱爲次韻。曾仲錫，溫陵（今福建泉州市）人，太學國子博士，承議，承議郎，宋職官名，文散官。漬，浸。荔支，即荔枝。

〔2〕齏（ji，音基），此指齏臼，擣辛荽成粉末的石器。

〔3〕韭萍，韭根麥苗雜擣而成的菜，又作韭萍齏，見《世說新語‧

汰侈》：「石崇爲客作豆粥，咄嗟便辦，恒冬天得韭蓱虀，……乃密貨崇帳下都督乃御車人問所以，都督曰『……韭蓱虀是搗韭根，雜以麥苗爾。』」

〔4〕晨星，指荔枝果如天上的繁星。典出東漢王逸《荔枝賦》：「離離如繁星之著天。」

〔5〕「逢鹽」句，描述蜜漬生荔支製作過程，典出北宋蔡襄《荔枝譜》：「紅鹽者，以鹽梅浸佛桑花爲紅漿，投荔枝漬之，曝乾，色紅而甘酸。又蜜煎者，剝生荔枝，笮去其漿，然後蜜煎煮之。」

〔6〕薄刑，典出《禮記・月令》：「斷薄刑。」

〔7〕「欲就左慈」句，此句言因荔枝生於海邊，路途遙遠而不能嘗鮮，故戲言欲得仙術，跨海而吃鮮荔枝。左慈，字元放，東漢末年著名方士，通曉法術，在道教歷史上，東漢時期的丹鼎派道術從他一脈相傳，事迹見晉代葛洪《神仙傳》：「孫討逆（策）見左，欲殺之，使行於馬前，欲自後之。左著木履，挂一竹杖，徐徐而行，孫討逆策馬逐，終不能及。」

〔8〕滄溟：海水彌漫的樣子，常指大海，如梁簡文帝《昭明太子集序》：「滄溟之深，不能比其大。」

〔9〕「攀條」句，此句言在荔枝樹下攀枝採摘，還要標新立異地給那些鮮美的果實取名字。

全詩聲律格式（依中古音韻）：

　　仄仄平平仄仄平，平平平仄仄平平。

　　平平仄仄平平仄，仄仄平平仄仄平。

　　仄仄仄平平仄仄，仄平仄仄仄平平。

　　平平仄仄平平仄，平仄平平仄仄平。

再次韻曾仲錫荔支〔1〕

　　柳花著水萬浮萍，荔實〔2〕周天兩歲星〔3〕。（蘇軾自注：

柳至易成，飛絮落水中，經宿即爲浮萍。荔支至難長，二十四五年乃
實。）本自玉肌非鵠〔4〕浴，至今丹殼似猩〔5〕刑。侍郎賦詠
窮三峽〔6〕，妃子煙塵動四溟〔7〕。莫遣詩人說功過，且隨香
草附《騷經》〔8〕。

注釋：

〔1〕本詩題材爲詠物，體裁爲七言律詩（首句平起平收式），韻部爲
　　「平水韻」下平聲「九青」韻。題目一作「再和曾仲錫荔支」。
　　承議，宋職官名。漬，浸。荔支，即荔枝。

〔2〕實，果實。

〔3〕歲星，即木星。《史記・天官書》云：「察日月之行以歲星順
　　逆。」索隱：「《天官占》云：歲星，一曰應星，一曰經星，
　　一曰紀星。《物理論》云：歲行一次，謂之歲星，則十二歲而
　　星一周天也。」古代用以紀年。又歲星約十二年運行一周天，
　　因此以「周歲星」指十二年。

〔4〕鵠（hu，音胡），天鵝。《莊子・天運篇》云：「夫鵠不日浴而
　　白。」

〔5〕猩：紅色。典出《華陽國志》：「永昌郡有猩猩，其血可染朱」。
　　中唐詩人白居易《薔薇》詩亦云：「猩猩血點，瑟瑟金筐。」

〔6〕「侍郎」句，指白居易在忠州（今四川忠縣）有《題郡中荔枝詩
　　十八韻兼寄萬州楊八使君》諸詩。忠州隸屬夔州路，三峽山在
　　夔州。

〔7〕「妃子」句，指貴妃楊玉環性嗜荔枝，唐玄宗爲之下命從蜀中供
　　鮮荔枝，典出晚唐詩人杜牧《過華清宮絕句三首》：「一騎紅塵
　　妃子笑」。四溟，四海。

〔8〕《騷經》，即戰國詩人屈原之楚辭代表作《離騷》，自東漢經學家
　　王逸作《楚辭章句》後，《離騷》亦被後世推尊爲經書。其《楚

辭・離騷經序》云：「《離騷》之文，依詩取興，引類譬喻，故
善鳥，香草以配忠貞，惡鳥，臭物以比讒」。

全詩聲律格式（依中古音韻）：

仄平仄仄仄平平，仄仄平平仄仄平。
仄仄仄平平仄仄，仄平平仄仄平平。

仄平仄仄平平仄，平仄平平仄仄平。
仄仄平平仄平仄，仄平平仄仄平平。

次韻滕大夫三首・雪浪石〔1〕

　　太行西來萬馬屯〔2〕，勢與岱獄爭雄尊。飛狐上黨天下脊
〔3〕，半掩落月先黃昏。削成山東二百郡，氣壓代北三家村〔4〕。
千峰石卷蠆牙帳〔5〕，崩崖鑿斷開土門〔6〕。掲來城下作飛石，
一炮驚落天驕魂〔7〕。承平百年烽燧冷，此物僵臥枯榆根。畫
師爭摹雪浪石，天工不見雷斧痕〔8〕。離堆四面繞江水坐無蜀
士誰與論〔9〕？老翁兒戲作飛雨，把酒坐看珠跳盆〔10〕。此身
自幻孰非夢，故國山水聊心存〔11〕。

注釋：

〔1〕本詩題材爲詠物，體裁爲七言古體詩，作者於紹聖元年（1094）
　　　四月作《雪浪齋銘》，銘引中說：「予於中山後圃得黑石白脈，
　　　如蜀孫位、孫知微所畫，石間奔流盡水之變。又得白石曲陽，
　　　爲大盆以盛之，激水其上，名其室曰雪浪齋。」雪浪石，即指
　　　此石。此詩作於元祐八年（1093）十二月，是和齊州通判滕希
　　　靖的一首詩。大夫，宋職官名。

〔2〕屯：駐紮、聚集。岱獄，指泰山。尊，地位高。

〔3〕飛狐：飛狐縣（今河北廣昌縣），縣北 50 里有秦漢舊郡城，西

南有山，俗號飛狐口。脊，脊梁。

〔4〕削成：《西山經》說：「太華之山，削成而四方」。太華山，即太
　　行山。山東，太行山以東。二百郡，指今河北。代北，代州（今
　　山西代縣）之北。三家村，指代北百姓所居之地。

〔5〕牙帳：軍營。土門，土門口，太行八陘中的第五陘。

〔6〕捐：去。飛石，古代作戰時用石頭做的武器。范蠡兵法，飛
　　石重二十斤，爲機發行三百步。碼交，即拋飛石。天驕，天
　　之驕子。

〔7〕烽燧：古代告警的烽火。

〔8〕天工：天生的，非常自然的。雷斧，雷電擊碎的石頭，多似斧
　　形，故名雷斧。

〔9〕離堆：山名，在今四川灌縣西南。《史記・河渠書》曰：「蜀守
　　冰鑿離堆避沫水之害，穿二江成都之中」。蜀士，四川人。

〔10〕兒戲：像小孩子那樣鬧著玩。珠跳盆，水珠在盆中飛濺。

〔11〕自幻：自己產生的幻覺。故國，指作者家鄉蜀川。聊，姑且。

次韻滕大夫三首・雪浪石〔1〕

　　我頃〔2〕三章乞越州〔3〕，欲尋萬壑看交流。且憑造物開
山骨，已見天吳〔4〕出浪頭。（蘇軾自注：石中似有海獸形狀。）
履道鑿池雖可致，玉川〔5〕卷地若〔6〕爲收。洛陽泉石今誰
主，莫學癡人李與牛〔7〕。

注釋：

〔1〕本詩題材爲詠物，體裁爲七言律詩（首句仄起平收式），韻部
　　爲「平水韻」下平聲「十一尤」韻。

〔2〕頃，短時間內。

〔3〕乞越州，元祐七年（1092），蘇軾從揚州知州任上被召還朝廷後，

連上表章請辭兵部尙書，改出知越州；元祐八年（1093），知定
州命下後，蘇軾仍上表請改知越州。越州，在今浙江紹興。

〔4〕天吳，神話傳說中的水神，典出《山海經‧海外東經》：「朝
陽之谷神曰天吳，是爲水伯。其爲獸也，八首人面，八手八
尾」。

〔5〕玉川，中唐詩人盧仝自號玉川子，其作《客謝井》詩云：「我縱
有神力，爭敢將公歸。揚州惡百姓，疑我卷地皮。」

〔6〕若，爾，你。

〔7〕李與牛，指中唐名相牛僧孺、李德裕，據清人王文誥注：「牛僧
孺嗜太湖石，有小大，其數四等，以甲乙丙丁品之，每品有上
中下，各刻於石陰，曰牛氏石。又，李德裕平泉莊，在洛陽之
南，周回十里，多奇花異石。人題曰：『隴右諸侯供瑞石，日南
太守送名花』」。（清‧王文誥輯注，孔凡禮點校：《蘇軾詩集》
卷三十七，中華書局，1982年版）

全詩聲律格式（依中古音韻）：

仄仄平平仄仄平，仄平仄仄仄平平。
仄平仄仄平平仄，仄仄平平仄仄平。

仄仄平平平仄仄，仄平仄仄仄平平。
仄平平仄平平仄，仄仄平平仄仄平。

次韻滕大夫三首‧沉香石〔1〕

壁立孤峰倚硯長，共疑沉水〔2〕得頑蒼。欲隨楚客〔3〕紉
蘭佩〔4〕，誰信吳兒是木腸。山下曾逢化松石，玉中還有辟邪
〔5〕香。早知百和〔6〕俱灰燼，未信人言弱勝強。

注釋：

〔1〕本詩題材爲詠物，體裁爲七言律詩（首句仄起平收式），韻部爲

「平水韻」下平聲「七陽」韻。

〔2〕沉水，《唐・本草》注：「沉水香，出天竺、單于二國，與青桂、雞骨、馢香同是一樹，葉似橘，經冬不雕，夏生花，白而圓細，秋結實如檳榔，色紫似葚而味辛，樹皮青色，木似櫸柳，重實黑色，沉水者是。」

〔3〕楚客，指楚辭作家屈原。

〔4〕紉蘭佩，典出屈原《離騷》：「紉秋蘭以爲佩。」紉，縫。短時間內。

〔5〕辟邪，香名，據清人王文誥注：「唐肅宗賜李輔國香玉辟邪二，各高一尺五寸，奇巧殆非人工。其玉之香，可聞數百步」。（清・王文誥輯注，孔凡禮點校：《蘇軾詩集》卷三十七）

〔6〕百和，據清人王文誥注：「香名，以眾香末合和爲之也」。（清・王文誥輯注，孔凡禮點校：《蘇軾詩集》卷三十七）

全詩聲律格式（依中古音韻）：

仄仄平平仄仄平，仄平平仄仄平平。
仄平仄仄仄平仄，平仄平平仄仄平。
平仄平平仄仄仄，仄平平仄平平平。
仄平仄仄平平仄，仄仄平平仄仄平。

石芝詩並引〔1〕

予昔夢食石芝，作詩記之，今乃真得石芝於海上，子由和前詩見寄。予頃〔2〕在京師，有鑿井得如小兒手以獻者，臂指皆具，膚理若生。予聞之隱者曰：此肉芝也。與子由烹而食之，追記其事。復次前韻〔3〕。

土中一掌嬰兒新，爪指良〔4〕是肌骨匀。是之怖走〔5〕誰敢食，天賜我爾不及賓。旌陽遠遊同一許，長史玉斧皆門戶。

我家韋布三百年，只有陰功不知數。跪陳八簋〔6〕加六瑚，
化人視之真塊蘇。肉芝烹熟石芝老，笑唾熊掌嚼雕胡。老蠶
作繭何時脫，夢想至人空激烈。古來大藥不可求，真契當如
磁石鐵。

注釋：

〔1〕本詩題材爲詠物，體裁爲七言古體詩，引，引語，即詩序。石
　　　芝，中藥藥材，即石象芝也，生石穴中，有枝條似桂樹，而實
　　　石也。高尺許，光明而味辛。東晉葛洪曰：諸芝搗末，或化水
　　　服，令人輕身長生不老。
〔2〕頃：不久前。
〔3〕次前韻：用前一首詩的韻作新詩。
〔4〕良：非常。
〔5〕怖走：嚇跑。
〔6〕簋（gui 音鬼），古時候烹調的器皿。

鶴歎〔1〕

　　　園中有鶴馴可呼，我欲呼之立坐隅〔2〕。鶴有難色側睨〔3〕
予，豈欲臆對〔4〕如鵬乎。我生如寄良畸孤，三尺長脛閣瘦
軀〔5〕。俯啄少許便有餘，何至以身爲子娛。驅之上堂立斯須
〔6〕，投以餅餌視若無。戞然〔7〕長鳴乃下趨，難進易退我不
如。

注釋：

〔1〕本詩題材爲詠物，體裁爲七言古體詩，作於元祐八年（1093）。
〔2〕坐隅，座旁。
〔3〕側睨（ni 音逆），斜視、輕視的樣子。

〔4〕臆,胸,引申爲心;臆對,即心心相印。典出賈誼《鵩鳥賦》
「口不能言,請對以臆。」這裡有以賈誼自況之意。

〔5〕畸孤。零落孤獨。閣,高架著。

〔6〕斯須,頃刻。

〔7〕戛(通「戟」)然,形容仙鶴挺頸伸喙貌。

劉醜斯詩〔1〕

劉生望都〔2〕民,病贏〔3〕寄空窯。有子曰醜斯,十二行
操瓢〔4〕。墦間〔5〕得餘粒,雪中拾墮樵〔6〕。饑飽共生死,水
火同焚漂。病翁恃一褐〔7〕,度此積雪宵。哀哉二暴客。掣去
如饑鴟。翁既死於寒,客亦易此齠〔8〕。崎嶇走亭長,不憚雪
徑遙。我仇祝與苑〔9〕,物色同遮邀。行路為出涕,二客竟就
梟〔10〕。譊譊〔11〕訴我庭,慷慨驚吾僚。曰此可名寄,追配
郴之蕘〔12〕。恨我非柳子,擊節為爾謠。官賜二萬錢,無家
可歸嬌。為媾〔13〕他日婦,婉然初垂髫〔14〕。洗沐作小史,
裹頭束其腰。筆硯耕學苑,戈矛戰天驕。壯大隨所好,忠孝
福可徼〔15〕。相國有折脅,封侯或吹簫。人事豈易料,勿輕
此僬僥〔16〕。

注釋:

〔1〕本詩題材爲即事,體裁爲五言古體詩,作於元祐八年(1093)。

〔2〕望都,今保定市南望都縣,北宋屬定州管轄。

〔3〕贏(lei 音雷),贏弱。

〔4〕操瓢,指行乞。典出《莊子・盜跖篇》:「操瓢而乞者」。

〔5〕墦(fan 音樊),墳墓。《孟子注》云:「墦間,郭外冢間也。」

〔6〕墮樵,墮地的柴薪,典出王安石詩:「稚子林間拾墮樵」。

〔7〕褐，布衣。

〔8〕齠（tiao 音條），指換牙年齡的兒童。

〔9〕祝與苑，指「二暴客」的姓氏。

〔10〕梟，梟首，將賊人斬首懸於木上。

〔11〕譊譊（nao 音撓），喧鬧爭辯的聲音。

〔12〕郴（chen 音嗔），郴縣，湖南境內。蕘（rao 音饒），打柴的人。

〔13〕媾（gou 音夠），指結親。

〔14〕垂髫（tiao 音條），指年幼。

〔15〕徼，通「邀」，求取。

〔16〕僬（jiao 音交）僥（yao 音姚），古代傳說中的矮人。

題毛女眞〔1〕

霧鬟風鬢〔2〕木葉〔3〕衣，山川良是昔人非〔4〕。

只應閒過商顏老〔5〕，獨自吹簫月下歸。

注釋：

〔1〕本詩題材爲題畫詩，體裁爲七言絕句（首句仄起平收式），韻部爲「平水韻」上平聲「五微」韻。毛女，據《列仙傳》記述：毛女，字玉姜，在華陰山中，形體生毛，結草爲衣，類似鶴翎。本爲秦始皇宮人，秦亡後入山，因食松葉，遂不飢寒，且身輕如飛。眞，即寫眞畫圖。

〔2〕鬟（huan，音環），古代婦女梳的一種環形的髮髻。

〔3〕木葉，即秋天的樹葉，典出屈原《九歌・湘夫人》：「洞庭波兮木葉下」。

〔4〕「山川」句，典出《神仙傳》：「蘇仙公化白鶴，來桂陽郡，以爪攫樓板，以漆書云：『城郭是，人民非，三百甲子一來歸』。」良，甚，很。

〔5〕商顏老，指秦末漢初隱居商山的東園公、甪（lu，音錄）里先
　　　生、綺里季、夏黃公等四位年老隱士，並稱「商山四皓」，典出
　　　西漢司馬遷《史記（卷三十五）‧留侯世家》。

全詩聲律格式（依中古音韻）：

仄仄平平仄仄平，平平平仄仄平平。

仄平平仄平平仄，仄仄平平仄仄平。

次韻子由清汶老龍珠丹〔1〕

　　天公不解防癡龍，玉函〔2〕寶方出龍宮。雷霆下索無處
避，逃入先生衣袂中〔3〕。先生不作金椎袖〔4〕，玩世徜徉隱
屠酒。夜光明月空自投，一鍛何勞緯蕭〔5〕手。黃門〔6〕寡好
心易足，荊棘不生梨棗熟。玄珠白璧兩無求，無脛金丹來入
腹。區區分別笑樂天，那知空門不是仙。

注釋：

〔1〕本詩題材爲詠物詩，體裁爲七言古風。子由，蘇軾之弟蘇轍的
　　　字。
〔2〕函，盒子。
〔3〕衣袂（mei 音妹），即衣袖之角，此句典出《僧史》，載僧聞禪
　　　師住邵武山中，遇一老龍求躲避其衣角中，逃避天罰。
〔4〕金椎袖，典出《淮南厲王傳》：「辟陽侯出見之，即自袖金椎椎
　　　之。」
〔5〕緯蕭，典出《莊子‧列禦寇篇》：「河上有家貧恃緯蕭而食者。」
〔6〕黃門，黃門侍郎，即中書侍郎，蘇轍時任官職。

次韻子由書清汶老所傳《秦湘二女圖》[1]

春風消冰失瑤玉，我本無身安有觸[2]。羊主得婦如得風，握手一笑未為辱[3]。先生室中無天遊，佩環何處鳴風甌[4]。隨魔未必皆魔女，但與分燈遣歸去。胡為寫真傳世人，更要維摩[5]一轉語。丹元茅茨[5]只三間，太極老人時往還。點檢凡心早除拂，方平神鞭常使物。

注釋：

〔1〕本詩題材爲唱和詩，體裁爲七言古風。子由，蘇軾之弟蘇轍的字。

〔2〕「我本」句，典出《楞嚴經》：「即觸即身，即身即觸。」

〔3〕羊主，指晉朝人羊權。此聯典出《眞誥傳》：「九華眞妃降，笑而言。攜手雙臺，娛歡良會。又取權手執之。」

〔4〕甌（ou 音鷗），器皿。

〔5〕維摩，維摩詰，早期佛教著名居士、在家菩薩，意譯爲淨名、無垢稱，意思是以潔淨、沒有染污而著稱的人。

〔6〕茅茨（ci 音瓷），茅屋。

紫團參寄王定國[1]

谽谺土門口[2]，突兀太行頂。豈惟團紫雲，實自俯倒景。剛風被草木，真氣入苕穎[3]。舊聞人銜芝，生此羊腸嶺。纖纖虎豹鬣[4]，壓[5]縮龍蛇癭？[6]蠶頭試小嚼，龜息變方騁。矧[7]予明真子，已造浮玉境。清宵月掛戶，半夜珠落井。灰心寧復然，汗喘久已靜。東坡猶故目，北藥致遺秉。欲持三椏根，往侑[8]九轉鼎[9]。為予置齒頰，豈不賢酒茗[9]。

注釋：

〔1〕本詩題材爲詠物詩，體裁爲五言古風。紫團，紫團參。

〔2〕土門口，土門口，指井陘關。

〔3〕茗穎，蒲葦的苗穗。

〔4〕鬣（1ie 音列），鬍鬚。

〔5〕蹙（cu 音醋），緊縮。典出元稹詩：「蹙縮又縱橫」。

〔6〕癯（qu 音渠），瘦。

〔7〕矧（shen 音沈），況且。

〔8〕侑（you 音又），勸人進酒食。

〔9〕九轉鼎，典出《神仙傳》：「仙方有九品，其七名九轉霜雪之丹」。

〔10〕茗，茶。

寄餾合刷瓶與子由〔1〕

老人心事日摧頹〔2〕，宿火〔3〕通紅手自焙〔4〕。小甑〔5〕
短瓶良具足〔6〕，稚兒嬌女共煔〔7〕煨。

寄君東閤閒蒸栗〔8〕，知我空堂坐畫灰〔9〕。約束家僮好
收拾，故山梨棗待翁來。

注釋：

〔1〕本詩題材爲贈答詩，體裁爲七言律詩（首句平起平收式），韻部
爲「平水韻」上平聲「十灰」韻。據宋人施元之《施注蘇詩》
謂此眞迹：臨川黃撥嘗刻於婺倅廳事，公自題其尾云：「元祐八
年十二月二十五日醉睡中作。」餾（liu，音遛）合，一種蒸飯
小甑，《玉篇》云：「餾，飯氣蒸也。」。刷瓶，不詳，當爲「涮
瓶」之誤，爲燙茶煨湯的矮鍋，與餾合均屬定瓷製品。子由，
蘇轍的字。

〔2〕摧頹，悲傷。

〔3〕宿火，隔夜之火，如晚唐詩人鄭綮云：「宿火焰爐灰」（《贈老僧》）。

〔4〕焙（bei，音被），用微火烘烤。

〔5〕甑（zeng，音贈），一種做飯的陶器。

〔6〕良，甚，很。具足，齊備。

〔7〕燔（fan，音繁），炙，烤。

〔8〕炰栗，典出杜甫詩：「山家炰栗暖」（《復至東屯》），炰（zheng，音蒸），用火烘烤。

〔9〕畫灰，典出中唐詩人白居易《送兄弟回雪夜》：「對雪畫寒灰」，另見蘇軾詩「坐撥寒灰聽雨聲」（《佺安節遠來夜坐》）。

全詩聲律格式（依中古音韻）：

仄平平仄仄平平，仄仄平平仄仄平。
仄仄仄平平仄仄，仄平平仄仄平平。

仄平平仄平平仄，平仄平平仄仄平。
平仄平平仄平仄，仄平平仄仄平平。

次韻劉燾撫勾蜜漬荔支〔1〕

時新滿座聞名字〔2〕，別久何人記色香〔3〕。葉似楊梅蒸霧雨，花如盧橘傲風霜〔4〕。

每憐蓴菜下鹽豉〔5〕，肯與蒲萄〔6〕壓酒漿。回首驚塵卷飛雪，詩情真合與君嘗〔7〕。

注釋：

〔1〕本詩題材爲詠物，體裁爲七言律詩（首句平起仄收式），韻部爲「平水韻」下平聲「七陽」韻。劉燾，字無言，長興（今浙江湖州市西北部）人。據《吳興掌故集》載：元祐三年東坡知貢舉，稱其文章典麗，遂中甲科。由善書，仕至秘閣修撰。所著

有《見南山集》五十卷。撫勾：官名的省稱。指管勾官，是安撫使的屬官。《職官分紀》云：「安撫使屬有管勾官，以知州及閣門祇候上充。」

〔2〕時新，應時的新異物品。典出《隋書・許善心傳》：「善心母范氏，梁太子中舍人之女，少寡養孤，博學有高節。高祖知之，尚食每獻時新，常遣分賜。」聞名字，聽說荔枝果實不同的品種名。據《荔支譜》載，荔枝「有陳家紫，江家綠，游家紫，藍家紅，何家紅，綠核圓丁香，虎皮，牛心，蚶殼，中元紅，玳瑁紅，十八娘，火山」等名，共三十二種。唐薛能《荔枝》詩云：「歲杪監州曾見樹，時新入座久聞名。」

〔3〕色香，荔枝的顏色香味。據《舊唐書・白居易》載：「居易在南賓郡，爲《木蓮荔枝圖》寄朝中親友，各記其狀。曰：『荔枝生巴峽間，若離本枝，一日而色變，二日而香變，三日而味變，四五日外，色香味盡去矣』」。

〔4〕「葉似」、「花如」兩句，此聯言荔枝花葉和楊梅盧橘的花葉一樣不怕雨霧風霜。白居易《荔枝圖記》載：「（荔枝）葉如桂，多青；花如橘，春榮。」《荔枝譜》載：「其花春生，薇白色。春雨之際，旁出新葉，色紅白。六七月，色變綠，此明年開花者也」。盧橘，批把。

〔5〕「每憐」句，此句言詩人很喜愛家鄉菜肴，也喜歡葡萄美酒。蓴（chun，音純）菜，水葵，可作羹。鹽豉（chi，音尺），豆豉，用鹽和豆製成，古代用作調味品。典出宋劉義慶《世說新語・言語》：「武子（王濟）前置數斛酪，指以示陸（機）曰：『卿江東何以敵此？』陸云：『有千里蓴羹，但未下鹽豉耳。』」憐，喜愛。

〔6〕蒲萄，即葡萄。

〔7〕「詩情」句，典出《北夢瑣言》，載薛能以文章自負，累出戎鎮，嘗郁郁歎惜，因有詩《謝淮南寄茶》云：「粗官乞與真拋卻，賴有詩情合得嘗。」

全詩聲律格式（依中古音韻）：

> 平平仄仄平平仄，仄仄平平仄仄平。
> 仄仄平平平仄仄，平平平仄仄平平。
> 仄平平仄仄平仄，仄仄平平平仄平。
> 平仄平平仄平仄，平平平仄仄平平。

送曾仲錫通判如京師〔1〕

邊城歲莫多風雪，強壓春醪〔2〕與君別。玉帳〔3〕夜談霜月苦，鐵騎曉出冰河裂。斷蓬飛葉卷黃沙〔4〕，只有千林鬃松花〔5〕。應為王孫朝上國，珠幢玉節與排衙。左援〔6〕公孝右孟博，我居其間嘯且諾。僕夫為我催歸來，要與北海春水爭先回。

注釋：

〔1〕本詩題材爲送別，體裁爲七言古風。通判，宋代地方官名。在知州下掌管糧運、家田、水利和訴訟等事項。

〔2〕春醪（lao 音勞），春酒。典出東晉陶淵明《停雲》詩：「靜寄東軒，春醪獨撫。」

〔3〕玉帳，指統軍主帥所居的帳幕，取如玉之堅的意思，典出北齊顏之推《觀我生賦》：「守金城之湯池，轉絳宮之玉帳。」

〔4〕「斷蓬」句，典出晚唐李商隱詩：「遠逐斷蓬飄。」

〔5〕鬃松花，北方夜寒，霧氣凝結在松枝上，形狀如花。

〔6〕援，拉。

立春日小集呈李端叔〔1〕

白髮已十載，青春無一堪。不驚新歲換，聊與故人談。

牛健民聲喜，鴉嬌〔2〕雪意酣。霏微〔3〕不到地，和暖要宜蠶。歲月斜川〔4〕似，風流曲水〔5〕慚。行吟老燕代〔6〕，坐睡夢江潭。丞掾〔7〕頗哀援，歌呼誰怕參。衰懷久灰槁，習氣尚饞貪。白啖本河朔，紅消真劍南〔8〕。辛盤得青韭，臘酒是黃柑〔9〕。歸臥燈殘帳，醒聞葉打庵。須煩李居士〔10〕，重說後三三〔11〕。

注釋：

〔1〕本詩題材爲贈答詩，體裁爲五言排律（首句仄起仄收式），韻部爲「平水韻」下平聲「十三覃」韻。集，集句，指創作排律。李端叔，名之儀（1038～1117），北宋詞人，字端叔，自號姑溪居士、姑溪老農。滄州無棣（今山東省慶雲縣）人。熙寧三年（1070）進士，哲宗元祐初爲樞密院編修官，通判原州。元祐末從蘇軾於定州幕府，朝夕唱酬。元符中監內香藥庫，御史石豫參劾他曾爲蘇軾幕僚，不可以任京官，被停職。

〔2〕鴉嬌，典出晚唐詩人杜牧詩：「碧池新漲浴嬌鴉」。（《街西長句》）

〔3〕霏微，雨雪飄落貌。

〔4〕斜川，地名，典出東晉田園詩人陶淵明《遊斜川詩自序》：「辛丑歲正月五日，天氣澄和，風物閒美，與二三鄰曲，同遊斜川」。

〔5〕曲水，即曲水流觴，眾人圍坐曲折的流水邊，以酒杯置水中，酒杯流到何人處，即由此人作詩，爲中國古代一種常見的文人雅集的遊樂方式，典出東晉玄言詩人王羲之《蘭亭集序》。

〔6〕燕代，燕地和代地，即作者所處之定州。

〔7〕丞掾（yuan，音願），州之屬官名。

〔8〕「白啖（dan，音但）」二句，據清人王文誥注：「白啖，或云荔支名也，未詳。紅消，梨名也」。（清・王文誥輯注，孔凡禮點

校：《蘇軾詩集》卷三十七）

〔9〕「辛盤」二句，據清人王文誥注：「故事，立春日作五辛盤。黃
　　柑以釀酒，乃洞庭春色也。」（清・王文誥輯注，孔凡禮點校：
　　《蘇軾詩集》卷三十七）

〔10〕居士，佛教中原指不剃度出家而在家持戒修行者，後泛指不出
　　仕做官的人，此稱李之儀。

〔11〕三三，典出《宗門統要》：「無著和尚遊五臺，到山下，遇一老
　　僧，問曰：『此間佛法如何？』住持僧曰：『凡聖同居，龍蛇混
　　雜。』又問曰：『多少眾？』老僧曰：『前三三，後三三』」。

全詩聲律格式（依中古音韻）：

　　仄仄仄仄仄，平平平仄平。
　　仄平平仄仄，平仄仄平平。

　　平仄平平仄，平平仄仄平。
　　平平仄仄仄，平仄仄平平。

　　仄仄平平仄，平平平仄平。
　　平平仄仄仄，仄仄仄平平。

　　平仄平平仄，平平平仄平。
　　平平仄平仄，仄仄仄平平。

　　仄仄仄平仄，平平平仄平。
　　平平仄仄仄，仄仄仄平平。

　　平仄平平仄，仄平仄仄平。
　　平平仄平仄，平仄仄平平。

次韻曾仲錫元日見寄 〔1〕

　　蕭索東風兩鬢華，年年幡勝剪宮花〔2〕。愁聞塞曲吹蘆管，
喜見春盤〔3〕得蓼芽〔4〕。

吾國舊供雲澤米，（蘇軾自注：定武齋酒用蘇州米。）君家新致〔5〕雪坑茶。（蘇軾自注：近得曾坑茶。）燕南〔6〕異事真堪記，三寸黃柑〔7〕擘〔8〕永嘉〔9〕。

注釋：

〔1〕本詩題材爲贈答詩，體裁爲七言律詩（首句仄起平收式），韻部爲「平水韻」下平聲「六麻」韻。元日，農曆正月初一。

〔2〕剪宮花，典出中唐詩人白居易詩：「宮花滿把獨相思。」（《禁中憶元九》）

〔3〕春盤，典出杜甫詩：「春日春盤細生菜」（《立春》）。

〔4〕蓼（liao，音聊），一種野菜，味辛辣。

〔5〕致，送達。

〔6〕燕南，燕地以南，指作者所處之定州。

〔7〕「三寸」句，典出杜甫詩：「三寸如黃金」（《阻雨不得歸瀼西柑林》）。

〔8〕擘（bo，音簸），掰開。

〔9〕永嘉，今浙江溫州。

全詩聲律格式（依中古音韻）：

　　　平仄平平仄仄平，平平平仄仄平平。
　　　平平仄仄平平仄，仄仄平平仄仄平。
　　　平仄仄平平仄仄，平平平仄仄平平。
　　　平平仄仄平平仄，平仄平平仄仄平。

子由生日，以檀香觀音像及新合印香銀篆盤爲壽〔1〕

　　旃檀婆律〔2〕海外芬，西山老臍柏所薰。香螺脫黶〔3〕來相群，能結縹緲〔4〕風中雲。一燈如螢起微焚，何時度盡繆

篆〔5〕紋。繚繞無窮合復分，綿綿浮空散氤氳〔6〕。東坡持是
壽卯君〔7〕，君少與我師皇墳。旁資老聃釋迦〔8〕文，共厄中
年點蠅蚊。晚遇斯須何足云，君方論道承華勳。我亦旗鼓嚴
中軍，國恩當報敢不勤。但願不為世所醺〔9〕，爾來白髮不可
耘。問君何時返鄉扮，收拾散亡理放紛。此心實與香俱爇，
聞思大士應已聞。

注釋：

〔1〕本詩題材為贈答詩，體裁為七言古風。子由，蘇轍的字。為壽，
　　　祝壽。

〔2〕旃（zhan 音黏）檀，又名檀香、白檀，是一種古老而又神秘的
　　　珍稀樹種，收藏價值極高。檀香木香味醇和，歷久彌香，素有
　　　「香料之王」之美譽。婆律，香名，即龍腦香，亦名冰片。

〔3〕黶（yan 音演），黑痣。

〔4〕縹緲，高遠隱約貌。

〔5〕繆篆，《音義》云：「繆篆，謂其文屈曲纏繞」。

〔6〕氤（yin 音因）氳（yun 音暈），指煙氣、煙雲彌漫的樣子；氣
　　　或光混合動蕩的樣子。

〔7〕卯君，王注次公曰：「卯君，子由也。」

〔8〕老聃，指老子。釋迦，指釋迦牟尼。

〔9〕醺（xun 音熏），薰染。

次韻李端叔送保倅翟安常赴闕，兼寄子由〔1〕

　　　中山保塞〔2〕兩窮〔3〕邊，臥治雍容〔4〕已百年。顧我迂
〔5〕愚分竹使〔6〕，與君談笑用蒲鞭〔7〕。

　　　松荒三徑思元亮〔8〕，草合平池憶惠連〔9〕。白髮歸心憑

說與，古來誰似兩疏賢。

注釋：

〔1〕本詩題材爲贈答詩，體裁爲七言律詩（首句平起平收式），韻部
爲「平水韻」下平聲「一先」韻。倅（cui，音翠），倅貳，輔
佐的官。闕，宮闕，指京城。子由，蘇轍的字。

〔2〕中山，指定州，爲戰國及漢代之中山國舊地。保塞，北宋所置
保塞軍，今河北保定，元代馬端臨《文獻通考》云：「保州，本
唐莫州清苑縣地，宋初置保塞軍，太平興國中，升爲州」。

〔3〕窮，極。

〔4〕雍容，從容不迫。

〔5〕迂，迂腐。

〔6〕竹使，即竹使符，漢時竹製的信符，典出《漢書・文帝紀》：「初
與郡守爲銅虎符、竹使符。」後泛指地方官吏的印符。

〔7〕蒲鞭，即「蒲鞭示辱」，寬以責人，對有過錯的人用蒲做的鞭子
抽打，只是爲了使他感到羞恥，並不使他皮肉受苦。舊時用於
宣揚官吏的所謂寬仁。典出《後漢書・劉寬傳》：「吏人有過，
但以蒲鞭罰之，示辱而已，終不加苦。」

〔8〕元亮，東晉田園詩人陶淵明的字。

〔9〕惠連，指南朝山水著名詩人謝惠連，與謝靈運、謝朓並稱「三
謝」。《南史》卷十九《謝惠連傳》載：「惠連，年十歲能屬文，
族兄靈運嘉賞之，云『每有篇章，對惠連輒得佳語。』嘗於永
嘉西堂思詩，竟日不就，忽夢見惠連，即得『池塘生春草』，大
以爲工」。

全詩聲律格式（依中古音韻）：

平平仄仄仄平平，仄仄平平仄仄平。
仄仄平平平仄仄，仄平平仄仄平平。

平平平仄平平仄，仄仄平平仄仄平。
仄仄平平平仄仄，仄平平仄仄平平。

中山松醪寄雄州守王引進〔1〕

鬱鬱蒼髯千歲姿〔2〕，肯來杯酒作兒嬉。流芳不待龜巢葉，
（蘇軾自注：唐人以荷葉爲酒杯，謂之碧筒酒。）掃白聊煩鶴踏枝
〔3〕。醉裏便成敧〔4〕雪舞，醒時與作嘯風辭。馬軍走送非無
意〔5〕，玉帳〔6〕人閒合有詩。

注釋：

〔1〕本詩題材爲贈答詩，體裁爲七言律詩（首句仄起平收式），韻部
　　爲「平水韻」上平聲「四支」韻。中山松醪，即中山松醪酒，
　　爲蘇軾到定州任後取松枝配以黍麥所親釀，醪，指汁滓混合的
　　酒，參見蘇軾《中山松醪賦》。雄州，今河北雄縣。

〔2〕「郁郁」句，形容製中山松醪酒所需之松樹貌，見《中山松醪
　　賦》：「歎幽姿之獨高」。

〔3〕鶴踏枝，據清人王文誥注：「鶴踏枝，言松也。古詩云：『勠枝
　　鶴踏消』」。（清・王文誥輯注，孔凡禮點校：《蘇軾詩集》卷三
　　十七）

〔4〕敧（qi，音奇），傾斜。

〔5〕「馬軍」句，典出杜甫詩：「鳴鞭走送憐漁父，洗盞開嘗對馬
　　軍。」（《謝嚴中丞送青城山道士乳酒一瓶》）

〔6〕玉帳，指統軍主帥所居的帳幕，取如玉之堅的意思。

全詩聲律格式（依中古音韻）：

　　仄仄平平平仄平，仄平平仄仄平平。
　　平平仄仄平平仄，仄仄平平仄仄平。

仄仄仄平平仄仄，仄平仄仄仄平平。
仄平仄仄平平仄，仄仄平平仄仄平。

次韻李端叔謝送牛戩《鴛鴦竹石圖》〔1〕

聞君談西戎〔2〕，廢食忘早晚。王師本不陣，賊壘何足剗〔3〕。守邊在得士〔4〕，此語要而簡。知君論將口，似我識畫眼。笑指塵壁間，此是老牛戩。平生師衛玠〔5〕，非意常理遣。訴君定何人，未用市朝顯。置之勿復道，世俗固多舛〔6〕。歸去亦何須，單車渡殽澠〔7〕。如蟲得羽化，已脫安用繭。家書空萬軸，涼曝困舒卷。念當掃長物，閉息默自煖。此畫聊付君，幽處得小展。新詩勿縱筆，群吠驚邑犬。時來未可知，妙斫待輪扁〔8〕。

注釋：

〔1〕本詩題材爲贈答詩，體裁爲五言古風。牛戩，宋代道士，字受禧，河南人，一作河內（今河南沁陽）人，又作修開（今河南修武）人。居本郡注生觀。貌古性野，不修人事，尤好畫，師劉永年，柘棘筆墨豪放，所長者破毛之禽，與寒雉、野鴨。

〔2〕西戎，西方少數民族，當指西夏。

〔3〕剗（chan 音鏟），削去、鏟平。

〔4〕得士，典出《史記・滑稽列傳》：「得士者強，失士者亡」。

〔5〕衛玠，西晉著名玄學家，清談名士，中國古代著名美男子，有「看殺衛玠」一語。《音義》云：「繆篆，謂其文屈曲纏繞」。

〔6〕舛（chuan 音喘），相違背、錯亂。

〔7〕殽澠，殽山、澠池。

〔8〕斫，砍。輪扁，典出《莊子・天道篇》，輪扁擅長造車輪，知道重在實踐和感受，單靠語言不能傳授造輪的技術。

次韻聰上人見寄〔1〕

　　前身本同社〔2〕，宿業〔3〕獨臨邊。一悟鏡空〔4〕老，始知圓澤〔5〕賢。

　　歸心忘犢佩〔6〕，生術寄羊鞭。　不似歐陽子，空留六一泉〔7〕。

注釋：

〔1〕本詩題材爲贈答詩，體裁爲五言律詩（首句平起仄收式），韻部爲「平水韻」下平聲「一先」韻。上人，古代對高僧大德的尊稱。詩題一作《次韻聞復上人》。

〔2〕社，即白蓮社，由東晉高僧慧遠所創的僧人居士群體。如中唐詩人韓愈詩云：「願爲同社人」。（《南溪始泛》其二）

〔3〕宿業，舊日的業障，爲佛教術語。

〔4〕鏡空，典出《高僧傳》：「洛陽香山寺僧名鏡空，遊錢塘，至孤山寺西，餒甚，因臨流出涕。俄有一梵僧顧謂空曰：『頗悟講《法華》於同德寺乎？』空莫測其由。僧曰：『子應爲饑火所燒，不暇憶故事。』乃探囊出一大棗，如拳許，曰：『吾國所產。食之者，上智知過去未來事，下智止知前生。』空因啖之，掬泉而飲，枕石而寢，頃刻乃悟，盡記前生事如昨日焉。」

〔5〕圓澤，典出唐代袁郊《甘澤謠》：「唐李源與圓澤善，圓澤將亡，約十二年後杭州相見。源後詣杭州赴約，有牧童歌曰：『三生石上舊精魂，賞月吟風不要論；慚愧情人遠相訪，此身雖異性常存。』」

〔6〕犢佩，即「佩犢」，典出《漢書・循吏傳・龔遂傳》：「遂見齊俗奢侈，好末技，不田作，乃躬率以儉約，勤民務農桑，……民有帶持刀劍者，使賣劍買牛，賣刀買犢，曰：『何爲帶牛佩犢！』」後因以「佩犢」喻棄官務農。

〔7〕六一，指北宋著名詩人歐陽修，晚年自號六一居士，曰：「吾
　　《集古錄》一千卷，藏書一萬卷，有琴一張，有棋一局，而常
　　置酒一壺，吾老於其間，是爲六一」。（《三朝言行錄》）曾爲蘇
　　軾科舉登第之主考官。據清人王文誥注：「歐陽永叔雖不到杭
　　州，而惠勤師思之，因所居有甘泉湧出，遂名之曰六一泉」。
　　（清·王文誥輯注，孔凡禮點校：《蘇軾詩集》卷三十七）

全詩聲律格式（依中古音韻）：

　　平平仄平仄，仄仄仄平平。
　　仄仄仄平仄，仄平平仄平。

　　平平仄平仄，平仄仄平平。
　　仄仄平平仄，平平平仄平。

次韻王雄州還朝留別〔1〕

　　老李威名八十年〔2〕，壁間精悍見遺顏。自聞出守風流似，
稍覺承平氣象還。

　　但遣詩人歌《杕杜》〔3〕，不妨侍女唱《陽關》〔4〕。內朝
接武〔5〕知何日，白髮羞歸供奉班。

注釋：

〔1〕本詩題材爲贈答詩，體裁爲五言律詩（首句仄起平收式），韻部
　　爲「平水韻」下平聲「一先」韻。王雄州，即前詩所提之雄州
　　守王引進。

〔2〕「老李」句，據清人王文誥注：「老李，指言李允則也。景德二
　　年正月，眞宗以契丹初和，易置守將，選知雄州。自景德二年
　　至元祐八年，則八九十年也。」（清·王文誥輯注，孔凡禮點校：
　　《蘇軾詩集》卷三十七）

〔3〕《杕（di，音第）杜》，《詩經》中的一篇，內容爲朝廷慰勞征戍
　　凱旋而歸者，見《小雅・杕杜》。

〔4〕《陽關》，即名曲《陽關三疊》（詩題爲《送元二使安西》，爲盛
　　唐著名詩人王維所作之送別詩名篇）。

〔5〕接武，指足迹前後相接，形容大臣上朝時細步徐行，典出《禮
　　記・曲禮上》：「堂上接武，堂下步武。」

全詩聲律格式（依中古音韻）：

仄仄平平仄仄平，仄平平仄仄平平。

仄平仄仄平平仄，平仄平平仄仄平。

仄仄平平平仄仄，仄平仄仄仄平平。

仄平仄仄平平仄，仄仄平平仄仄平。

三月二十日多葉杏盛開〔1〕

　　零露泫〔2〕月蕊，溫風散晴葩〔3〕。春工了不睡，連夜開
此花。芳心誰剪刻，天質自清華。惱客香有無〔4〕，弄妝影橫
斜。中山古戰國〔5〕，殺氣浮高牙。叢臺餘袨服〔6〕，易水雄
悲笳〔7〕。自從此花開，玉肌洗塵沙。坐令游俠窟，化作溫柔
家。我老念江海，不飲空咨嗟〔8〕。明年花開時，舉酒望三巴
〔9〕。（蘇軾自注：蓋欲請梓州而歸也。）

注釋：

〔1〕本詩題材爲即景詩，體裁爲五言古風。

〔2〕泫（xuan 音炫），水珠下淌貌。

〔3〕葩（pa 音趴），花。

〔4〕「惱客」句，典出杜甫《江畔獨步尋花七絕句七首》其一：「江
　　上被花惱不徹」。

〔5〕「中山」句，典出《太平寰宇記》：「定州，戰國時爲中山國」。

〔6〕袨服，盛裝。

〔7〕「易水」句，用荊軻刺秦於易水辭別典，見於《史記‧刺客列傳》。

〔8〕咨嗟，慨歎。

〔9〕三巴，指巴郡、巴東、巴西。典出《三巴記》：「閬水東南流，曲折三曲，如巴字。」

三月二十日開園三首 〔1〕

其一〔2〕

雪髯霜鬢語倉獰〔3〕，滄蕩園林取次〔4〕行。

要識將軍不凡意，從來只啜〔4〕小人羹。（蘇軾自注：是日散父老酒食。）

其二〔5〕

西園牡籥〔6〕夜沉沉，尚有遊人臥柳陰。

鶴睡覺〔7〕時風露下，落花飛絮滿衣襟。

其三〔7〕

郁郁蒼髯真道友，絲絲紅蕚〔8〕是鄉人。

（蘇軾自注：蒼髯，松也。紅蕚，海棠也。）

何時翠竹江村路，送我柴門月色新。

注釋：

〔1〕本詩題材爲即事組詩，據詩題，當作於哲宗紹聖元年（1094）三月。體裁爲五言律詩（首句仄起平收式），韻部爲「平水韻」下平聲「八庚」韻。

〔2〕本詩體裁爲七言絕句（首句平起平收式），韻部爲「平水韻」下平聲「一先」韻。

〔3〕傖（cang，音蒼）獰，粗俗。

〔4〕取次，取道。

〔5〕啜（chuo，音綽），嘗。

〔5〕本詩體裁爲七言絕句（首句平起平收式），韻部爲「平水韻」下
　　平聲「十二侵」韻。

〔6〕籥（yue，音月），中國古代一種管樂器。

〔7〕覺（jue，音決），睡醒。

〔7〕本詩體裁爲七言絕句（首句仄起仄收式），韻部爲「平水韻」上
　　平聲「十一眞」韻。

〔8〕萼，花萼。

全詩聲律格式（依中古音韻）：

　其一

　　仄平平仄仄平平，仄仄平平仄仄平。

　　仄仄平平仄平仄，平平仄仄仄平平。

　其二

　　平平仄仄仄平平，仄仄平平仄仄平。

　　仄仄平平平仄仄，仄平平仄仄平平。

　其三

　　仄仄平平平仄仄，平平仄仄仄平平。

　　平平仄仄平平仄，仄仄平平仄仄平。

次韻王雄州送侍其涇州 〔1〕

　　威聲又數中興年，二虜行當一矢〔2〕聯。聞道名城得眞
將，故應驚羽〔3〕落空弦〔4〕。追鋒歸去雄三衞〔5〕，授鉞〔6〕
重來定十連〔7〕。別酒回頭便陳蹟，號呶〔8〕端合發初筵。

注釋：

〔1〕本詩題材爲贈答詩，體裁爲七言律詩（首句平起平收式），韻部爲「平水韻」下平聲「一先」韻。王雄州，即前詩所提之雄州守王引進。涇州，今甘肅涇川西北涇河北岸。

〔2〕矢（shi，音史），箭。

〔3〕羽，羽箭。

〔4〕空弦，即「空弦落雁」，典出《戰國策·楚策四》：「雁從東方來，更羸以虛發而下之。魏王曰：『然則射可至此乎？』更羸曰：『此孽也。』王曰：『先生何以知之？』對曰：『其飛徐而鳴悲。飛徐者，故瘡痛也；鳴悲者，久失群也，故瘡未息而驚心未去也。』」後來的成語「驚弓之鳥」即出自此典。

〔5〕三衛，據清人王文誥注：「神宗時官制，有左右執金吾衛，有左右衛，有諸衛，是三也。」（清·王文誥輯注，孔凡禮點校：《蘇軾詩集》卷三十七）。

〔6〕鉞（yue，音月），中國古代一種類似斧的兵器。

〔7〕十連，典出《禮記·王制》：「十國以爲連，連有帥」。

〔8〕「號呶」句，典出《詩經·雅·賓之初筵》：「賓既醉止，載號載呶」。呶（nao，音撓），喧嘩。

全詩聲律格式（依中古音韻）：

　　平平仄仄仄平平，仄仄平平仄仄平。
　　平仄平平仄平仄，仄平平仄仄平平。

　　平平平仄平平仄，仄仄平平仄仄平。
　　仄仄平平仄平仄，平平平仄仄平平。

雪浪石盆銘 〔1〕（一作雪浪齋銘並引）

　　予於中山後圃〔2〕得黑石，白脈〔3〕，如蜀孫位、孫知微

〔4〕所畫石間奔流，盡水之變。又得白石曲陽〔5〕，爲大盆以盛之，激水其上，名其室曰雪浪齋云。

　　盡水之變蜀兩孫，與不傳者歸九原〔6〕。異哉駁石雪浪翻，石中乃有此理存。玉井芙蓉丈八盆〔7〕，伏流飛空漱〔8〕其根，東坡作銘豈多言，四月辛酉紹聖元〔9〕。

注釋：

〔1〕本詩題材爲詠物詩，體裁爲七言古風。

〔2〕圃，菜園。

〔3〕白脈，白色紋理。

〔4〕孫位，唐代畫家，初名位，後傳說遇異人，而改名遇，一作異。擅畫人物、松石、墨竹及佛道，尤以畫水著名。筆力雄壯，不以著色爲上。傳世作品有《高逸圖》。孫知微，北宋時期畫家，眉州彭山人，專擅長人物畫。

〔5〕曲陽，今保定西南曲陽縣，北宋時屬定州管轄。「中山」句，典出《太平寰宇記》：「定州，戰國時爲中山國」。

〔6〕九原，指墓地。典出南朝宋鮑照《松柏篇》：「永離九原親，長與三辰隔。」。

〔7〕「玉井」句，形容盛裝雪浪石之曲陽白石盆形狀。

〔8〕漱（shu 音樹），沖刷、沖蕩。

〔9〕紹聖元，指紹聖元年，北宋哲宗年號，公元 1094 年。

臨城道中作（並引）〔1〕

　　予初赴中山，連日風埃，未嘗了了〔2〕見太行也。今將適〔3〕嶺表〔4〕，頗以是爲恨〔5〕。過臨城、內丘〔6〕，天氣忽清徹，西望太行，草木可數，岡巒北走，崖谷秀傑。忽悟歎曰：吾南遷其速返乎，退之衡山之祥〔7〕也。書以付邁〔8〕，

使誌〔9〕之。

逐客〔10〕何人著眼看，太行千里送征鞍。
未應愚谷能留柳〔11〕，可獨衡山解識韓。

注釋：

〔1〕本詩題材爲即景詩，體裁爲七言絕句（首句仄起平收式），韻部爲「平水韻」上平聲「十四寒」韻。

〔2〕了了，清晰。

〔3〕適，到……去。

〔4〕嶺表，嶺外，嶺南，蘇軾於紹聖元年（1094）四月，被貶爲承議郎、遠知英州（今廣東英德）。

〔5〕恨，遺憾。

〔6〕臨城，今河北臨城縣。內丘，今河北內丘縣。

〔7〕退之，中唐詩人韓愈的字。衡山之祥，指韓愈從貶所北還，路經衡山，天氣由陰轉晴。

〔8〕邁，指蘇軾長子蘇邁。

〔9〕誌，記。

〔10〕逐客，被貶謫放逐之人，作者自指。

〔11〕愚谷，愚溪谷，地名，在今湖南永州。柳，指中唐詩人柳宗元，曾被貶爲永州司馬，居愚溪谷，見其《愚溪詩序》：「余以愚觸罪，謫瀟水上。愛是溪，入二三里，得其尤絕者家焉。古有愚公谷，今余家是溪，而名莫能定，士之居者，猶斷斷然，不可以不更也，故更之爲愚溪」。

全詩聲律格式（依中古音韻）：

仄仄平平仄仄平，仄平平仄仄平平。

仄平平仄平平仄，仄仄平平仄仄平。

被命南遷，途中寄定武同僚〔1〕

　　人事千頭〔2〕及萬頭，得時何喜失時憂。只知紫綬〔3〕三公〔4〕貴，不覺黃粱一夢〔5〕遊。適見恩綸臨定武〔6〕，忽遭分職赴英州〔7〕。南行若到江干〔8〕側，休宿潯陽〔9〕舊酒樓。

注釋：

〔1〕本詩題材爲即事詩，體裁爲七言律詩（首句仄起平收式），韻部爲「平水韻」下平聲「十一尤」韻。定武，即定州，另見蘇軾《與楊濟甫書》：「受命出帥定武」。

〔2〕頭，頭緒。

〔3〕紫綬，紫色綬帶，爲最高官階所佩帶。

〔4〕三公，輔佐皇帝的大臣之最高官階，唐宋時爲太尉、司徒、司空。

〔5〕黃粱一夢，出自唐沈既濟之傳奇小說《枕中記》，民間傳說故事，神仙呂洞賓以青磁枕點化落第文人盧生，夢中出將入相，夢醒後，黃粱飯尚未熟。

〔6〕適，剛剛。恩綸（lun，音輪），指皇帝的詔令，指哲宗不久前派人到定州「賜曆日」、「賜衣襖」（參見蘇軾《謝賜曆日表》、《謝賜衣襖表》）。

〔7〕「忽遭」句，指紹聖元年（1094）閏四月，詔蘇軾落端明殿學士兼翰林侍讀學士，罷定州任，即「忽遭分職」，以承議郎遠知英州（今廣東英德）。

〔8〕干，水邊。

〔9〕潯陽，今江西九江，中唐詩人白居易舊日貶所。

全詩聲律格式（依中古音韻）：

　　平仄平平仄仄平，仄平平仄仄平平。

仄平仄仄平平仄，仄仄平平仄仄平。

仄仄平平平仄仄，平平平仄仄平平。

平平仄仄平平仄，平仄平平仄仄平。

行香子・述懷〔1〕

清夜無塵，月色如銀。酒斟時，須滿十分〔2〕。浮名浮利，虛苦勞神。歎隙中駒，石中火，夢中身〔3〕。

雖抱文章，開口誰親。且陶陶〔4〕，樂盡天真，幾時歸去，作個閒人。對一張琴，一壺酒，一溪雲。

注釋：

〔1〕本詩題材爲即事詞，體裁爲雙調詞。行香子，據宋人程大昌《演繁露》考證，「行香」即佛教徒行道燒香。調名本此。平韻雙調，六十六字，始見《東坡詞》，前段八句五平韻，後段八句三平韻。此調短句多，上下片結尾以一字領三個三言句，前人在句中這一字常用相同的字，尤爲別致。音節頗流轉悅耳。

〔2〕十分：古代盛酒器。形如船，內藏風帆十幅。酒滿一分則一帆舉，十分爲全滿。

〔3〕「歎隙中」三句：感歎人生短促，如快馬馳過隙縫，擊石迸出的火花，睡夢中的經歷。隙中駒，典出《莊子・知北遊》：「人生天地之間，若白駒之過隙，忽然而已」。石中火，典出漢古樂府「鑿石見火能幾時」及中唐詩人白居易《對酒》：「石火光中寄此身」。夢中身，典出《莊子・齊物論》：「方其夢也，不知其夢也，夢之中又占其夢焉，覺而後知其夢也；且有大覺而後知此其大夢也，而愚者自以爲覺」。

〔4〕陶陶，典出《詩經・王風・君子陽》：「君子陶陶，……其樂只且」。

中山松醪賦〔1〕

　　始余宵濟於衡漳〔2〕，東徒涉而夜號。燧松明〔3〕而識淺，散星宿於亭皋〔4〕。鬱風中之香霧，若訴余以不遭。豈千歲之妙質，而死斤斧〔5〕於鴻毛？效區區之存明，曾何異於束蒿。爛文章之糾纏，驚節解而流膏。嗟構廈其已遠，尚藥石而可曹。收薄用於桑榆，製中山之松醪。救爾灰燼之中，免爾螢爝〔6〕之勞。取通明於盤錯〔7〕，出肪澤於煎熬。與黍麥而皆熟，沸春聲之嘈嘈。味甘餘而小苦，歎幽姿之獨高。知甘酸之易壞，笑梁州之蒲萄〔8〕。似玉池之生肥，非內府之蒸羔。酌以癭藤之紋樽，薦以石蟹〔9〕之霜螯〔10〕。曾日飲其幾何，覺天刑之可逃。投拄杖而起行罷兒童之抑搔。望西山之咫尺，欲褰裳〔11〕以遊遨。跨超峰之奔鹿，接掛壁之飛猱。遂從此而入海，渺翻天之雲濤。使夫嵇阮之倫〔12〕，與八仙之群豪，或騎麟而翳風，爭榼〔13〕挈而瓢操。顛倒白綸巾，淋漓宮錦袍；追東坡而不可及，歸人餔啜其醨〔14〕糟〔15〕。漱松風於齒牙，猶足以賦《遠遊》而續《離騷》也。

注釋：

〔1〕本篇題材爲詠物賦，體裁爲宋代散體文賦，其自題云：「紹聖元年閏四月廿一日，將適嶺表，遇大雨，留襄邑，書此」。爲蘇軾離任赴惠州途中，爲其就任定州知州期間所釀中山松醪酒而作的賦。其紹聖二年（1095）所作之《偃松屛贊（並引）》亦云：「余爲中山守，始食北嶽松膏，爲天下冠。」

〔2〕衡漳：古水名。即漳水。

〔3〕松明：山松多油脂，劈成細條，燃以照明，叫松明。

〔4〕亭皋：亦作「亭皋」。水邊的平地。

〔5〕斤斧：指斧頭。

〔6〕螢，螢火；爝，燭光。謂微弱的光。常作能力薄弱的謙詞。

〔7〕盤錯：本書指彎曲盤結的樹根。盤，曲折不直。錯，紋理不順。盤錯用以比喻複雜難辦的事。

〔8〕蒲萄：即指葡萄。

〔9〕石蟹：溪蟹的俗稱。產溪澗石穴中，體小殼堅。

〔10〕霜螯：蟹到霜降季節才肥美，故稱。螯，蟹螯。

〔11〕褰裳：撩起下裳。

〔12〕嵇、阮之倫：嵇阮是晉朝竹林七賢中的嵇康和阮籍二人。

〔13〕榼（kē）：盛酒的器具。

〔14〕醨（lí）：薄酒。

〔15〕糟：做酒剩下的渣子：酒糟。

下　編　蘇軾研究論稿

一、試論蘇軾對於杜詩的藝術批評與接受[※]

　　北宋「元祐」文壇領袖、著名詩人、詞人蘇軾，十分注重對於前代文學傳統的繼承與發揚，特別是對唐代大詩人、「詩聖」杜甫的作品，從藝術角度做了許多詩學批評，並首倡杜詩「集大成」說；並且，蘇軾還在其詩詞創作實踐中，通過借鑒杜詩表現手法、化用杜詩語典等方式，學習杜詩藝術；以下分而述之。

一、「集大成」說的提出

　　蘇軾對於杜詩的藝術批評很多，如其作《書唐氏六家書後一首》詩云：「杜子美詩，格力天縱，奄有漢、魏、晉、宋以來風流。」〔註1〕指出杜甫詩才縱橫，足以掩蓋前代詩壇名家之風流，足見其對杜詩的推崇。其《評七言麗句》：「七言之偉麗者，杜子美云：『旌旗日暖龍蛇動，宮殿風微燕雀高』、『五更曉角聲悲壯，三峽星河影動搖』爾後寂寥無聞焉。」〔註2〕從杜詩創作實踐角度，列舉其雄豪偉麗之句，

※　注：本文曾刊發於《蘇軾研究》，2010 年第 4 期。
〔註1〕宋・蘇軾著，孔凡禮點校：《蘇軾文集》〔M〕，北京：中華書局，1986年版，頁 2206。
〔註2〕宋・蘇軾著，孔凡禮點校：《蘇軾文集》〔M〕，北京：中華書局，1986年版，頁 2143。

作為七言麗句之典範。並稱：「子美詩，備諸家體」(《辨杜子美杜鵑詩》) [註3]，指出杜詩所具備的多樣化藝術風格……

在蘇軾的杜詩藝術批評中，更富有詩學價值的是，他首倡杜詩「集大成」說，「集大成」，本為孟子稱頌儒家學派創始人孔子之語，出自《孟子‧萬章下》：「孔子之謂集大成」 [註4]，指集前聖先賢之所長，成之於己身；而關於杜詩為中國古典詩歌藝術之「集大成」者的最早評述，應該要上溯至中唐時期，詩人元稹所作的《唐故檢校工部員外郎杜君墓係銘並序》，原文如下：

> 余讀詩至杜子美，而知大小之有所總萃焉。……至於子美，蓋所謂上薄風騷，下該沈宋，言奪蘇李，氣吞曹劉，掩顏謝之孤高，雜徐庾之流麗，盡得古今之體勢，而兼人人之所獨專矣。使仲尼鍛其旨要，尚不知貴，其多乎哉。苟以其能所不能，無可無不可，則詩人以來，未有如子美者。 [註5]

指出杜詩兼集前輩詩人名家之所長的藝術魅力，自有詩人以來，可謂空前；雖未明言，而「集大成」之意，已然呼之欲出。

至北宋，陳師道《後山詩話》中，更有兩處記載蘇軾之語——「蘇子瞻云：『子美之詩，退之之文，魯公之書，皆集大成者也』」，「子瞻謂杜詩、韓文、顏書、左史，皆集大成者也。」 [註6] 可見，蘇軾乃為杜詩「集大成」說的首倡者。而其弟子、「蘇門四學士」之一的秦觀，則在其《淮海集》卷二十二，著有《韓愈論》曰：

> 杜子美之於詩，實積眾流之長，適當其時而已。昔蘇武、李陵之詩長於高妙；曹植、劉公於之詩長於豪逸；陶

〔註3〕宋‧蘇軾著，孔凡禮點校：《蘇軾文集》〔M〕，北京：中華書局，1986年版，頁2100。

〔註4〕李學勤：《十三經注疏（標點本）》〔M〕，北京：北京大學出版社，1999年版，頁269。

〔註5〕唐‧元稹：《元稹集》〔M〕，北京：中華書局，1982年版，頁600～601。

〔註6〕清‧何文煥：《歷代詩話》〔M〕，北京：中華書局，1981年版，頁303～309。

潛、阮籍之詩長於藻麗；於是子美者，窮高妙之格，極豪
逸之氣，包沖澹之趣，兼峻潔之姿，備藻麗之態，而諸家
之作所不及焉。然不集諸家之長，子美亦不能獨至於斯也，
豈非適當其時故耶？《孟子》曰：「伯夷，聖之清者也。伊
尹，聖之任者也。柳下惠，聖之和者也。孔子，聖之時者
也。孔子之所謂集大成。」嗚呼！子美亦集詩之大成者歟？」
〔註7〕

則繼承其師蘇軾之論，更加具體而詳盡地論述了杜詩藝術「集大成」
說的內涵──「積眾流之長，適當其時」；可見，經過蘇門師生的先
後評述，杜詩「集大成」說，最終得以定型。

二、蘇軾詩、詞中化用杜典

　　蘇軾多在其詩文中對善學杜詩者大加讚賞，如《次韻孔毅父集
古人句見贈五首》其三云：「天下幾人學杜甫，誰得其皮與其骨？
劃如太華當我前，跛牂欲上驚嶒崒。名章俊語紛交衡，無人巧會當
時情。前生子美只君是，信手拈得俱天成」〔註8〕；其《書石曼卿
詩筆後》亦稱引范仲淹《祭曼卿文》語曰：「曼卿之詩，氣豪而奇，
大愛杜甫，酷能似之」〔註9〕，稱美孔毅父、石曼卿能學杜甫而似
之，足見其心目中每以杜詩爲詩學標杆。並且，蘇軾本人在其詩歌
創作中，以杜詩爲詩學榜樣，加以模學，宋人詩話中對此亦多有評
述──

　　北宋王直方《歸叟詩文發源》云：「『讀書頭欲白，相對終眼青』。
『身更萬事頭已白，相對百年終眼青』。『看鏡白頭知我老，平生青眼
爲君明』。『古人相見尙青眼，新貴即今多白頭』。『江山萬里將頭白，

〔註7〕　徐培均：《淮海集箋注》〔M〕，上海：上海古籍出版社，1994 年版，
　　　　頁 751～752。
〔註8〕　吳文治：《宋詩話全編》〔M〕，南京：江蘇古籍出版社，1998 年版，
　　　　頁 854。
〔註9〕　吳文治：《宋詩話全編》〔M〕，南京：江蘇古籍出版社，1998 年版，
　　　　頁 822。

骨肉十年終眼青』。『白頭逢國士，青眼酒樽開』。此坡、谷所爲也。
其用『青眼』對『白頭』者非一，而工拙亦各有差耳。老杜亦云：『別
來頭並白，相見終眼青』。」〔註10〕

　　則列舉蘇軾、黃庭堅創作中總共六例「頭白」對「眼青」的詩聯，
指出其所用語典，皆出自杜甫長篇五排《秦州見敕目，薛三璩授司議
郎，畢四曜除監察，與二子有故，遠喜遷官，兼述索居，凡三十韻》
中的「別來頭並白，相見終眼青」之句，由此亦足見以蘇、黃爲代表
的宋代詩人，使用杜詩語典之頻繁。南宋胡仔《苕溪漁隱叢話》前集
卷四十一載：「苕溪漁隱曰：東坡詩云：『圖書跌宕悲年老，燈火青熒
語夜深。』山谷詩云：『弓刀陌上望行色，兒女燈前語夜深。』蓋皆
出於老杜『廚人語夜闌』之意。」〔註11〕也指出蘇、黃同用杜甫五律
《移居公安山館》頷聯之語意。

　　南宋張戒《歲寒堂詩話》卷上稱：「杜子美《登慈恩寺塔》云：
『回首叫虞舜，蒼梧雲正愁。惜哉瑤池飲，日宴崑崙丘。』此但方
言其窮高極遠之趣爾，南及蒼梧，西及崑崙，然而叫虞舜，惜瑤池，
不爲無意也。《白帝城最高樓》云：『扶桑西枝對斷石，弱水東影隨
長注。』使後來作者如何措手？東坡《登常山絕頂廣麗亭》云：『西
望穆陵關，東望琅邪臺。南望九仙山，北望空飛埃。相將叫虞舜，
遂欲歸蓬萊。』襲子美已陳之迹，而不逮遠甚。」〔註12〕指出蘇軾
登臨詩，化用杜甫同類詩作之語意，然襲其舊語，未能出新，故「不
逮遠甚」。

　　南宋周必大《二老堂詩話》「東坡寒碧軒詩」條：「蘇文忠公詩，
初若豪邁天成，其實關鍵甚密。再來杭州《壽星院寒碧軒》詩，……

〔註10〕張忠綱：《杜甫詩話六種校注》〔M〕，濟南：齊魯書社，2002 年版，
　　　　頁 44～45。
〔註11〕宋‧胡仔：《苕溪漁隱叢話》前集〔M〕，北京：人民文學出版社，
　　　　1962 年版，頁 279。
〔註12〕丁福保：《歷代詩話續編》〔M〕，北京：中華書局，1983 年版，頁
　　　　456～457。

第五句『日高山蟬抱葉響。』頗似無意，而杜詩云：『抱葉寒蟬靜』並葉言之，寒亦在其中矣。」〔註13〕指出蘇詩中詠蟬之句，頗類杜甫《秦州雜詩二十首》其四中句，然不及杜詩句意內涵豐厚。

　　胡仔《苕溪漁隱叢話》後集卷二十六載：「苕溪漁隱曰：《送小本禪師赴法雲》云：『是身如浮雲，安得限南北。』此二句乃老杜《別贊上人詩》中全語，豈偶然用之邪？」〔註14〕以蘇詩襲用杜詩一聯全語之例，驗證其乃有意爲之。

　　其書前集卷九亦載：「《高齋詩話》云：子美詩云：『兩個黃鸝鳴翠柳，一行白鷺上青天，窗含西嶺千秋雪，門泊東吳萬里船。』東坡《題眞州范氏溪堂詩》云：『白水滿時雙鷺下，綠槐高處一蟬吟，酒醒門外三竿日，臥看溪南十畝陰。』蓋用老杜詩意也。」〔註15〕

　　指出蘇軾甚至化用杜甫《絕句四首》其三全篇語意而成詩，更能表明其創作中善用杜詩語典的傾向。

　　南宋楊萬里《誠齋詩話》云：「詩家用古人語，而不用其意，最爲妙法。……老杜有詩云：『忽憶往時秋井塌，古人白骨生青苔，如何不飲令心哀。』東坡則云：『何須更待秋井塌，見人白骨方銜杯。』此皆翻案法也。予友人安福劉濬字景明，《重陽詩》云：『不用茱萸仔細看，管取明年各強健。』得此法矣。」〔註16〕則以蘇軾《次韻孔毅甫久旱已而甚雨三首》其三末聯，反用杜甫《蘇端薛復筵簡薛華醉歌》詩語典，以及劉濬《重陽詩》，反用杜甫《九日藍田崔氏莊》詩中尾聯「明年此會知誰健，醉把茱萸仔細看」之語典爲例，並強調詩中化用古人語典，當用語不用意，方爲上乘。

〔註13〕清・何文煥：《歷代詩話》〔M〕，北京：中華書局，1981 年版，頁666～670。

〔註14〕宋・胡仔：《苕溪漁隱叢話》後集〔M〕，北京：人民文學出版社，1962 年版，頁 191。

〔註15〕宋・胡仔：《苕溪漁隱叢話》前集〔M〕，北京：人民文學出版社，1962 年版，頁 57。

〔註16〕丁福保：《歷代詩話續編》〔M〕，北京：中華書局，1983 年版，頁141。

　　南宋葛立方《韻語陽秋》卷一稱：「杜甫《觀安西過兵詩》云：『談笑無河北，心肝奉至尊。』故東坡亦云：『似聞指揮築上郡，已覺談笑無西戎。』蓋用左太沖《詠史詩》『長嘯激清風，志若無東吳』也。」〔註17〕指出蘇軾《九月十五日，邇英講〈論語〉，終篇，賜執政講》詩，亦化用杜詩語典，並溯源自西晉詩人左思《詠史詩》……

　　此外，蘇軾作為宋代詞壇的代表人物，以其廣闊的題材視野和獨具的豪放超曠之藝術風格，開宋人豪放詞的先河，在兩宋詞史上具有轉關意義，向為歷代文人所稱道，如宋末劉辰翁所謂言：「詞至東坡，傾蕩磊落，如詩，如文，如天地奇觀」（《辛稼軒詞序》），南宋大詩人陸游也稱：「試取東坡諸詞歌之，曲終覺天風海雨逼人」（《渭南文集》），其詞作中亦大量化用杜詩語典，如下表所示：

蘇詞名句	蘇詞篇名	杜詩原句	杜詩篇名
「有筆頭千字，胸中萬卷，致君堯舜，又有何難！」	《沁園春》	「讀書破萬卷，下筆如有神，致君堯舜上」	《奉贈韋左丞丈二十二韻》
「大江東去」	《念奴嬌》	「大江東流去」	《成都府》
「樽酒何人懷李白？草堂遙指江東」	《臨江仙·夜到揚州席上作》	「渭北春天樹，江東日暮雲。何時一樽酒……」	《春日憶李白》
「岷峨雪浪，錦江春色」〔註18〕	《滿江紅·寄鄂州朱使君壽昌》	「錦江春色來天地」〔註19〕	《登樓》

　　可見，蘇詞化用杜詩語典的普遍，甚至直接截取杜詩原句入詞。

　　綜上所述，蘇軾不僅對於杜詩從藝術批評角度加以推崇，並首倡杜詩「集大成」說，對後世詩人影響深遠，而且在其詞的創作實踐中，

〔註17〕宋·葛立方：《韻語陽秋》（影宋刻本）〔M〕，上海：上海古籍出版社，1984 年版，頁 7。

〔註18〕清·何文煥：《歷代詩話》〔M〕，北京：中華書局，1981 年版。

〔註19〕徐培均：《淮海集箋注》〔M〕，上海：上海古籍出版社，1994 年版。

切實對於杜詩的藝術表現手法加以學習，且大量化用杜詩語典，驗證了「子美集開詩世界」〔註20〕（王禹偁《日長簡仲咸》）的詩學論斷，在杜詩學發展史以及杜詩藝術接受史上都具有著重要的意義！

〔註20〕傅璇琮等：《全宋詩》（第二冊）〔M〕，北京：北京大學出版社，1991年版，頁737。

二、論蘇軾對於傳統儒家和諧理念的踐行[※]

　　北宋文壇著名的詩人、散文家蘇軾，一生交遊甚廣，生前與身後俱獲得良好的聲譽，這當與他以人為本、以和為貴的待人接物與為人處世方式有關，故其思想雖兼容儒、釋、道三家，但其中傳統儒家的和諧理念，對其影響頗深，先秦儒家學派的創始人孔子，曾言：「君子和而不同，小人同而不和」（《論語・子路》），提出君子的修身之道，在於與人為善、和諧共處，儒家「四書」之一的《中庸》，也記述了「中和」的社會倫理觀念：「中也者，天下之大本也，和也者，天下之達道也。致中和。天地位焉，萬物育焉」（《禮記・中庸》），主張中正和諧，方能實現自然萬物，乃至社會人群的穩定和發展繁榮，蘇軾對於儒家這種安和共處、人本公平的和諧理念頗為認同，並在其一生的仕宦生涯中得以親身踐行。試從以下三方面，分而述之。

一、仁者愛人──人與親之和諧

　　以孔、孟為代表的傳統儒家思想，是以「仁」作為核心價值取向的，那麼，什麼是「仁」呢？孔子指出，「仁」的主要意義就是「愛人」（《論語・顏淵》），孟子亦云：「仁者愛人，……愛人者，人恒愛

────────────

※　注：本文曾刊發於《紀念蘇軾仙逝常州 910 週年作品彙編》，2011 年。

之」(《孟子・離婁下》),值得注意的是,傳統儒家的仁愛理念,是與墨家的「兼愛」主張所不同的「別愛」,即有差別的愛,是以「親親」的倫理道德爲本,講求「父子有親,君臣有義,夫婦有別,長幼有序,朋友有信」的「五倫」(《孟子・滕文公上》),繼而「親親而仁民」(《孟子・盡心上》),「仁者以其所愛,及其所不愛」(《孟子・盡心下》),「老吾老,以及人之老,幼吾幼,以及人之幼」,推而廣之,達到全社會的和諧。儒家「四書」之一的《大學》中云:「家齊然後國治」(《禮記・大學》),即諺語所謂「家和萬事興」,所以在情感接受和具體操作上,要比墨家那種不論親疏貴賤、一視同仁的「兼愛」,更具有普遍意義和實際價值。

　　蘇軾在一生中,是把傳統儒家的人倫之愛、「和合」理念,加以身體力行,並在其作品中體現出來。值得稱道的是,蘇軾對於相伴一生的前後三位妻子(王弗、王閏之、王朝雲),均琴瑟和諧、生死相牽。尤其是他的結髮妻子王弗,十六歲嫁入蘇家,不幸二十七歲就英年早逝,與蘇軾共同生活了僅十年有餘,但蘇軾對她卻終生牽念,在親筆寫就的墓誌銘中,蘇軾追憶了他們幸福、和諧的生活片段:其一,伴讀來鳳軒,「敏而靜」,自己讀書「偶有所忘」,彼卻「能記之」,誠可謂紅袖添香、知音同賞;其二,伴仕鳳翔府,在嘉祐六年(1061),蘇軾初步仕途時,城府不深、涉世尚淺,彼常以父母之言相警,「子去親遠,不可以不慎」,誠可謂善解人意的紅顏知己!(《亡妻王氏墓誌銘》)直至熙寧八年(1075),妻亡十年之後,出知密州的蘇軾,相思之情猶不減當年,寫下流傳千古的《江城子・乙卯正月二十日夜記夢》,悼念葬於眉山祖塋的王弗:

　　　　十年十年生死兩茫茫,不思量, 自難忘。千里孤墳,
　　無處話淒涼。縱使相逢應不識,塵滿面,鬢如霜。　夜來
　　幽夢忽還鄉,小軒窗,正梳妝。相顧無言,惟有淚千行。
　　料得年年腸斷處,明月夜,短松岡。

蘇軾之所以能進入「幽夢」之鄉,並且能以詞來「記夢」,完全是其

對亡妻朝思暮念、長期不能忘懷所導致的必然結果；在中國文學史
上，自潘岳《悼亡詩》三首、元稹《離思》之後，悼亡題材的佳作，
當以此篇爲最，死猶如此，生前夫婦之和美，自不待言。

　　而對於自己的同胞兄弟蘇轍，蘇軾也切實做到了儒家所謂的「兄
友弟恭」，一生相伴、手足情深，其作品中自言：「豈獨爲吾弟，要
是賢友生」（《初別子由》），「嗟余寡兄弟，四海一子由」（《送李公
擇》），蘇轍亦云：「撫我則兄，誨我則師」（《亡兄子瞻端明墓誌銘》），
「手足之愛，平生一人」（《祭亡兄端明文》）。更爲難得的是，兄弟
二人共讀同仕，「患難之中，有愛彌篤，無少怨尤，近古罕見」（《宋
史・蘇轍傳》），其作品中多次寫到兄弟二人「夜雨對床」〔註 1〕，
而他那首傳唱千古的《水調歌頭》（明月幾時有），也是因懷念弟弟
蘇轍所作，「丙辰中秋，歡飲達旦，大醉，兼懷子由」（《水調歌頭・
序》）。足見兄弟情感和諧深篤。明月幾時有？把酒問青天。不知天
上宮闕、今夕是何年？我欲乘風歸去，惟恐瓊樓玉宇，高處不勝寒・
起舞弄清影，何似在人間？　　轉朱閣，低綺戶，照無眠。不應有
恨、何事長向別時圓？人有悲歡離合，月有陰晴圓缺，此事古難全。
但願人長久，千里共嬋娟。

　　傳統儒家把朋友算作「五倫」之一，蘇軾對於自己的朋友，無
論是弟子、同僚或萍水之交，均誠以待之、和睦相處，蘇軾是北宋
後期文壇盟主，但在弟子面前，毫無「嚴師」的大駕，且提攜推賞、
尊重個性，如看到「蘇門四學士」之一的晁補之賦《七述》後，讚
歎道：「吾可以擱筆矣！」使其由此知名、身價倍增，至如黃庭堅、
秦觀、張耒等，亦多與其亦師亦友，多承關懷。足見其虛懷若谷、
獎拔後學之度量。而對於同僚如陳述古、楊元素、蘇伯固、趙昶等，
草野之交如陳季常、馬正卿、潘丙、郭遘、古耕道等，方外之交如
參寥（釋道潛）、佛印等，均坦誠相待、和睦如一家親，所謂「上
可陪玉皇大帝，下可陪卑田院（收養院）乞兒，眼前見天下無一個

〔註 1〕陳邇冬：《蘇軾詩選》〔M〕，北京：人民文學出版社，1984，頁 10。

不好人。」﹝註2﹞也正是傳統儒家「老吾老」的切實踐行。

二、濟世為人──人與社會之和諧

傳統儒家思想從「仁」的核心理念出發,以人為本,進而要求兼濟天下,如孔子云:「夫仁者,己欲立而立人,己欲達而達人」(《論語‧雍也》),「泛愛眾」(《論語‧學而》),孟子亦云:「樂以天下,憂以天下」(《孟子‧梁惠王下》),「窮則獨善其身,達則兼善天下」(《孟子‧盡心上》),最終構建「天下為公」、「大同」的和諧社會:

> 大道之行也,天下為公。選賢與能,講信修睦。故人不獨親其親,不獨子其子。使老有所終。壯有所用。幼有所長。矜寡孤獨廢疾者,皆有所養。男有分,女有歸。貨惡其棄於地也,不必藏於己。力惡其不出於身也,不必為己。是故謀閉而不興,盜竊亂賊而不作。故外戶而不閉。是謂大同……(《禮記‧禮運》)

以此作為從政治國的最終目標。

蘇軾一生屢遭貶謫、為官四方,如其自己所謂:「問汝平生功業,黃州、惠州、儋州。」(《自題金山畫像》)但他「早歲便懷齊物志,微官敢有濟時心」(《和柳子玉過陳絕糧》),「許國心猶在」(《南康望湖亭》),為百姓之安居樂業、社會之和諧,多次不顧個人得失為民請命。據史書記載,蘇軾每遇地方災荒,「多做饘粥藥劑,遣使挾醫,分坊治病,活者甚眾」,遇雨災水患,則「廬於城上,過家不入」(《宋史‧蘇軾傳》),堪比傳說中的大禹;遇民困棄子,則「灑涕巡城拾棄兒」(《次韻劉貢父、李公擇見寄二首》);甚至在「烏臺詩案」後,出獄貶官黃州期間,以被「監管」、不得簽署公事之身,遇到疾疫橫行,還主動配製「聖散子」藥房,免費發放病人,雖生活拮据,不得不親自躬耕東坡,遇到貧苦人家溺女嬰,仍帶頭捐資「十千」、出面籌款相救……誠可謂「想民之所想,急民之所急」,以人為本,「以人民群

﹝註2﹞周新華:《天風海雨吟嘯行:東坡詞的智慧人生》﹝M﹞,保定:河北大學出版社,2008,頁40。

眾的根本利益爲最高準則和最終出發點和落腳點，」〔註3〕爲百姓樂
業、社會和諧，傾盡全力；且不論「達」或「獨」，都切實做到了「兼
濟天下」，也是對傳統儒家「達則兼善天下，窮則獨善其身」的超越。

三、愛物同人──人與自然之和諧

　　傳統儒家思想從「天人合一」的哲學角度出發，提出所謂「親親
而仁民，仁民而愛物」（《孟子・盡心上》），體現出天人和諧、民胞物
與的情懷。與蘇軾同時代的北宋理學家張載，更是鮮明的提出「民，
吾同胞；物，吾與也」（《西銘》）的人與自然和諧共處的主張。

　　而蘇軾與哲學家張載不同，「多情好事餘習氣，惜花未忍都無言」
（《花落復次前韻》），以文學家的詩筆，委婉而準確的概括了他的愛
物同人、民胞物與情懷，「不以奴役的心態對待天地萬物，而是將自
己的血肉之軀、心靈情感，與大自然作親密的融合」。〔註4〕最能體現
他那種物我同一情感的作品，當屬《水龍吟・次韻章質夫楊花詞》：

　　　　似花還似非花，也無人惜從教墜。拋家傍路，思量卻
　　是，無情有思。縈損柔腸，困酣嬌眼，欲開還閉。夢隨風
　　萬里，尋郎去處，又還被鶯呼起。

　　　　不恨此花飛盡，恨西園落紅難綴。曉來雨過，遺蹤何
　　在？一池萍碎。春色三分，二分塵土，一分流水。細看來，
　　不是楊花，點點是離人淚。

達到了物我渾融的藝術境界。據統計，蘇軾一生的詠物詞有四十多
首，「占其全部三百六十二首詞作的九分之一強，也是北宋詞人中
創作詠物詞最多最好的一位。而詠物詩就更多了，約有四百多首。」
〔註5〕

〔註3〕張志勇：《以人爲本與制度創新》〔J〕，保定學院學院學報，2009（05），
　　　頁18。
〔註4〕韓成武等：《杜甫的社會和諧思想》〔N〕，光明日報，2005-11-18，頁
　　　7。
〔註5〕周新華：《天風海雨吟嘯行：東坡詞的智慧人生》〔M〕，保定：河北
　　　大學出版社，2008，頁62。

　　並且，蘇軾還利用職務的便利，切實維護人與自然環境的和諧，他一生兩次在杭州做官，第一次是在熙寧四年（1071）年，他深深地被杭州的迷人風光所吸引，寫下了如《飲湖上初雨後情》等許很多詩篇佳作。可當元祐四年（1089），第二次到杭州的時候，看到由於人們圍湖種田的現象日益嚴重，原來風景如畫的西湖已經出現大面積淤塞。作爲杭州太守，遂把疏濬西湖作爲任內的首要任務。他組織了二十萬百姓，挖掘淤泥，終於疏濬了西湖。又將淤泥廢物利用，在西湖上築起了一道橫貫南北的長堤，既處理了淤泥，同時還爲西湖增添了一道新的風景，這便是與「白堤」齊名的「蘇堤」。到今天，「蘇堤」已經與西湖天然地融爲一體，九百多年來一直造福後代，受世人稱道。

　　並且，蘇軾還專門寫有《禹之所以通水之法》一文，詳細闡述了自己的治水理念，指出治水的關鍵是在「水理」和「人情」之間取得一種和諧，水災的發生，不僅與水的「湍悍」有關，也與人們「愛尺寸而忘千里」的短視行爲有關，所以應著眼於長遠，著眼於生態整體，著眼於人與自然的和諧相處。從儒家「天人合一」的哲學高度，以及生態學角度去認識人與自然的和諧共生關係，在那個時代，可謂獨具慧眼。

　　綜上所述，蘇軾在其一生仕宦生涯中，對於以孔、孟爲代表的傳統儒家的和諧理念身體力行，盡力實現著人與人、人與社會、自然的和諧共處，並且在其詩、詞、文等諸多文學作品中生動地體現出來，在中國古代文學史和文化史上，都具有重要的地位和深遠的影響。

三、淺論「東坡文化」對於學校教育理念的啓示[※]

　　北宋著名的詩人、散文家蘇軾，作爲北宋後期「元祐」文壇領袖，一生不僅創作頗豐，且以崇高的精神品質爲世人所稱，生前與身後俱獲得良好的聲譽，其精神亦對後世產生了深遠的影響。中國蘇軾研究學會會長張志烈教授，曾精闢的概括：「東坡精神就是蘇軾愛國愛民、奮屬當世的崇高理想；求眞求實、探索創新的認識追求；信道直前、獨立不懼的處世原則；堅守節操、瀟灑自適的生活態度。」[註1]在東坡精神與東坡文化廣播的文化內涵中，其自身獨道的教育理念，對於當今社會的學校教育，亦有諸多啓迪，試從以下三方面，分而述之。

一、道德教育——明道宏德，志存高遠

　　蘇軾在接受教育，特別是啓蒙教育階段，尤爲注重道德教育，亦即當今所謂之「德育」，這可以從其自身接受教育的實際得到驗證，據《宋史·蘇軾傳》記載：

> 生十年，父洵遊學四方，母程氏親授以書，聞古今成

※　注：本文曾刊發於《蘇軾研究》，2011 年第 3 期。
〔註 1〕張志烈：《什麼是「東坡精神」》〔J〕，蘇軾研究，2011（01）。

敗，輒能語其要。程氏讀東漢范滂傳，慨然太息，軾請曰：
「軾若爲滂，母許之否乎？」程氏曰：「汝能爲滂，吾顧不
能爲滂母邪？」〔註2〕

在蘇軾剛十歲時，父親蘇洵就遊學四方，蘇軾的母親程氏夫人在家中主持家務，教育子女。她對蘇軾要求很嚴格，親自教他讀經史等書籍。不僅教蘇軾識字，還特別注重對兒子的德育教育。一次，蘇母教蘇軾讀《後漢書》時，讀到了《范滂傳》，范滂是漢朝的官員，是古代忠直的知識分子的典型，他鐵面無私，辦案不講人情，被奸黨抓走時，他的母親大義凜然地爲他送行，並向范滂說「一個人，既要追求留名千古，又要追求長生富貴，怎麼可能？你爲了理想捨棄了自己的性命，母親支持你。」蘇母爲范滂母子不畏暴，爲了正義而視死如歸的崇高精神深深地感動，不禁放下書來，喟然歎息，年幼的蘇軾也深深被感動，他問母親：「如果我長大後，跟范滂一樣，不惜捨身就義，母親會允許嗎？」蘇母肅然答道：「如果你能學范滂的樣，難道我就不能做到像范滂的母親一樣嗎？」

這件事對年幼的蘇軾影響很大，這也可以看出程氏在人生志趣與人生理想上對蘇軾的影響，蘇軾從十歲的時候就以范滂爲道德楷模，樹立了舍生赴義的崇高理想，是十分難得的，之後在其一生的仕宦生涯中得以親身踐行，蘇軾二十歲時已經是博通經史，1057 年考中進士，成爲國之棟梁，因其一身正氣，不阿權貴，故常爲佞臣諛謗，而仕途坎坷。據宋人費袞《梁溪漫志》卷四記載，蘇軾曾問家中眾婢自己腹中有何物，眾婢答曰：「都是文章」、「都是識見」等，蘇軾都不以爲然，「至朝雲，乃曰：『學士一肚皮不合時宜。』坡捧腹大笑。」〔註3〕「不合時宜」，正表明了蘇軾那種執著眞理，不盲目隨波逐流、人云亦云，雖遭受菲薄亦不悔的正直品格，這也與其幼年所受之道德教育大有關聯。

〔註2〕元·脫脫等：《宋史·蘇軾傳》〔M〕，北京：中華書局，1977 年版。
〔註3〕宋·費袞：《梁溪漫志》〔M〕，臺灣商務印書館影印文淵閣四庫全書本，卷四，1983 年版。

當今我國學校教育中，有過多強調專業教育和應試教育的傾向，特別是中、小學教育中，形成了惟分數爲依歸的教育理念，而對於促進學生身心健康成長的道德、人文綜合素質教育多有忽略。筆者認爲，應當借鑒東坡精神文化中這種重德育、樹立崇高道德理想的積極方面，爲學生德智體全面發展提供教育的保障。

二、專業教育——因材施教，不拘一格

蘇軾在北宋文壇，是繼歐陽修之後的文壇盟主，在當時文壇上享有巨大的聲譽，他繼承了歐陽修的精神，十分重視發現和培養文學專業人材。當時就有許多青年作家眾星拱月似地圍繞在他周圍，其中成就較大的有黃庭堅、張耒、晁錯之、秦觀四人，合稱「蘇門四學士」，再加上陳師道和李廌，又合稱「蘇門六君子」。此外，李格非、李之儀、唐庚、張舜民、孔平仲、賀鑄等人，也都直接或間接地受到蘇軾影響。

蘇軾對於自己的弟子，無論高低貴賤、長幼窮達，均能誠以待之、和睦相處，做到了先秦儒家大思想家、教育家孔子的所謂「有教無類」，他雖是元祐時期文壇盟主，但在弟子面前，毫無「嚴師」的大駕，如其弟子黃庭堅、秦觀、張耒等，多承關懷，師生之間平等的唱和往來，可謂亦師亦友。並且蘇軾注重對弟子提攜推賞、尊重個性，如看到「蘇門四學士」之一的晁補之賦《七述》後，讚歎道：「吾可以擱筆矣！」使其由此知名、身價倍增。足見其虛懷若谷、獎拔後學之度量。

特別是其晚年，被貶海南儋州，身處荒蠻之孤島，猶敷揚文教，著述不倦，瓊崖名士多慕名而來，拜師求學。蘇軾在「載酒堂」（後改稱東坡書院）與弟子們頌詩讀經，一時間，當地「書聲朗朗，絃歌四起」，文風由此興盛。在前來向蘇軾求學的士子當中，姜唐佐備受東坡期待，蘇軾以他有中州士人之風，「甚重其才」，贈詩道：「滄海何曾斷地脈，白袍端合破天荒。」鼓勵姜唐佐進京應試，1103 年，在蘇東坡去逝兩年之後，終於成爲海南歷史上第一位舉人。從某種意

義上說，蘇軾謫居海南後，此荒蠻之地教化始開，這也與其不拘一格培育人才的教育理念密切相關。

由於蘇軾的成就包括詩、文、詞、賦、聯各種文學樣式，他本人的創作又沒有固定不變的規範可循，所以在對弟子的專業教育上，蘇軾並沒有設置嚴格的「師法家數」，而是不拘一格、因材施教，是故蘇門的作家在創作上各具面目。如黃庭堅、陳師道長於詩，同時，他們的藝術風貌也各具個性，例如黃詩生新，陳詩樸拙，風格都不類蘇詩，並且成為兩宋之際影響最大的「江西詩派」代表人物；而秦觀長於詞，為婉約派宗師，以「女郎」詞名於詞壇，李廌則以古文名世，張耒、晁補之則詩文並擅……這燦若群星的蘇門才子，也正是蘇軾這種在專業教育中，立足於學子本位，「以人為本」（註4）、因材施教的教育理念和方式所產生的良好結果。

在當今的一些學校教育中，往往存在教育目標不明確，教育對象研究不細緻的弊端，英語過級、計算機過關，題海戰術、一擁而上，以致於很多特長生才華不被發現、被埋沒，而蘇軾因材施教的教育理念，十分值得我們借鑑。

三、實踐教育——求真務實，學以致用

在蘇軾的教育理念中，不僅僅只是重視書本知識，他還注重實踐求證、學以致用，並且親身來踐行這一理念。而被收入中學教材、他那流傳千古的散文名篇《石鍾山記》，就是蘇軾「教子求實」的鮮明例證。

宋神宗元豐二年（公元1079年），蘇軾因作詩「烏臺詩案」貶謫黃州（今湖北省黃岡市）。這是一個閒差使，43歲的蘇軾得以有閒經常與長子蘇邁一起讀書作文，一次，談到了鄱陽湖畔石鍾山的名稱由來問題。蘇邁從《水經注》等古書中找出許多說法，如「下臨深潭，微風鼓浪，水石相搏，聲如洪鐘」，「得雙石於潭上，扣而聆之，南聲

〔註4〕張志勇：《以人為本與制度創新》〔J〕，保定學院學院學報，2009（05）。

函胡，北音清越，止響騰，餘音徐歇」。對這些說法，蘇軾都覺得是牽強附會，實不可信。決心實地考察求實。直到元豐七年（公元 1084 年），六月初九丁丑日，蘇邁到饒州德興縣（今江西省鄱陽湖東）擔任縣尉，48 歲的蘇軾送他到湖口，順便帶著蘇邁一起考察石鍾山。月光明亮的當晚，父子倆乘著小舟來到山的絕壁下，沿著山腳尋找。尋到一個地方，只聽見一陣陣清暢高揚的聲音，「如鐘鼓不絕」，原來，這裡的山腳下遍佈石竅，大小、形狀、深淺各不相同。它們不停地受到波濤撞擊，所以才發出各種不同的音響，宛若周景王的無射鍾，魏莊子的歌鍾……父子倆此刻終於找到了「石鍾」名稱的由來。

十分難得的是，蘇軾以此事，諄諄告誡兒子蘇邁，「石鍾」名稱由來，本不難明白，只須實地考察就行了，由於一般人不肯去下這功夫，寧願到書本裏去尋找答案，而淺薄的人又往往附會一些莫名其妙的東西來解釋，最終以訛傳訛，使本不難明白的事千百年來不得明白，「事不目見耳聞，而臆斷其有無」，是不可能得到眞知的。蘇軾的這種求眞求實教育理念和實踐，入情入理，學以致用，切實做到了理論聯繫實際，遠比那種空洞無味的純理論說教更有說服力，也易爲學子和後輩所接受，能夠取得理想的教育效果，可謂「求實重情」〔註5〕，對今天的學校教育仍然有著重要的借鑒意義和參考價值。

綜上所述，蘇軾在其一生的爲學與治學生涯中，始終貫徹著明道宏德、志存高遠的道德教育理念，因材施教，不拘一格的專業教育理念，以及求眞務實，學以致用的實踐教育理念，在中國古代文學史和文化史上，都具有重要的地位和深遠的影響，對於當今的學校教育富有著諸多啓迪意義。

〔註 5〕范瑣哲：《追尋「求實重情」的教育之旅──蘇軾教育思想解讀》〔J〕，成都航空職業技術學院學報，2009（01）。

四、論蘇詩對於杜詩的創作接受

　　北宋「元祐」文壇領袖、大文豪蘇軾，十分注重對於前代文學傳統的繼承與發揚，特別是對唐代大詩人、「詩聖」杜甫的作品，極為推崇，如其作《書唐氏六家書後一首》云：「杜子美詩，格力天縱，奄有漢、魏、晉、宋以來風流」〔註1〕，《辨杜子美杜鵑詩》云：「子美詩，備諸家體。」〔註2〕指出杜甫詩才縱橫，兼備眾體，足以掩蓋前代詩壇名家之風流。其詩中亦云：「誰知杜陵傑，名與謫仙高。……巨筆屠龍手」（《次韻張安道讀杜詩》）〔註3〕，將李、杜並稱，共尊為詩壇巨擘。陳師道《後山詩話》中，更有兩處記載蘇軾之語——「蘇子瞻云：『子美之詩，退之之文，魯公之書，皆集大成者也』」，「子瞻謂杜詩、韓文、顏書、左史，皆集大成者也。」〔註4〕可見，蘇軾對於杜詩的推崇備至，並且還是宋代文壇杜詩「集大成」說的倡導者。

　　蘇軾既以杜詩為詩學楷模，其本人在其詩歌創作實踐中，也以杜

〔註1〕宋·蘇軾著，孔凡禮點校：《蘇軾文集》〔M〕，北京：中華書局，1986年版，頁2206。

〔註2〕宋·蘇軾著，孔凡禮點校：《蘇軾文集》〔M〕，北京：中華書局，1986年版，頁2100。

〔註3〕清·何文煥：《歷代詩話》〔M〕，北京：中華書局，1981年版，頁266～267。

〔註4〕清·何文煥：《歷代詩話》〔M〕，北京：中華書局，1981年版，頁303～309。

詩爲詩學榜樣，通過借鑒杜詩題材、句意，以及化用杜詩語典等方式，加以模學，以下分而述之。

一、蘇詩套用杜詩題材

蘇軾以杜詩爲詩學楷模，對於杜詩的名篇自爲熟知，在詩歌創作中，也敢於直接套用杜詩詩體，進行再創作。例如，杜甫有意在諷刺楊貴妃姊妹驕奢淫逸生活的兩首現實主義名篇——

三月三日天氣新，長安水邊多麗人。態濃意遠淑且眞，肌理細膩骨肉勻。繡羅衣裳照莫春，蹙金孔雀銀麒麟。頭上何所有？翠微匐葉垂鬢唇。背後何所見？珠壓腰衱穩稱身。就中雲幕椒房親，賜名大國虢與秦。紫駝之峰出翠釜，水精之盤行素鱗。犀箸厭飫久未下，鸞刀縷切空紛綸。黃門飛鞚不動塵，御廚絡繹送八珍。簫鼓哀吟感鬼神，賓從雜沓實要津。後來鞍馬何逡巡，當軒下馬入錦茵。楊花雪落覆白蘋，青鳥飛去銜紅巾。炙手可熱勢絕倫，愼莫近前丞相瞋！（《麗人行》）

虢國夫人承主恩，平明上馬入宮門。

卻嫌脂粉涴顏色，淡掃蛾眉朝至尊。（《虢國夫人》）

而蘇軾詩中，則有直接套用杜詩此二篇之題畫類作品——

深宮無人春日長，沉香亭北百花香。美人睡起薄梳洗，燕舞鶯啼空斷腸。畫工欲畫無窮意，前立東風初破睡。若教回首卻嫣然，陽城下蔡俱風靡。杜陵饑客眼長寒，寒驢破帽隨金鞍。隔花臨水時一見，只許腰肢背後看。心醉歸來茅屋底，方信人間有西子。君不見孟光舉案與眉齊，何曾背面傷春啼。（《續麗人行》）

佳人自鞚玉花驄，翩如驚燕蹋飛龍。金鞭爭道寶釵落，何人先入明光宮。宮中羯鼓催花柳，玉奴絃索花奴手。坐中八姨眞貴人，走馬來看不動塵。明眸皓齒誰復見，只有丹青餘淚痕。人間俯仰成今古，吳公臺下雷塘路。當時亦笑張麗華，不知門外韓擒虎。（《虢國夫人夜遊圖》）

對照蘇詩與杜詩，雖一為寫實，一為題畫，但蘇詩則由古畫憶及古
人、古詩，自題材內容至藝術表現，皆與杜詩相類，如詩體均為歌
行體古風，藝術手法以鋪敘之「賦」法為主，描寫細膩生動。特別
是《續麗人行》中的「美人睡起薄梳洗」，取自杜詩之「淡掃蛾眉朝
至尊」，「只許腰肢背後看」，取自杜詩之「背後何所見？珠壓腰衱穩
稱身」；《虢國夫人夜遊圖》中之「走馬來看不動塵」，取自杜詩之「黃
門飛鞚不動塵」……可見，蘇軾此二詩，由全篇到局部字句，均對
杜詩加以模擬，且得其皮骨與精神。

二、蘇詩襲用杜詩句意

蘇軾在詩歌創作實踐中，還常常襲用杜詩詩句之句意，巧妙改為
己用，如「簞瓢散野鳥鳶馴」（《和子由踏青》），改自杜詩之「得食階
除鳥雀馴」（《南鄰》）；「出山定被江潮浼」（《六和寺沖師閘山溪為水
軒》），改自杜詩之「在山泉水清，出山泉水濁」（《佳人》）；「細雨郊
園聊種菜」（《次韻楊褒早春》），改自杜詩之「秋耕屬地濕，山雨近甚
勻」（《暇日小園散病，將種秋菜，督勒耕牛，兼書觸目》）；「朱門有
遺啄」（《和歐陽少師寄趙少師次韻》），改自杜詩之「朱門酒肉臭」（《自
京赴奉先縣詠懷五百字》）……均完全以杜詩句意為依，襲為自己篇
中之句，用其意而不盡襲其辭，可謂自然。

而「誰憐屋破眠無處」（《十二月十四日夜微雪，明日早往南溪小
酌至晚》），改自杜詩之「床頭屋漏無干處」（《茅屋為秋風所破歌》），
「我本無家更何往」（《六月二十七日望湖樓醉書》），改自杜詩之「此
身那得更無家」（《曲江陪鄭八丈南史飲》）等，則引發議論，比杜詩
更進一步，不拘泥於原詩。

三、蘇詩化用杜詩語典

除了上述襲用杜詩詩篇、句意，蘇軾詩作中亦出現大量直接化用
杜詩語典的現象，如下表所示：

蘇詩原句	蘇詩篇名	杜詩原句	杜詩篇名
「汲盡階前井水渾」	《樓觀》	「汲多井水渾」	《示從孫濟》
「杜陵評書貴瘦硬」	《孫莘老求墨妙亭詩》	「書貴瘦硬方通神」	《李潮八分小篆歌》
「肉中畫骨誇尤難」	《書韓幹〈牧馬圖〉》	「幹惟畫肉不畫骨」	《丹青引贈曹將軍霸》
「我雖愛山亦自笑，幽獨神傷後難繼」	《自普照遊二庵》	「神傷山行深」	《法鏡寺》
「倦醉佳人錦瑟旁」	《初自徑山歸，述古召飲介亭，以病先起》	「暫醉佳人錦瑟傍」	《曲江對雨》
「泥污燕脂雪」	《寒食雨二首》其一	「林花著雨燕脂濕」	同上
「藤梢橘刺元無路」	《寶山新開徑》	「橘刺藤梢咫尺迷」	《將赴成都草堂途中有作先寄嚴鄭公五首》其三
「無用蒼皮四十圍」	《宿州次韻劉涇》	「霜皮溜雨四十圍」	《古柏行》
「明眸皓齒誰復見」	《虢國夫人夜遊圖》	「明眸皓齒今何在」	《哀江頭》
「秋來不見渼陂岑」	《答仲屯田次韻》	「岑參兄弟皆好奇，攜我遠來遊渼陂」	《渼陂行》
「誰言萬方聲一概」	《過江夜行武昌山上，聞黃州鼓角》	「萬方聲一概」	《秦州雜詩二十首》其四
「日高山蟬抱葉響」	《壽星院寒碧軒》	「抱葉寒蟬靜」	同上
「康山頭白早歸來」	《書李公擇白石山房》	「匡山讀書處，頭白好歸來」	《不見》
「賣書來問東家住」	《豆粥》	「來問爾東家」	《陪鄭廣文遊何將軍山林十首》其四

「細雨出魚兒」	《道者院池上作》	「細雨魚兒出」	《水檻遣心二首》其一
「故遣佳人在空谷」	《寓居定惠院之東雜花滿山有海棠一株土人不知》	「絕代有佳人，幽居在空谷」	《佳人》
「恨無翠袖點橫斜」	《聚星堂雪》	「天寒翠袖薄」	同上
「與君飲酒細論文」	《王齊萬秀才寓居武昌縣劉郎洑正與伍洲相對伍子胥奔吳所從渡江也》	「何時一樽酒，重與細論文」	《春日憶李白》
「悲歌爲黎元」	（《正月十八日蔡州道上遇雪次子由韻二首》其二	「窮年憂黎元，……浩歌彌激烈」	《自京赴奉先縣詠懷五百字》
「讀書萬卷不讀律，致君堯舜知無術」	《戲子由》	「讀書破萬卷，下筆如有神，致君堯舜上……」	《奉贈韋左丞丈二十二韻》
「讀書萬卷始通神」	《柳氏二甥求筆迹》	同上	同上

　　上表據筆者統計，蘇詩化用杜詩語典，足有二十餘例之多，蘇軾甚至直接截取杜詩原句入詞，可見這一現象的普遍。

　　綜上所述，在「以文字爲詩，以才學爲詩」（《滄浪詩話・詩辨》）〔註5〕的宋代詩壇，蘇軾不僅對於杜詩推崇備至，並提倡杜詩「集大成」說，對後世詩人影響深遠，而且在其詩歌創作實踐中，切實對於杜詩的題材、句意加以學習，在杜詩學發展史以及杜詩藝術接受史上都具有著重要的意義！

〔註 5〕郭紹虞：《滄浪詩話校釋》〔M〕，北京：人民文學出版社，1983 年版，頁 26。

五、論《紅樓夢》對於蘇軾的接受

　　誕生於清中葉的古典小說《紅樓夢》，以其宏大的作品篇幅、眾多的人物形象塑造、詩化的藝術境界，成爲集中國古典文學之大成的最高峰；其成書固然源自作者曹雪芹的親身生活經歷及其雄厚的學識素養，但也與作者對於前代文學傳統的繼承密不可分，其中，對於北宋元祐文壇領袖、大文豪蘇軾詩文作品的繼承與接受，並融入其小說創作中，即堪爲一例。

一、紅樓詩詞，用蘇詩典

　　《紅樓夢》與中國其他的古典小說相比，其藝術境界更加富於詩意，這不僅體現在其詩化的敘述語言，還在於書中眾多的人物形象如寶玉、寶釵、黛玉、賈家四春、甚至丫鬟、清客等輩皆擅長詩詞創作，並常吟詩製曲、結社唱和，留下數量眾多的紅樓詩詞，爲讀者所稱賞。舊體詩詞創作中，常常有用典的表現手法，引用歷史掌故、神話傳說入詩者，爲用事典；化用前人詩篇中的成句入詩者，爲用語典。紅樓人物的詩詞創作中，就有大量的的詩篇，以用語典的方式，化用了大量蘇軾詩文作品中的名句入詩，詳見下表：

《紅樓夢》回目	作者、篇名	紅樓詩句	蘇軾詩文原句	蘇軾詩文篇名
第十七回至第十八回《大觀園試才題對額，榮國府歸省慶元宵》	賈寶玉《怡紅快綠》	「紅妝夜未眠」	「只恐夜深花睡去，故燒高燭照紅妝」	《海棠》
同上	清客《怡紅院匾額》	「崇光泛彩」	「東風嫋嫋泛崇光」	《海棠》
第三十八回《林瀟湘魁奪菊花詩，薛蘅蕪諷和螃蟹詠》	賈寶玉《螃蟹詠》	「原爲世人美口腹，坡仙曾笑一生忙」	「自笑平生爲口忙，老來事業轉荒唐」	《初到黃州》
同上	同上	「饕餮王孫應有酒」	「老饕」	《老饕賦》
第六十三回《壽怡紅群芳開夜宴，死金丹獨豔理親喪》	芳官《賞花時》	「再休向東老貧窮賣酒家」	「湖州東林沈氏自稱東老」	《次韻回先生三首序》
第七十六回《凸碧堂品笛感淒清，凹晶館聯詩悲寂寞》	妙玉《中秋夜大觀園即景聯句三十五韻》	「簫增嫠婦泣」	「泣孤舟之嫠婦」	《前赤壁賦》
同上	同上	「石奇神鬼搏」〔註1〕	「大石側立千尺，如猛獸奇鬼，森然欲搏人」〔註2〕	《石鍾山記》

　　由上表可見，如此之多的紅樓人物篇什中，大量引用了蘇軾詩文中的語典，或僅更易二三字入詩（其中所引賈寶玉、妙玉例，還是一詩中兩用蘇典），可見作者對於其詩文名篇的熟知，和對蘇軾本人的推崇。

〔註1〕清・曹雪芹著，《紅樓夢》〔M〕，北京：人民文學出版社，1982。
〔註2〕宋・蘇軾著，孔凡禮點校：《蘇軾詩集》〔M〕，北京：中華書局，1986年版。

二、紅樓人物，稱引蘇詩

　　除了上述引用蘇軾詩文語典，借鑒其意境而外，《紅樓夢》中所塑造的人物，還常常在交往活動中，稱引蘇軾詩句，這也多次出現在文本中。

　　如在第五十回《蘆雪庵爭聯即景詩，暖香塢雅製春燈謎》中：「『……煮芋成新賞』，一面說，一面推寶玉，命他聯。寶玉正看寶釵、寶琴、黛玉三人共戰湘雲，十分有趣，那裡還顧得聯詩，今見黛玉推他，方聯道：『撒鹽是舊謠』。」〔註3〕。寶玉聯句中「煮芋」，實則典出蘇軾詩詠幼子蘇過煮玉糝羹（即山芋羹）之「香似龍涎仍釅白」（《過子忽出新意，以山芋作玉糝羹，色香味皆奇絕，天上酥陀則不可知，人間決無此味也》）之句，藉以比喻雪色之白。

　　又如第六十三回《壽怡紅群芳開夜宴，死金丹獨豔理親喪》中，大觀園眾女兒掣簽自卜──

　　　　……湘雲笑著，擅拳擄袖的伸手掣了一根出來。大家看時，一面畫著一枝海棠。題著「香夢沉酣」四字，那面詩道是：「只恐夜深花睡去」。黛玉笑道：「『夜深』兩個字，改『石涼』兩個字。」眾人便知他趣白日間湘雲醉臥的事，都笑了。〔註4〕

這裡直接引用了蘇軾《海棠》詩第三句，全詩如下

　　　　東風嫋嫋泛崇光，香霧空蒙月轉廊；
　　　　　只恐夜深花睡去，故燒高燭照紅妝。〔註5〕

藉以比擬第六十二回《憨湘雲醉眠芍藥茵，呆香菱情解石榴裙》中湘雲醉臥之睡態，形象而生動。

　　又如第七十九回回目《薛文龍悔娶河東獅，賈迎春誤嫁中山狼》

〔註3〕　清·曹雪芹著，《紅樓夢》〔M〕，北京：人民文學出版社，1982，頁689。

〔註4〕　清·曹雪芹著，《紅樓夢》〔M〕，北京：人民文學出版社，1982，頁893。

〔註5〕　宋·蘇軾著，孔凡禮點校：《蘇軾詩集》〔M〕，北京：中華書局，1986年版。

中,「河東獅」典故,恰與蘇軾有關,他有個朋友叫陳慥,自號丘龍居士,爲人豪爽,精通禪學。可是這個丘龍居士的夫人柳氏卻是一個出了名的悍婦、妒婦,有時候有客人來拜訪,柳氏也不顧夫家的面子,依舊罵聲不斷,而陳慥對夫人也很有幾分畏懼。蘇軾在一首詩中同情地寫道:

> 丘龍居士亦可憐,談空説有夜不眠。
> 忽聞河東獅子吼,拄杖落手心茫然。〔註6〕

獅子吼,本是佛家用語,意思是佛祖在眾生面前講法無所謂畏懼,像獅子大吼。河東,是今天的山西省,是陳慥夫人的家鄉。從此「河東獅吼」的綽號威名遠揚,這個詞兒也一直流傳到現在,成爲所有個性強悍的女性的代號。《紅樓夢》第七十九回的回目中的「河東獅」,特用來借指薛蟠的新婚妻子——悍婦夏金桂,「因嬌養太過,竟釀成個盜跖的性氣。愛自己尊若菩薩,窺他人穢如糞土,外具花柳之姿,內秉風雷之性。在家中時常就和丫鬟們使性弄氣,輕罵重打的。出閣之後,自爲要作當家的奶奶,不免行爲驕縱……」足見此婦之霸道。

三、寶玉個性,取法蘇軾

　　《紅樓夢》中所塑造的主人公賈寶玉,藐視「祿蠹」,不貪慕功利,追求個性獨立,這些性格特徵的塑造,也是對蘇軾思想有所取法,如第三十七回《秋爽齋偶結海棠社,蘅蕪苑夜擬菊花題》中,寶玉和大觀園才女們結詩社,仿照古人互相取名號,對於寶玉——

> 寶釵道:「還得我送你個號罷。有最俗的一個號,卻於你最當。天下難得的是富貴,又難得的是閒散,這兩樣再不能兼有,不想你兼有了,就叫你『富貴閒人』也罷了。」寶玉笑道:「當不起,當不起,倒是隨你們混叫去罷。」〔註7〕

〔註6〕宋・蘇軾著,孔凡禮點校:《蘇軾詩集》〔M〕,北京:中華書局,1986年版。

〔註7〕清・曹雪芹著,《紅樓夢》〔M〕,北京:人民文學出版社,1982,頁501～502。

「閒人」之謂，看似貶語，實則類似於第三回《賈雨村夤緣復舊職，林黛玉拋父進京都》寶玉出場時那兩首《西江月》詞——

　　　　無故尋愁覓恨，有時似傻如狂，縱然生得好皮囊，腹內原來草莽，潦倒不通世務，愚頑怕讀文章，行為偏僻性乖張，那管世人誹謗！

　　　　富貴不知樂業，貧窮難耐淒涼，可憐辜負好韶光，於國於家無望，天下無能第一，古今不肖無雙，寄言紈與膏梁：莫效此兒形狀！〔註8〕

寓褒於貶，似貶實褒，而「閒人」此種用法，則出自蘇軾的散文名篇《記承天寺夜遊》：

　　　　元豐六年十月十二日夜，解衣欲睡，月色入戶，欣然起行。念無與為樂者，遂至承天寺，尋張懷民。懷民亦未寢，相與步於中庭。庭下如積水空明，水中藻、荇交橫，蓋竹柏影也。何夜無月？何處無竹柏？但少閒人如吾兩人者耳。〔註9〕

這篇散文，寫於宋神宗元豐六年（1083年），當時，作者正因「烏臺詩案」被貶謫到黃州，本書對月夜景色作了美妙描繪，此外，更突出了作者看破世俗功利，追求精神自由、高蹈獨立的思想。曹雪芹令寶釵以「閒人」稱寶玉，亦有取法蘇軾思想個性之意。

　　還有，在第四十一回《櫳翠庵茶品梅花雪，怡紅院劫遇母蝗蟲》中，寫到妙玉在櫳翠庵邀薛寶釵、林黛玉喝「體己茶」，寶玉尾隨而至——

　　　　又見妙玉另拿出兩隻杯來，一個旁邊有一耳，杯上鑴著「𤾫瓟斝」三個隸字，後有一行小真字是「晉王愷珍玩」，又有「宋元豐五年四月眉山蘇軾見於秘府」一行小字……

_____

〔註8〕清·曹雪芹著，《紅樓夢》〔M〕，北京：人民文學出版社，1982，頁50。

〔註9〕宋·蘇軾著，孔凡禮點校：《蘇軾文集》〔M〕，北京：中華書局，1986年版。

> 仍將前番自己常日吃茶的那隻綠玉斗來斟與寶玉，
> 寶玉笑道：「常言『世法平等』，他兩個就用那樣古玩奇珍，
> 我就是個俗器了。」〔註10〕

世法平等，原作「是法平等」（《金剛經》），即平等地對待世間一切人和物，寶玉就是如此個性，「看見燕子，就和燕子說話，河裏看見了魚，就和魚說話，見了星星月亮，不是長籲短歎，就是咕咕噥噥的。且是連一點剛性也沒有，連那些毛丫頭的氣都受的」（第三十五回《白玉釧親嘗蓮葉羹，黃金鶯巧結梅花絡》），故脂硯齋對其有「情不情」之批語。

而引文中點到的蘇軾，更是如此，他對於自己的周圍的人，無論是朋友、弟子、同僚或萍水之交，均誠以待之、和睦相處，蘇軾是北宋後期文壇盟主，但在弟子面前，毫無「嚴師」的大駕，且提攜推賞、尊重個性，如看到「蘇門四學士」之一的晁補之賦《七述》後，讚歎道：「吾可以擱筆矣！」使其由此知名、身價倍增，至如黃庭堅、秦觀、張耒等，亦多與其亦師亦友，多承關懷。而對於同僚如陳述古、楊元素、蘇伯固、趙昶等，甚至草野之交如陳季常、馬正卿、潘丙、郭遘、古耕道等，方外之交如參寥（釋道潛）、佛印等，均坦誠相待、和睦如一家親，正如其自言：「上可陪玉皇大帝，下可陪卑田院（收養院）乞兒，眼前見天下無一個不好人。」〔註11〕確實做到了「是法平等」，寶玉見到妙玉遞過來綠玉斗，說出此語，也正是「罌甌匏」上那「宋元豐五年四月眉山蘇軾見於秘府」一行小字的引發，同時，從中也可看到作者對蘇軾這一精神理念的認同和取法。

綜上所述，從《紅樓夢》文本中所體現出的對蘇軾詩文作品的接受，可以看出，作者曹雪芹對於蘇軾的精神思想是頗為認同的，對蘇

〔註10〕清·曹雪芹著，《紅樓夢》〔M〕，北京：人民文學出版社，1982，頁569。
〔註11〕宋·蘇軾著，孔凡禮點校：《蘇軾文集》〔M〕，北京：中華書局，1986年版。

軾在古代文學史上的地位及其作品成就應是極爲推崇的；隨著《紅樓
夢》這部文學巨著的問世與流傳，在客觀上對於蘇軾作品和東坡文化
的傳播，也是具有一定的推動作用的。

六、淺論蘇軾黃州詠海棠詩及其影響

　　北宋元祐文壇領袖、大文豪蘇軾詠物題材的詩歌作品中，以被貶黃州時期所創作的詠海棠詩，享譽中國古代詩歌發展史，並對後世歷代文學名著、名作如《紅樓夢》以及毛澤東《卜算子·詠梅》等，產生了直接的影響，以下分而論之。

一、海棠古風，空谷獨秀

　　元豐三年（公元 1080 年），蘇軾因「烏臺詩案」被貶至黃州任檢校水部員外郎黃州團練副使，本州安置，不得簽署公事，以帶罪之身，暫居定惠院，獨處貶所，內心頗為寂寥，偶出門東遊，發現滿山花叢中，一樹海棠獨秀，遂感而有詩，《蘇軾文集》卷七十一《記遊定惠院》載：「黃州定惠院東小山上，有海棠一株，特繁茂。每歲盛開，必攜客置酒。」〔註1〕曰：

　　　　江城地瘴蕃草木，只有名花苦幽獨。
　　　　嫣然一笑竹籬間，桃李漫山總粗俗。
　　　　也知造物有深意，故遣佳人在空谷。
　　　　自然富貴出天姿，不待金盤薦華屋。
　　　　朱唇得酒暈生臉，翠袖卷紗紅映肉。
　　　　林深霧暗曉光遲，日暖風輕春睡足。

〔註1〕宋·蘇軾著，孔凡禮點校：《蘇軾文集》〔M〕，北京：中華書局，1986年版。

雨中有淚亦悽愴，月下無人更清淑。
先生食飽無一事，散步逍遙自捫腹。
不問人家與僧舍，拄杖敲門看修竹。
忽逢絕豔照衰朽，歎息無言揩病目。
陋邦何處得此花，無乃好事移西蜀。
寸根千里不易到，銜子飛來定鴻鵠。
天涯流落俱可念，爲飲一樽歌此曲。
明朝酒醒還獨來，雪落紛紛那忍觸。

（《寓居定惠院之東，雜花滿山，有海棠一株，土人不知貴也》）〔註2〕

此詩爲七言古風，曾被作者自稱爲「平生最得意詩作」（《王直方詩話》），全詩自開始至「月下」共十四句寫海棠，其首八句寫海棠生長環境，外在感受。作者惜其「幽獨」，而深賞其「嫣然一笑」，自然高雅。後六句由外在而內在。「朱唇」二句描繪海棠的姿態，「林深」二句表現海棠的精神，「雨中」二句寫出海棠的風韻或風格。是前面八句深層次發揮、發展。此六句，爲歷代所傳誦。

　　而「先生事飽」一轉十二句，作者抒發感慨，「先生」四句寫個人閒情，亦可謂之幽獨，一層；「忽逢」二句見海棠，如逢知己，二層；「陋邦」四句，字海棠居此立論，引出與海棠都來自西蜀的鄉誼，三層；「天涯」二句寫與海棠命運相同，皆「天涯流落」，進而說明此詩之所有作。最後二句以海棠將凋謝未免悵惘做結。足見作者以海棠自寓，興象深微，煙波跌宕，詠物詩最高境界是詠物而不「泥於物」，蘇軾此詩誠然。

二、海棠七絕，崇光泛采

　　元豐三年（公元 1080 年）同事稍後，蘇軾另作一七言絕句《海棠》：

東風嫋嫋泛崇光，香霧空蒙月轉廊。

〔註2〕宋・蘇軾著，孔凡禮點校：《蘇軾詩集》〔M〕，北京：中華書局，1986年版。

　　　　只恐夜深花睡去，故燒高燭照紅妝。〔註3〕

　　這首詩寫的是蘇軾在花開時節與友人賞花時的所見。首句寫白天的海棠，「泛崇光」指海棠的高潔美麗。第二句寫夜間的海棠，作者創造了一個散發著香味、空空濛濛的、帶著幾分迷幻的境界。略顯幽寂，與海棠自甘寂寞的性格相合。後兩句用典故，深夜作者恐怕花睡去，不僅是把花比作人，也是把人比作花，為花著想，十分感人，表明了作者是一個性情中人。作者要燒紅燭陪伴、呵護海棠，另一方面創造了一種氣氛，讓海棠振作精神，不致睡去。後兩句極賦浪漫色彩。宋釋惠洪認為此詩「造語之工……盡古今之變」(《冷齋夜話》)。

　　　　具體而言，本詩前兩句寫環境，後兩句寫愛花心事。題為「海棠」，而起筆卻對海棠不做描繪，這是一處曲筆。「東風嫋嫋」形容春風的吹拂之態，化用了《楚辭‧九歌‧湘夫人》中的「嫋嫋兮秋風」之句。「崇光」是指正在增長的春光，著一「泛」字，活寫出春意的暖融，這為海棠的盛開造勢。次句側寫海棠，「香霧空蒙」寫海棠陣陣幽香在氤氳的霧氣中彌漫開來，沁人心脾。「月轉廊」，月亮已轉過迴廊那邊去了，照不到這海棠花；暗示夜已深，人無寐，當然你也可從中讀出一層隱喻：處江湖之僻遠，不遇君王恩寵。

　　　　「只恐夜深花睡去」，這一句寫得凝絕，是全詩的關鍵句。此句轉折一筆，寫賞花者的心態。當月華再也照不到海棠的芳容時，詩人頓生滿心憐意：海棠如此芳華燦爛，怎忍心讓她獨自棲身於昏昧幽暗之中呢？這蓄積了一季的努力而悄然盛放的花兒，居然無人欣賞，豈不讓她太傷心失望了嗎？夜闌人靜，孤寂滿懷的我，自然無法成眠；花兒孤寂、冷清得想睡去，那我如何獨自打發這漫漫長夜？不成，能夠傾聽花開的聲音的，只有我；能夠陪我永夜心靈散步的，只有這寂寞的海棠！一個「恐」寫出了我不堪孤獨寂寞的煎熬而生出的擔憂、驚怵之情，也暗藏了我欲與花共度良宵的執著。一個「只」字極化了

<hr>

〔註3〕宋‧蘇軾著，孔凡禮點校：《蘇軾詩集》〔M〕，北京：中華書局，1986年版。

愛花人的癡情，現在他滿心裏只有這花兒璀璨的笑靨，其餘的種種不快都可暫且一筆勾銷了：這是一種「忘我」、「無我」的超然境界。

末句更進一層，將愛花的感情提升到一個極點。「故」照應上文的「只恐」二字，含有特意而為的意思，表現了詩人對海棠的情有獨鍾。此句運用唐玄宗以楊貴妃醉貌為「海棠睡未足」的典故，轉而以花喻人，點化入詠，渾然無迹。「燒高燭」遙承上文的「月轉廊」，這是一處精彩的對比，月光似乎也太嫉妒於這怒放的海棠的明豔了，那般刻薄寡恩，不肯給她一方展現姿色的舞臺；那就讓我用高燒的紅燭，為她驅除這長夜的黑暗吧！此處隱約可見詩人的俠義與厚道。「照紅妝」呼應前句的「花睡去」三字，極寫海棠的嬌豔嫵媚。「燒」「照」兩字表面上都寫我對花的喜愛與呵護，其實也不禁流露出些許貶居生活的郁郁寡歡。他想在「玩物」（賞花）中獲得對痛苦的超脫，哪怕這只是片刻的超脫也好。雖然花兒盛開了，就向衰敗邁進了一步，儘管高蹈的精神之花畢竟遠離了現實的土壤，但他想過這種我行我素、自得其樂的生活的積極心態，又有誰可以阻撓呢？

三、海棠經典，光耀文壇

蘇軾這兩首詠海棠詩作問世後，在中國詩歌發展史上享譽盛名，不僅對詩歌，也對後世詞甚至小說，產生了深遠影響，例如，「四大名著」之一的《紅樓夢》之中人物詩詞創作中，就有詩篇，以用語典的方式，化用了蘇軾七絕《海棠》的名句入詩，詳見下表：

《紅樓夢》回目	作者、篇名	紅樓詩句	蘇軾詩原句	蘇軾詩篇名
第十七回至第十八回《大觀園試才題對額，榮國府歸省慶元宵》	賈寶玉《怡紅快綠》	「紅妝夜未眠」	「只恐夜深花睡去，故燒高燭照紅妝」	《海棠》
同上	清客《怡紅院匾額》	「崇光泛彩」	「東風嫋嫋泛崇光」	《海棠》

除了上述引用蘇軾詩文語典，借鑒其意境而外，《紅樓夢》中所塑造的人物，還常常在交往活動中，稱引蘇軾海棠詩句，如第六十三回《壽怡紅群芳開夜宴，死金丹獨豔理親喪》中，大觀園眾女兒掣簽自卜──

> ……湘雲笑著，揎拳擄袖的伸手掣了一根出來。大家看時，一面畫著一枝海棠。題著「香夢沉酣」四字，那面詩道是：「只恐夜深花睡去」。黛玉笑道：「『夜深』兩個字，改『石涼』兩個字。」眾人便知他趣白日間湘雲醉臥的事，都笑了。〔註4〕

這裡直接引用了蘇軾《海棠》詩第三句，藉以比擬第六十二回《憨湘雲醉眠芍藥茵，呆香菱情解石榴裙》中湘雲醉臥之睡態，形象而生動。

此外，毛澤東的詞作《卜算子·詠梅》，除了借鑒南宋陸游同名詞作以外，其中，下闋「俏也不爭春，只把春來報，待到山花爛漫時，她在叢中笑，」也是對《寓居定惠院之東，雜花滿山，有海棠一株，土人不知貴也》首四句「江城地瘴蕃草木，只有名花苦幽獨。嫣然一笑竹籬間，桃李漫山總粗俗」的巧妙化用。

綜上所述，蘇軾這兩首詠海棠詩作問世後，頻頻被後世名家名作所引用，足見其獨特的藝術魅力，蘇軾為四川眉山人，蜀中盛產海棠，被貶黃州的詩人，在作品中讚美海棠，除自喻身世以外，當亦有鄉關之思在其中。

〔註4〕清·曹雪芹著，《紅樓夢》〔M〕，北京：人民文學出版社，1982 年版。

七、論蘇轍對於杜詩的藝術批評與接受

　　北宋文壇著名詩人、散文家、「唐宋古文八大家」之一的蘇轍（公元 1039～1112 年），十分注重對於前代文學傳統的繼承與發揚，特別是對唐代大詩人、「詩聖」杜甫的作品，從藝術角度做了許多富有價值的詩學批評，並提倡杜詩「集大成」說；並且，蘇轍還在其一生的詩歌創作實踐中，通過借鑒杜詩語意和表現手法，以及化用杜詩語典等方式，學習杜詩之藝術；以下分而述之。

一、慕其詩法，嘉其詩藝

　　蘇轍對於杜詩的藝術如表現手法、風格等，提出了很多富於詩學價值的批評，並常常通過與唐代其他詩人名家的比較來得出結論。例如，他對於杜詩謀篇藝術中的剪裁手法亦大加讚賞，其《詩病五事》云：

> 　　老杜陷賊時，有詩曰：「少陵野老吞聲哭，春日潛行曲江曲。江頭宮殿鎖千門，細柳新蒲爲誰綠？憶昔霓旌下南苑，苑中萬物生顏色。昭陽殿里第一人，同輦隨君侍君側。輦前才人帶弓箭，白馬嚼齧黃金勒。翻身向天仰射雲，一箭正墜雙飛翼。明眸皓齒今何在？血污遊魂歸不得。清渭東流劍閣深，去住彼此無消息。人生有情淚沾臆，江水江

花豈終極。黃昏胡騎塵滿城，欲往城南忘南北。」予愛其
詞氣如百金戰馬，注坡驀澗，如履平地，得詩人之遺法。
如白樂天詩，詞甚工，然拙於紀事，寸步不遺，猶恐失之。
此其所以望老杜之藩垣而不及也。〔註1〕

引述杜甫《哀江頭》詩全文，讚賞其詞氣縱橫，敘事自然，批評白居
易詩「拙於紀事，寸步不遺」，遠不及杜詩。文中所引爲杜甫至德二
載（757年）所作的《哀江頭》詩，詩人目睹淪陷後的曲江蕭索之境，
追思昔年盛事，懷舊傷今，蘇轍指出其詩具有穿越時空而不受所限，
「如履平地」的「詩人遺法」，即剪裁之法；不似白詩「拙於紀事，
寸步不遺」。立足創作實際，結論可謂公允。

　　陸游《老學庵筆記》卷七亦載：「蜀人石耆公言：蘇黃門嘗語其
姪孫在庭少卿曰：《哀江頭》即《長恨歌》也。《長恨》冗而凡，《哀
江頭》簡而高。」〔註2〕轉述蘇轍（「蘇黃門」即蘇轍，其曾任門下侍
郎，即副宰相）之語，通過對杜甫《哀江頭》與白居易《長恨歌》兩
首歌行體名篇的品評，鮮明地指出白詩冗長，而杜詩高古，高下立見。

　　對於杜詩的藝術風格，蘇轍也有獨到的批評，如張戒《歲寒堂詩
話》卷上載：「蘇黃門子由有云：『唐人詩當推韓杜，韓詩豪，杜詩雄，
然杜之雄亦可以兼韓之豪也。』」〔註3〕指出韓愈雖以豪壯之詩風著稱
唐代詩壇，但杜詩風格沉鬱頓挫，則兼有雄、豪之氣，固爲韓詩所不
及也；其《和張安道讀杜集》詩亦云：「杜叟詩篇在，唐人氣力豪」
〔註4〕。其《詩病五事》更云：「李白詩類其爲人，駿發豪放，華而不
實，好事喜名，不知義理之所在也。……今觀其詩固然。唐詩人李杜

〔註1〕宋・蘇轍著，陳宏天等點校：《蘇轍集》〔M〕，北京：中華書局，1990
　　　　年版，頁1228。
〔註2〕宋・陸游：《老學庵筆記》〔M〕，北京：中華書局，1979年版，頁
　　　　95。
〔註3〕丁福保：《歷代詩話續編・歲寒堂詩話》〔M〕，北京：中華書局，1983
　　　　年版，頁459。
〔註4〕宋・蘇轍著，陳宏天等點校：《蘇轍集》〔M〕，北京：中華書局，1990
　　　　年版，頁54。

稱首，今其詩皆在。杜甫有好義之心，白所不及也。」〔註5〕從「文如其人」的角度，比較李、杜二家人品與詩風，肯定杜甫的「好義之心」，指出李白之「華而不實」，揚杜而抑李。

二、襲用語意，化用語典

由上可知，在蘇轍的詩學批評視野中，杜詩「集大成」，是高於其他唐人的詩作的，因此，蘇轍本人在其一生的詩歌創作中，每以杜詩爲詩學榜樣，加以模學，包括襲用杜詩篇章之語意，化用杜詩之語典。

如嘉祐四年（公元 1059 年），蘇轍與父兄蘇洵、蘇軾乘舟離開家鄉眉山赴京，經過忠州（今重慶忠縣），目睹當地女子之淒慘情狀，作詩云：

> 舟行千里不至楚，忽聞竹枝皆楚語。楚言啁哳安可分，江中明月多風露。扁舟日落駐平沙，茅屋竹籬三四家。連春並汲各無語，齊唱竹枝如有嗟。可憐楚人足悲訴，歲樂年豐爾何苦。釣魚長江江水深，耕田種麥畏狼虎。俚人風俗非中原，處子不嫁如等閒。雙鬟垂頂髮已白，負水採薪長苦艱。上山採薪多荊棘，負水入溪波浪黑。天寒斫木手如龜，水重還家足無力。山深瘴暖霜露乾，夜長無衣猶苦寒。……（《竹枝歌》）

這首作品除了寫實以外，在藝術表現上則參照和襲用了杜詩的同類詩作，即杜甫大曆元年（公元 766 年）的名作──

> 夔州處女髮半華，四十五十無夫家。更遭喪亂嫁不售，一生抱恨長咨嗟。土風坐男使女立，男當門戶女出入。十有八九負薪歸，賣薪得錢應供給。至老雙鬟只垂頸，野花山葉銀釵並。筋力登危集市門，死生射利兼鹽井。面妝首飾雜啼痕，地褊衣寒困石根。若道巫山女粗醜，何得北有昭君村。（《負薪行》）

〔註 5〕宋・蘇轍著，陳宏天等點校：《蘇轍集》〔M〕，北京：中華書局，1990 年版，頁 1228。

負薪，即背柴之意。詩中所寫亦爲夔州（今重慶奉節）一帶峽中居民，婦女主外，她們伐薪，負於集市出售，故年衰色苦。比照蘇、杜二詩，不難發現，在描寫上，均從重慶一帶女子之髮白、負薪、苦寒、悲啼等方面著筆，足見蘇詩對於杜詩篇章語意之效法。此外，金國永先生還認爲，蘇轍的《久雨》、《買炭》、《秋稼》等篇，效法杜甫「三吏」、「三別」，「上承《詩》、《騷》之餘風，下追老杜之當行，思深意沈，文練神茂，有驚天地、泣鬼神之效。」〔註6〕

　　除襲用杜詩之語意，蘇轍還在詩歌創作中大量化用杜詩之語典，不僅取杜詩一句入詩，還常常化用杜詩一聯兩句入詩，且舉例，如下表所示：

蘇轍詩句	蘇轍詩篇名	杜甫詩原句	杜詩篇名
「讀書猶記少年狂，萬卷縱橫曬腹囊。」	《初聞得校書郎示同官三絕》	「讀書破萬卷，下筆如有神」	《奉贈韋左丞丈二十二韻》
「縱橫萬卷書，臨紙但揮手」	《次韻子瞻感舊見寄》	同上	同上
「安得如公百無忌，百間廣廈安貧身」	《寄范丈景仁》	「安得廣廈千萬間，大庇天下寒士俱歡顏」	《茅屋爲秋風所破歌》
「狂客吾非賀季眞，醉吟君似謫仙人」	《次韻秦觀秀才攜李公擇書相訪》	「昔年有狂客，號爾謫仙人」	《寄李十二白二十韻》
「黃菊與秋競，白鬚隨日添」	《九日三首》	「苦遭白髮不相放，羞見黃花無數新」	《九日》

　　可見，蘇轍詩化用杜詩語典的普遍，甚至直接截取杜詩原句入詩。

　　綜上所述，蘇轍不僅對於杜詩從藝術批評角度加以推崇，提倡杜詩「集大成」說，對後世詩人影響深遠，而且在其詩歌創作實踐中，

〔註6〕熊朝東：《眉山蘇轍》〔M〕，武漢：長江出版社，2009 年版，頁 84～85。

切實對於杜詩的藝術表現手法加以學習，且大量化用杜詩語典，足以驗證「子美集開詩世界」（註7）（王禹偁《日長簡仲咸》）的詩學論斷，在杜詩學發展史以及杜詩藝術接受史上都具有著重要的意義！

〔註 7〕傅璇琮等：《全宋詩》（第二冊）〔M〕，北京：北京大學出版社，1991
　　　　年版，頁 737。

八、千古中秋詞，百代對月歌
——由《水調歌頭（明月幾時有）》論詠月歌詞之傳承

詞曰：

　　明月幾時有？把酒問青天。不知天上宮闕、今夕是何年？我欲乘風歸去，惟恐瓊樓玉宇，高處不勝寒，起舞弄清影，何似在人間？

　　轉朱閣，低綺戶，照無眠。不應有恨、何事長向別時圓？人有悲歡離合，月有陰晴圓缺，此事古難全。但願人長久，千里共嬋娟。

——宋・蘇軾《水調歌頭》〔註1〕

這首中秋詞是蘇軾創作進入全盛時期的代表作，全詞酣暢淋漓，一氣呵成，讀起來朗朗上口，是詠月詩詞中不可多得的名篇。熙寧九年（1076），蘇軾知密州（今山東諸城）已有兩年，時蘇轍在齊州（今山東濟南）幕府掌書記，兄弟六七年未見。中秋之夜，蘇軾攜客人登超然臺飲酒賞月（見《和魯人孔周翰題詩二首》小引，《蘇軾詩集》卷十四）〔註2〕，通宵歡飲，豪興大發，如題下自注：「丙辰中秋，歡

〔註1〕陳邇冬：《蘇軾詞選》〔M〕，人民文學出版社，1986。

〔註2〕宋・蘇軾著，孔凡禮點校：《蘇軾詩集》〔M〕，北京：中華書局，1986年版。

飲達旦，大醉，作此篇，兼懷子由」〔註3〕；遂望月思親，賦詞放歌，淋漓盡致地表現了「坡仙」曠逸的情性和深邃博達的人生思考。

賞月詩詞往往清逸孤寒，東坡這首詞直如縹緲於雲端，掩映於清輝之間。抒酒問月，有李太白酒仙遺風，一片奇趣橫生。更兼想像奇拔浪漫，筆勢矯健回折，形象灑脫生動，「一洗綺羅香澤之態，擺脫綢繆宛轉之度；使人登高望遠，舉首高歌」（胡寅《酒邊詞序》）。其清曠健朗之格調大異於花間、金奩之柔媚婉約，初露東坡豪放詞風範，讀來令人耳目一新。但更爲啓人心智、雋永有味的還是蘇軾對人生、對物理的睿智的思考。「人有悲歡離合，月有陰晴圓缺，此事古難全。」人雖因離別而苦，月也並非永遠團圓。萬事萬物之圓美、欠缺總在不容抗拒的循回輪轉之中。既然如此，又何必耿耿於月圓人散呢？繼而「但願人長久，千里共嬋娟」更是超越了時空、地理的局限，共賞明月意味著雙方健在並互相思念，這就足以令人慶幸和寬慰。「人有悲歡離合，月有陰圓缺，此事古難全」，已是豁達，但「但願人長久，千里其嬋娟」更至樂觀誠摯，種種感情交融於月光之下，頓成千古絕唱。故胡仔評曰：「中秋詞自東坡《水調歌頭》出，餘詞盡廢。」（《苕溪漁隱叢話》後集卷三十九）〔註4〕

更爲難得的是，此詞繼承並發揚了古典詩詞對月懷人、藉明月以達相思相思之意的抒情傳統，因抒情主人公與所念之人身雖相隔異地，但共賞一輪明月，月光同沐，亦是一種精神上的情感交流和「團圓」。早在南北朝時期，南朝劉宋的謝莊即在其作品中寫道：「美人邁兮音塵闕，隔千里兮共明月」（《月賦》）〔註5〕，爲東坡詞所本；而到了唐代，有著「子美集開詩世界」（王禹偁《日長簡仲咸》）之稱的現實主義大詩人杜甫身經「安史之亂」，被困叛軍控制下的長安，對月

〔註3〕陳邇冬：《蘇軾詞選》〔M〕，人民文學出版社，1986。
〔註4〕宋·胡仔：《苕溪漁隱叢話》後集〔M〕，北京：人民文學出版社，1962年版。
〔註5〕郁賢皓：《中國古代文學作品選》〔M〕，北京：高等教育出版社，2010年版。

思親，寫下五律名篇《月夜》：「今夜鄜州月，閨中只獨看。遙憐小兒女，未解憶長安。香霧雲鬟濕，清輝玉臂寒。何時倚虛幌，雙照淚痕乾！」〔註6〕亦藉明月抒情，神馳千里⋯⋯

　　東坡詞上承前人詩賦傳統，寫下「但願人長久，千里共嬋娟」之千古名句，傳唱百代，在後世諸多文學作品中多次呈現，如「四大名著」之一的《水滸傳》中，即有武松在張督監府，中秋夜聽玉蘭唱此詞之情節（第三十回《施恩三進死囚牢，武松大鬧飛雲浦》），甚至在當代，《水調歌頭（明月幾時有）》亦被今人多次譜曲演唱，由梁弘志作曲、鄧麗君演唱的《但願人長久》，以蘇軾原詞入曲，最為著名，後經王菲翻唱，可謂傳唱不衰（惜二人將「低綺戶」之「綺」，唱成了「依」，可稱「白璧微瑕」），時尚、流行的背後，古典元素的恒久魅力，恐怕更為重要。

　　筆者考察了東坡詞以外的其他古典詩詞與當代流行歌曲，發現作者對月感懷，抒發相思之情者，無論風格、境界，皆有極其近似者，如初唐張若虛那首被聞一多稱之為「詩中的詩，頂峰上的頂峰」、「以孤篇壓倒全唐」的《春江花月夜》──「可憐樓上月徘徊，應照離人妝鏡臺。玉戶簾中卷不去，擣衣砧上拂還來。此時相望不相聞，願逐月華流照君。」（《全唐詩》卷一百一十七）閨中思婦對月懷人，遂寄情於月光，千里「流照」良人；而當代流行歌曲中有一首由陳佳明作詞、作曲，原唱為新加坡女歌手許美靜的《城裏的月光》，歌詞云：「城裏的月光，把夢照亮，請守護他身旁，若有一天能重逢，讓幸福撒滿整個夜晚」，這不正是「願逐月華流照君」的白話版嗎？

　　還有，表達思婦對戍守邊疆的軍中丈夫相思之情者，如初唐沈佺期《雜詩》：「可憐閨裏月，長照漢家營」（《全唐詩》卷九十六），此聯為對仗中的「流水對」，即構成對仗的上下兩句連貫而下，來表達一個完整的意思，語義貫穿，動態成對，一氣連屬，指閨中所望之月，

〔註6〕郁賢皓：《中國古代文學作品選》〔M〕，北京：高等教育出版社，2010年版。

亦正照著漢家營壘中的丈夫；而上個世紀八十年代的流行歌曲中，由石祥作詞、鐵源作曲，軍中女歌唱家董文華演唱的《十五的月亮》，歌詞云：「十五的月亮，照在家鄉，照在邊關。寧靜的夜晚，你也思念，我也思念……」亦是加重的妻子對月心懷遠在邊疆軍營的丈夫，詩歌意境、詞句與沈佺期《雜詩》幾乎完全一致，可謂「古今同一慨」！

　　綜上可見，中秋明月這個意象，在國人心目中，地位是何等重要，對月相思，更是國人自古而今的抒情傳統——「但願人長久，千里共嬋娟」（蘇軾《水調歌頭》）、「海上生明月，天涯共此時」（張九齡《對月懷遠》）而不諳中華文化的異國賓客，即便見到美麗的月亮，恐怕也只會說：「Oh，it's a moon！」罷了，願我們共同守護這一輪明月，和這中華民族特有的詩意傳統！當我們再唱起「你問我愛你有多深？月亮代表我的心」時，更莫忘記蘇東坡這首傳唱千古的《水調歌頭》！

九、豪情論蘇軾，白璧有微瑕
——就《眉山蘇軾》一書諸 問題與劉小川先生商榷

2009 年 3 月，中國蘇軾研究學會理事、眉山市三蘇文化研究院作家劉小川先生的《眉山蘇軾》一書正式出版，該書作爲眉山東坡故里當代作家的論蘇之作，其在蘇學研究上的創新意義，茲不贅述；然細究其文字，特別是有關蘇軾所處的宋代之歷史文化背景描述，則多有與歷史、文學史史實不符之處，可謂白璧微瑕，以下分而論之。

一、引證失實，張冠李戴

該書首章，描述北宋文氣大盛，引述道：「宋太祖曾親自寫下《勸學歌》：『書中自有黃金屋，書中自有顏如玉……』」〔註1〕實則，所引《勸學歌》的作者，並非開國皇帝宋太祖趙匡胤，而是他的姪子、北宋第三位皇帝宋眞宗趙恒，早在宋人黃堅選編的《古文眞寶》中，就有「眞宗皇帝勸學」一章明確加以記載，全詩如下：

> 富家不用買良田，書中自有千鍾粟；安房不用架高梁，
> 書中自有黃金屋；娶妻莫恨無良媒，書中自有顏如玉；
> 出門莫恨無人隨，書中車馬多如簇；男兒欲遂平生志，

〔註1〕劉小川：《眉山蘇軾》〔M〕，武漢：長江出版社，1984 年版，頁 6。

六經勤向窗前讀。(《古文真寶・真宗皇帝勸學》) 〔註2〕

該書第八章，談到「柳永的一句『有三秋桂子，十里荷花』，就惹得西夏國主要揮師南下」〔註3〕，所引北宋詞人柳永《望海潮》詞中句子，但據南宋羅大經《鶴林玉露》記載：「孫何帥錢塘，柳耆卿作《望海潮》詞贈之，……此詞流播，金主亮聞歌，欣然有慕於『三秋桂子，十里荷花』，遂起投鞭渡江之志。」〔註4〕（卷一）可見，見柳詞而動心的實乃金國皇帝完顏亮，而並非什麼「西夏國主」。

該書第十章，「談及蘇軾的詩文，……我再次想到歐陽修的『山色有無中』，可以視作範例，證明好的詩句不僅是對某一風景的把握」〔註5〕，「山色有無中」之句，實則出自盛唐山水田園題材代表詩人王維筆下，詩題爲《漢江臨眺》（一作《漢江臨泛》），原句爲「江流天地外，山色有無中」，宋人填詞，常常直接化用唐人詩中成句入詞，即用語典，歐詞便屬此類；是故劉先生難免失察，將該句的「著作權」判給了比王維小三百餘年的歐陽修。

二、論述不確，有悖常識

該書第八章，描寫蘇軾兄弟的相貌，寫到：「他（蘇轍）有一張圓臉，而蘇軾有一張長臉──有詩爲證：去年一滴相思淚，今春不曾到腮邊。」〔註6〕書中所引的這一聯描述蘇軾相貌的詩句，不見於《全宋詩》，實爲小說家言，出自明代小說家馮夢龍編的「三言」之一的《醒世恒言》，其中的第十一卷「蘇小妹三難新郎」，原文曰：「小妹又嘲東坡下劾之長云：去年一點相思淚，至今流不到腮邊……」〔註7〕

〔註2〕宋・黃堅選編，熊禮彙點校：《詳說古文真寶大全》〔M〕，長沙：湖南人民出版社，2007年版，頁14。

〔註3〕劉小川：《眉山蘇軾》〔M〕，武漢：長江出版社，1984年版，頁51。

〔註4〕宋・羅大經：《鶴林玉露》〔M〕，北京：中華書局，1983年版。

〔註5〕劉小川：《眉山蘇軾》〔M〕，武漢：長江出版社，1984年版，頁64。

〔註6〕劉小川：《眉山蘇軾》〔M〕，武漢：長江出版社，1984年版，頁49。

〔註7〕明・馮夢龍：《醒世恒言》〔M〕，北京：北京十月文藝出版社，1994年版，頁49。

劉書僅更改二三字而已，即作爲蘇軾臉長的唯一證據。按照寫作學術著作的常識，使用「稗官野史」之小說家言，作爲評述歷史人物的依據，自難以爲證，更何況「孤證不立」，其結論也難以令人信服。

該書第十九章開篇，敘述北宋「元祐更化」史實，寫到：「宋神宗駕崩，小皇帝哲宗只有十歲。高太后攝政，改年號爲元祐，……高太后發起『元祐更化』」〔註8〕，之後至第二十一章，「高太后」頻現於書中，達十數次之多，依照作者之論述，似乎她竟是「小皇帝哲宗」的母后。實則不然，哲宗朝攝政並主持「元祐更化」之高氏，實爲宋英宗趙曙之皇后，宋神宗趙頊朝之太后，於哲宗朝當稱爲太皇太后，實爲哲宗趙煦之祖母輩，而該書作者竟對此北宋史之常識問題認知模糊，徑直簡稱爲「高太后」，難免會給讀者造成歷史知識的錯亂。

該書末章，描寫蘇軾臨去世前的天氣情狀，「回船繼續向常州。七月流火，船艙裏異常悶熱……」〔註9〕所引成語「七月流火」，實出自《詩經・國風・七月》這首現實主義的農事詩——「七月流火，九月授衣」，描述農曆七月，西南天空的「大火星」向西流動，由夏入秋，天氣轉涼，故至九月要穿秋衣了；劉書用此來描述酷夏的炎熱，則是一個典型的常識性錯誤。

綜上，劉小川先生《眉山蘇軾》一書中出現的這些問題，固然是白璧微瑕，一一指出，也難免「小題大做」，但是「細節定成敗」，而且劉先生作爲全國知名的作家，其大作在國內外的影響力自不待言，何況其在書中末尾也感歎到：「前輩學人的嚴謹與簡潔，今日難以爲繼。時下研究東坡的許多文章，東坡本人恐怕是看不下去的」〔註10〕，而其自身著作中這些小錯誤，如隨之在社會受眾中廣泛傳播，產生誤導，想必也是著者所不願看到的。

〔註8〕劉小川：《眉山蘇軾》〔M〕，武漢：長江出版社，1984年版，頁128。
〔註9〕劉小川：《眉山蘇軾》〔M〕，武漢：長江出版社，1984年版，頁164。
〔註10〕劉小川：《眉山蘇軾》〔M〕，武漢：長江出版社，1984年版，頁164。

十、披文入情，解味東坡[※]
——評周新華《天風海雨吟嘯 行：東坡詞的智慧人生》

　　周新華先生的《天風海雨吟嘯行：東坡詞的智慧人生》終於付梓出版了！作爲河北大學出版社 2008 年重點推出的「走進古典叢書」系列中的力作之一，該書堅持從東坡詞文本出發，文史哲相結合，並聯繫詩人生活的社會歷史文化背景，以當代學人的視角，對蘇東坡的情感、思想、仕宦歷程等諸多課題加以審視，多有新見闡發；在世紀之初蘇詞研究領域眾多的論著中，可謂獨出機杼；其書主要有以下三方面的特色：

一、以意逆志，知人論世

　　東坡詞以其廣闊的題材視野和獨具的豪放超曠之藝術風格，開宋人豪放詞的先河，在兩宋詞史上具有轉關意義，向爲歷代文人所稱道，如宋末劉辰翁所謂言：「詞至東坡，傾蕩磊落，如詩，如文，如天地奇觀」(《辛稼軒詞序》)，南宋大詩人陸游也稱：「試取東坡諸詞歌之，曲終覺天風海雨逼人」(《渭南文集》)；[註1] 其詞所反映出的

※ 注：本文曾刊發於《商丘職業技術學院學報》，2009 年第 3 期。
[註1] 陳邇冬：《蘇軾詞選》[M]，北京：人民文學出版社，1986 年版。

詩人豐富的情感內涵，以及複雜的心路歷程，也深深值得後世讀者玩味。

周新華先生於上世紀八十年代畢業於北京師範大學中文系，從事中國古代文學教學與研究多年，並長期致力於蘇詞講授與研究，其《天風海雨吟嘯行：東坡詞的智慧人生》之作，傾力挖掘東坡詞創作背後的思想情感因素與藝術特色，比如書中「也無風雨也無晴──禪道機智」一節，賞析東坡的詞中名篇《定風波》（莫聽穿林打葉聲）：

> 蘇東坡，不僅在風雨來臨時不慌不亂，反而能從容體會個中滋味，吟嘯徐行！可以說，人們在遭遇風雨時的不同反映及表現，能充分顯示人們的不同心境與修養。……「莫聽穿林打葉聲，何妨吟嘯且徐行。」用仄聲字突兀而起，寫對風雨的態度。風雨驟至，急促的雨點敲打在樹葉上，聲聲入耳，但「莫聽」，不要管它！「何妨」，很瀟灑！「天有不測風雲，人有旦夕禍福」。風雨加身既然無可避免，你何必去怕它！既然無遮無擋躲避不了，何不放慢腳步，且吟且嘯不改常態地走下去。內心平靜猶如閒庭信步，笑看風卷雲舒。……這眞是蘇東坡特有的操守和定力，特有的瀟灑和境界！其中蘊含著儒家哲學『富貴不能淫，貧賤不能移，威武不能屈』的堅毅與節操；有著道家一任自然的灑脫；也有佛教禪宗「不住於心」，「任運自在」的機智。〔註2〕

如此以詩人的眼光，始終結合文學創作經驗和規律來疏解東坡詞文本，可謂披文入情、「詩心處處」〔註3〕，切實做到了儒家「亞聖」孟子所謂「以意逆志」（《孟子·萬章上》），既深入探索了東坡的精神世界與其哲學思想來源；又能進一步聯繫東坡其人的個性特徵與北宋社會文化思潮，探究作家思想性格、文化背景與其作品風格的內在關

〔註2〕周新華：《天風海雨吟嘯行：東坡詞的智慧人生》〔M〕，保定：河北大學出版社，2008年版，頁121～122。
〔註3〕李新：《詩人注杜，詩心處處》〔J〕，《大學出版》，2006（02）。

係，從而達到「知人論世」(《孟子・萬章下》)的中國古代文學批評
準則；並有助於讀者準確地把握東坡詞的精神實質，從中得到人生哲
學上的啟示與提升。

二、心隨境轉，動態研究

　　蘇東坡由於面對北宋王安石變法前後的新、舊黨爭，始終我行
我素、抱持著「一肚皮不合時宜」的態度，一生屢遭貶謫，如其自
己所謂：「心似已灰之木，身如不繫之舟。　問汝平生功業，黃州、
惠州、儋州。」(《自題金山畫像》) 因此，東坡詞也因貶所的時空
變換，而風格迴異。而周著的另一大特色，就是依據蘇東坡的人生
仕宦歷程與詩詞創作歷程，動態地比照各個時期東坡的人生境遇與
其詞藝術風貌的異同，以求探尋各個時期東坡的人生智慧與其詞的
精神特美。

　　該書下篇《勝地擷芳》分爲「杭州的俊賞」、「密州的超然」、「黃
州的省思」、「惠州的頓悟」、「儋州的安然」五個專題，以蘇東坡的仕
宦遊蹤爲序，以各個時期東坡詞的名作賞析爲重點，加以動態研究，
深入挖掘其作品所包含的精神內蘊和人生智慧，頗具獨到之處；如「超
然臺上望明月——密州的超然」一節中，論東坡詞的千古名篇《水調
歌頭》(明月幾時有)：

　　　　「明月幾時有？」「不知天上宮闕，今夕是何年？」在
　　連續的追問中，思接千載，想像天上人間的差異與相似，
　　引發出對人生的思索。既讚歎造化的神奇、永恒的偉大，
　　又隱含歲月流逝，人生苦短的惆悵。……「起舞弄清影，
　　何似在人間」，……這種精神層面的超越雖蘊含苦澀與憂
　　患，不可能真正超脫，但其積極而又超越塵俗的人生態度，
　　既給自己以撫慰，獲得詩意的快慰，又傳達出一種飄逸灑
　　脫之美。……「不應有恨，何事長向別時圓？」……蘇軾
　　很讓人佩服的是：深於情而不滯於情。他很快就跳出一己
　　哀愁，從一個寬廣高遠的角度，以理化情。「人有悲歡離合，

月有陰晴圓缺，此事古難全。」人不能長聚，月不能長圓，
自古以來皆如此。〔註4〕

並且，周書把對該詞的把握，統攝在對東坡貶官密州時期超然臺文學
創作活動的整體觀照之下，指出「這首詞情韻深厚，又思理超妙，『上
下片都帶有人生哲學的意味』，都帶有超然的意趣。正因爲此，這首
詞不僅意豐、情深，而且境美、理達；不僅給人美的享受，情的陶冶，
也給人智的啓迪。眞不愧爲『格高千古的』千古絕唱！」〔註5〕以貫
通文史哲思維，得出不同於以往著作單純就詞論詞分析的新見，並使
東坡密州詞創作的共性——「超然」之風格特美得以凸現，可謂獨具
慧眼，堪爲東坡的異代知音。

三、以古鑒今，觀照人生

蘇東坡以其豪邁的氣魄、豁達的胸襟、傲岸的人格，在中國文
學史乃至中國古代文化史上都享有著不朽的聲名，爲後世歷代人士
所景仰與效法；「文如其人」，關於他的智慧人生，周書借助對東坡
詞名篇的鑒賞，給予了系統的解讀，指出其人生智慧的來源，在於
他擁有人生大愛——包括夫妻「琴瑟情緣」、「手足情深」、「師友情
誼」、「兼濟情懷」、「愛物情趣」種種；並且以其全部人生中宦海浮
沉的磨煉爲實現方式，最終獲得了「此心安處是吾鄉」的內心修持，
從而達到了「也無風雨也無晴」的超然境界。

本書可貴之處在於，周書並不僅僅停留在文本研究層面，而是常
常借助東坡之智慧觀照現實社會與人生，如「歸來分得閒中趣——審
美心態」一節，談到：

他（蘇東坡）善於直面困頓、排解苦難，又善於享受
大千世界的無窮饋贈，「江山互隱見，出沒爲我役」（《和陶

〔註4〕 周新華：《天風海雨吟嘯行：東坡詞的智慧人生》〔M〕，保定：河北
　　　　大學出版社，2008年版，頁188～190。
〔註5〕 周新華：《天風海雨吟嘯行：東坡詞的智慧人生》〔M〕，保定：河北
　　　　大學出版社，2008年版，頁191。

歸園田居六首》)。我可以役使萬物，而不被萬物所吞沒。
正是這種自立自足的精神，讓他的心靈如浮雲散盡的明月
般澄澈，對一切困苦與磨難，皆可等閒視之……

　　人該怎樣生活？人生的目的是什麼？值得每個人認眞
想一想。在繁忙的工作中，請找出一點閒暇的空間；在匆
匆的趕路中，請暫停一下你的腳步；在生計、事業、功名
之外，請給精神留一點自由與余裕。培養保有一點遠離功
利的審美心態，領略一下你身邊的人和事，領略一下大自
然的萬千造化，你會品味到生活的多情、豐富與美好，領
悟到德國哲學家海德格爾所描繪的人生境界：「人，詩意地
棲居於大地上。」〔註6〕

其文品詞論人、貫通古今中外，並以通俗自然的語言，娓娓道來，
發人深省，掩卷之餘，確乎能夠引起讀者頗多哲思；以古鑒今、經
世致用，也是本書力圖將中國古典文學經典「現代化」的一種全新
的嘗試。

　　此外，本書的一大特色在於，書中各章節的小標題，大多係化
用東坡詞原句而成，如「也無風雨也無晴——禪道機智」一節，化
用東坡《定風波》(莫聽穿林打葉聲)詞末句；「歸來分得閒中趣—
—審美心態」一節，化用東坡《蝶戀花·述懷》中名句；還有，「使
君元是此中人」，出自東坡《浣溪沙·徐門石潭謝雨道上五首》其五；
「佳人斜倚合江樓」，出自東坡《臨江仙·惠州改前韻》；「此心安處
是吾鄉」，出自東坡《定風波》(常羨人間琢玉郎) 等等。其書縱論
東坡詞與人生，其題選用東坡詞之名句，可謂文、題交相呼應，學
術與詩意並存，頗有畫龍點睛之妙。

　　綜上，周新華先生《天風海雨吟嘯行：東坡詞的智慧人生》這部
獨具特色的東坡詞研究專著，把對東坡詞文本的微觀闡釋與東坡智慧
人生的宏觀探尋緊密結合，並力求以古鑒今、經世致用；筆者相信，

〔註6〕周新華：《天風海雨吟嘯行：東坡詞的智慧人生》〔M〕，保定：河北
　　大學出版社，2008年版，頁151～152。

該書的出版,在中國古典文學特別是東坡詞研究領域,必將會產生十分重要的影響。

附錄：李新詠蘇詩選

四川眉山（蘇軾誕生地，2011 年 7 月 23～25 日，「首屆東坡學校與東坡文化傳播交流活動」在此舉辦）作：

七絕·赴眉山參加東坡文化研討會即事

飛馳千里逐金烏，疾赴川中越蜀都。

一路關河等閒度，眉山論道話三蘇。

五律·眉山述行

蜀山天下秀，峻拔近天都。碧竹青羅蓋，蒼松翠頂廬。

翻岩鷹懼路，越澗馬迷途。自在空中覽，悠然縱目舒。

古風·眉山謁蘇頌

眉山故里，探訪三蘇。地靈人傑，英才輩出。

蘇軾子瞻，文壇盟主。父洵弟轍，家學之福。

自幼培德，程氏賢母。喚魚池畔，緣定王弗。

高中制舉，捷步仕途。心繫黎庶，同甘共苦。

徐州抗洪，杭州攔湖。定州插秧，密州育孤。

社稷棟梁，百姓父母。新舊黨爭，非有即無。

烏臺詩案，禍及無辜。黃惠儋州，千辛萬苦。

平生功業，歷歷可數。不繫之舟，已灰之木。

調和三教，佛道與儒。勝敗欣然，得失自如。

留心眾藝，寄情詩書。獎拔弟子，視如己出。

黃陳秦晁，蘇門高足。教化所及，難以勝數。

千年英雄，百代稱孤。風流人物，皆已作古。

壯哉東坡，永駐吾土。平生所愛，唯我大蘇！

湖北黃岡（蘇軾「烏臺詩案」貶所，2010 年 10 月 26～28 日，「東坡文化國際論壇」在此舉辦）作：

五律・受邀赴湖北黃岡「東坡文化國際論壇」即興

黃岡稱世久，赤壁著千秋。荊楚無雙地，江陽第一州。

東坡詞賦壯，懷古巨篇留。吾輩多詩興，而今漫步遊。

其二

菊送重陽過，身隨雁字遊。朝辭燕地闊，暮覽楚天秋。

赤壁江山壯，黃岡勝蹟留。佳期終在望，乘興有扁舟。

其三

嚴秋十月雨，迤邐下黃州。赤壁佳篇壯，紅安盛譽留。

南征比魏武，北望擬蘇侯。惟有長江水，湯湯天際流。

題東坡赤壁「二賦堂」

「烏臺詩案」貶黃州，南下倉惶荊楚遊。

一自佳篇吟赤壁，東坡千載美名留。

大型黃梅戲《東坡》觀後

曲演東坡舞萬端，黃梅古調語天然。

今來古往同心曲，美奪天工孰比肩！

東坡「遺愛湖」焰火晚會即景

天河倒泄金龍舞，瑞彩紛呈玉碎痕。

更喜群星成瀑布，普天同慶水龍吟！

江蘇常州（蘇軾終老地，2011 年 8 月 26～28 日，「紀念蘇軾仙逝常州 910 週年景蘇詩文筆會」在此舉辦）作：

五律·受邀赴常州「蘇軾逝世 910 週年紀念大會」有感

　　蘇子臨終地，常州千古城。辭親別鄴下，訪友會吳中。

　　京滬群山越，運河一脈通。和諧今所論，再唱大江東！

遊常州東坡遺蹟有感

　　不忍驚民始艤舟，卜居終老愛常州。

　　義焚債券藤花館，千載東坡盛譽留！

河北定州（蘇軾末任知州地、2010 年 12 月 23 日，「定州蘇軾文化研究會成立大會」在此舉辦）作：

五律·赴定州蘇軾文化研究會成立大會即事

　　論道因蘇子，群賢會定州。丹心成雪浪，雙樹立春秋。

　　趙北雄關壯，中山勝蹟留。切磋無少長，研討化鴻溝。

古風·定州仰蘇頌

　　大宋哲宗，元祐八年，蘇軾坡翁，遠鎮邊關。帝師之尊，雙學士銜，
出知定州，古國中山。宋遼交界，趙北燕南。不辭勞苦，重任在肩，
迢迢千里，涉水攀山。整頓軍備，政令森嚴。臨料敵塔，遠矚高瞻。
斷案公正，堪比青天。赦劉醜斯，位列衙班。憂心民瘼，共苦同甘。
授種水稻，引黑龍泉。教唱秧歌，與民同歡。文化遺產，享譽千年。
留心諸藝，寄情自然。郁郁文廟，儒家典範，手種雙槐，古樹參天。
如龍似鳳，葉茂枝繁。得石雪浪，黑白相間，巧奪天工，存眾春園。
親釀松醪，入口綿甜，質比茅臺，萬國同觀。冬去春來，匆匆半年。
佳作頗豐，譽留名篇。賦頌松醪，詩詠鶴歎。如椽巨筆，洋洋大觀。
聖賢已逝，幾近千年。勝蹟猶在，百代相傳。坡翁不老，永存心間！

詠東坡二首

千年英雄蘇子瞻，蒼生社稷一身擔。

儒學佛老世間法，參得眞趣不語禪！

其二

蘇子萍蹤遍九州，書生意氣斥方遒。

記心佳句東坡語，好景如臨自在遊。

仿蘇詩，自題一首

心似黃河之水，身如長城之磚。

問汝平生事業？華電、河大、師專……

山東諸城（蘇軾首任知州地，2012 年 9 月 27～29 日，「蘇軾「中秋詞」暨中秋文化研討會」在此舉辦）作：

詠超然臺

蘇子除官首宦遊，「密州三絕」譽千秋。

超然臺上中秋月，把酒臨風莫問愁！

注：蘇軾知密州，爲其宦海生涯中首次外放知州，期間創作《水調
　　歌頭》及二首《江城子》名詞三篇。

參考文獻

〔1〕宋・蘇軾著，孔凡禮點校：《蘇軾詩集》〔M〕，北京：中華書局，1986 年版。

〔2〕宋・蘇軾著，孔凡禮點校：《蘇軾文集》〔M〕，北京：中華書局，1986 年版。

〔3〕宋・蘇轍著，陳宏天等點校：《蘇轍集》〔M〕，北京：中華書局，1990 年版。

〔4〕元・脫脫等：《宋史》，北京：中華書局，1977 年版。

〔5〕清・何文煥：《歷代詩話》，北京：中華書局，1981 年版。

〔6〕丁福保：《歷代詩話續編》，北京：中華書局，1983 年版。

〔7〕吳文治：《宋詩話全編》，南京：江蘇古籍出版社，1998 年版。

〔8〕傅璇琮等：《全宋詩》（全 72 冊），北京：北京大學出版社，1991 ～1998 年版。

〔9〕唐圭璋：《全宋詞》，北京：中華書局，1965 年版。

〔10〕曾棗莊，劉琳：《全宋文》，上海：上海辭書出版社，2006 年版。

〔11〕朱易安等：《全宋筆記》（第二編），鄭州：大象出版社，2006 年版。

〔12〕陳邇冬：《蘇軾詩選》，北京：人民文學出版社，1986 年版。

〔13〕陳邇冬：《蘇軾詞選》，北京：人民文學出版社，1986 年版。

〔14〕劉小川：《眉山蘇軾》，武漢：長江出版社，1984 年版。

〔15〕熊朝東：《眉山蘇轍》，武漢：長江出版社，2009 年版。

〔16〕李升旗：《蘇味道詩選譯注》，北京：中央文獻出版社，2000 年版。

〔17〕周新華：《天風海雨吟嘯行：東坡詞的智慧人生》，保定：河北大學出版社，2008 年版。

〔18〕定州歷史文化研究叢書編委會：《蘇東坡與定州》，定州：2005 年版。

〔19〕定州市地方志辦公室：《定州簡史》，北京：中國對外翻譯出版公司，1999 年版。

〔20〕《紀念蘇軾仙逝常州 910 週年作品彙編》，江蘇：常州市蘇東坡研究會，2011 年版。

〔21〕《2010 東坡文化國際論壇文萃：東坡說東坡》，香港：香港科技大學出版社，2010 年版。

〔22〕王水照：《永遠的蘇東坡》，載《蘇軾研究》，2011（03）。

〔23〕邱俊鵬：《蘇軾知定州的業績與創作》，載《雪浪石》，2011（01）。

〔24〕韓進廉：《蘇東坡在定州》，載《雪浪石》，2011（01）。

〔25〕劉學斤：《蘇軾——半年知州的飛鴻印雪》，載《雪浪石》，2011（01）。

〔26〕劉清泉：《東坡符號》，載《蘇軾研究》，2010（04）。

後　記

　　筆者這本《蘇軾知定州詩詞賦全注及研究論稿》小冊子，是爲紀念北宋大文豪蘇軾知定州 920 週年（1093～2013）而作筆者本人研究方向本係杜甫及唐宋文學研究，在完成 20 萬餘字的博士學位論文《宋代杜詩藝術批評研究》過程中，曾遍覽宋人詩話、筆記、文藝批評等諸多資料，蘇軾的詩文作品自不例外，誠如中國蘇軾研究學會張志烈先生所言「深於杜，故能深識蘇。」（楊勝寬《張志烈教授蘇軾研究一瞥》）

　　2010 年 10 月，我作爲唯一撰文參會的保定市蘇學研究代表，應邀參與了中國蘇軾研究學會主辦、湖北人民政府協辦的「2010 中國‧黃岡東坡文化國際論壇」，並有幸成爲了中國蘇軾研究學會正式會員。之後，又相繼參加了「首屆東坡學校與東坡文化傳播交流活動」（四川眉山，2011 年 7 月）、「紀念蘇軾仙逝常州 910 週年景蘇詩文筆會暨中國蘇軾研究學會第十七屆年會」（江蘇常州，2011 年 8 月）等學會活動，共撰寫發表蘇學研究論文 10 篇、創作詠蘇詩詞 20 餘首，相關專著《中國「世界文化名人」與「千年英雄」藝譚》1 部。

　　中國蘇軾研究學會「2010 黃岡宣言」發佈之後，各地方蘇軾研究學會亦相繼成立，2010 年 12 月 23 日，「定州蘇軾文化研究會成立大會暨蘇軾在定州文化論壇」成功舉辦，筆者與保定學院周新華、

賈耘田老師共同受邀參會，會後榮幸地被定州市政協主席、定州蘇軾文化研究會會長帥建軍主席提名受聘爲「特約研究員」。然而，定州作爲蘇軾人生中末任實授知州任職地，相關研究則剛剛起步，因此，筆者作爲學會一員，倍感有責任爲學會建設奉獻綿薄之力，謹以此小書，拋磚引玉，期待能有更多、更好的定州蘇學研究著作成書、出版！

　　特別感謝在百忙中抽出時間，爲本書作序的中國蘇軾研究學會劉清泉秘書長，以及我的中學老校長——河北省莎士比亞學會副會長、保定市作協顧問鄭新芳先生！同時，也向在書稿撰寫過程中給予我關心和幫助的保定市作協劉素娥主席、民革市委李小亨主委、姚忠耿主委、保定學院張德義副院長、教務處許春華處長、圖書館趙河清館長、中文系靖志茹主任等領導，一併表示感謝！

李　新

2013 年於古城保定　讀杜書屋